www.blue-panther-books.de

Susan Jones

Der Assistent 2

Erotischer Roman

www.blue-panther-books.de

BLUE PANTHER BOOKS TASCHENBUCH
BAND 2177
1. AUFLAGE: SEPTEMBER 2011

VOLLSTÄNDIGE TASCHENBUCHAUSGABE
ORIGINALAUSGABE

UMSCHLAGGESTALTUNG: WWW.HEUBACH-MEDIA.DE
GESETZT IN DER TRAJAN PRO UND ADOBE GARAMOND PRO
PRINTED IN GERMANY
ISBN 978-3-86277-197-4
WWW.BLUE-PANTHER-BOOKS.DE

KAPITEL 1

»Haben Sie Ihr Bild schon gesehen?« Dr. Raphael Sterling spricht wie immer so ruhig und bedächtig, dass sie ihn schütteln möchte. Sie ist eine erwachsene Frau, die seiner Meinung nach vielleicht traumatisiert ist, aber sie ist keine Idiotin. Irgendwo tief in ihr ist die alte, starke Rebecca noch vergraben, das weiß sie. Das muss sie wissen, denn sonst hätte das weitere Leben keinen Sinn mehr.

Sie schüttelt den Kopf so heftig, dass die langen, braunen Haare fliegen. »Nein, ich habe ihn ja seit dem Abend nicht mehr gesehen«, sagt sie. »Und ich habe im Moment nicht vor, ihn zu Hause aufzusuchen.«

»Um Himmels willen«, sagt Dr. Sterling und runzelt besorgt die Stirn. »Das hielte ich auch für viel zu gefährlich. Haben Sie denn noch einmal darüber nachgedacht, ihn doch bei der Polizei anzuzeigen?«

Sie wölbt nachdenklich ihre Unterlippe vor. »Ehrlich gesagt – nein. Ich habe ja gar keinen Beweis mehr, und soweit ich weiß, ist so ein Verfahren äußerst schwierig und langwierig. Ich sehe mich momentan nicht in der Lage, so etwas durchzustehen.«

Dr. Sterling nickt verständnisvoll.

Kein Beweis. Die Tätowierung auf dem Steiß schmerzt schon seit ein paar Wochen nicht mehr, doch jedes Mal, wenn sie sie im Spiegel betrachtet, kommt alles wieder hoch. Kommt er wieder hoch.

»Sie haben trotzdem einige Jahre Zeit für eine Anzeige«, sagt der Psychologe. »Das wissen Sie, oder? Auch wenn die Beweisführung natürlich schwieriger wird, je mehr Zeit ins Land geht.« Er streicht nachdenklich mit einer Hand über sein Kinn, das von winzigen, blonden Bartstoppeln übersät ist.

Marc rasiert sich täglich gründlich. Sein Kinn ist glatt, weich und fordernd. Sein Profil ist klar und fein, und doch liegt so viel Härte, so viel Unnahbarkeit in seinem Gesicht, dass es sie noch immer schaudert. Es war gut gewesen, Dr. Sterling aufzusuchen und sich endlich zu befreien. Es tat so gut, ihre ganze Geschichte zu erzählen, auch wenn sie bei den Gesprächen oft geweint hatte und rot angelaufen war vor Scham. Dr. Sterling hatte ihr nur stumm ein Papiertaschentuch gereicht und ihre Hand gedrückt. Er hörte zu. Er urteilte nicht über sie, verdammte sie nicht, dafür konnte er sie beruhigen und ihr sagen, dass sie nicht die einzige Frau auf der Welt war, der so etwas passierte.

Sie kam sich so dumm vor. Wie hatte sie auf so jemanden hereinfallen können?

»Wie ich verstanden habe, arbeitet er noch in Ihrer Firma«, sagt Dr. Sterling und nimmt die Brille ab. Er hat graue Augen, das fällt ihr jetzt zum ersten Mal auf. Grau wie die Wolken am Himmel, die sie auf dem Weg hierher eingehüllt haben.

Rebecca nickt. »Ja, in meinem Büro«, sagt sie und verzieht die Lippen. »Als hätte er sich das so ausgedacht. Er vertritt mich während meiner Krankheit. Wenn man das so nennen kann.«

Raphael Sterling nickt eifrig. »Selbstverständlich kann man das so nennen«, sagt er. »Sie haben jedes Recht, sich krank zu fühlen, und Sie sollten sich so viel Zeit nehmen wie Sie brauchen. Allerdings kann ich es sicherlich nicht gutheißen, wenn Sie Ihre alte Tätigkeit wieder aufnehmen, solange er noch dort ist. Sie können unmöglich weiter mit ihm zusammenarbeiten, das verstehen Sie sicher? Es wäre nicht gut für Sie.«

Sie schnauft verächtlich. »Ich denke momentan gar nicht darüber nach, wieder zu arbeiten«, sagt sie leise. »Ich bin froh, wenn ich morgens überhaupt aufstehen kann und sich nicht gleich nach dem Öffnen der Augen die dunkle Welle über mir auftürmt.« Sie hat Depressionen. Ein Trauma, hat Dr. Sterling gesagt, das sei ganz normal nach so einer Erfahrung, sie sei schließlich vergewaltigt worden von dem Mann, den sie zu lieben glaubte, körperlich wie psychisch.

Dass es nicht wirklich Liebe war, davon hatte er sie in den vielen Gesprächen nicht so recht überzeugen können. »Rebecca, Sie sind diesem Mann hörig«, hatte er gesagt, nachdem sie mit den ersten Schilderungen ihrer Beziehung geendet hatte. »Obwohl er Ihnen nicht guttut, können Sie nicht von ihm lassen. Insgeheim lieben Sie es, dass er Sie so schlecht behandelt. Das ist ein kompliziertes psychologisches Phänomen, das ich nur allzu häufig an Frauen erlebe.« *Allerdings nicht an attraktiven, selbstbewussten Frauen, die im Job ihren Mann stehen*, hatte sie gedacht und sich über sich selbst geärgert.

»Ich träume jede Nacht von ihm«, gesteht sie dem Arzt. »Darum will ich auch nicht aufwachen. Im Traum ist er bei mir, er ist lieb zu mir, gut. Er verführt mich, um mich anschließend bei sich zu behalten. Er hat alle Bilder an der Wand im Flur abgehängt, auch meines. Verspricht, sich zu ändern, für mich. Verspricht, das für mich zu sein, was ich mir von ihm wünsche, für mich da zu sein, mich zu lieben …« Wieder löst sich eine Träne aus ihrem Augenwinkel, und noch bevor sie sich einen Weg über ihren Nasenrücken gebahnt hat, reicht der blonde Psychologe ihr schon ein neues Papiertuch. Sie nimmt es dankbar entgegen und tupft unbeholfen an ihrem Auge herum.

»Sie wissen, dass das ein Traum bleiben wird, Rebecca«, sagt Dr. Sterling leise und greift nach ihrer Hand. Er sitzt dicht neben ihr auf einem Stuhl, mit übereinandergeschlagenen Beinen. Sie hat sich auf seinem Sofa zurückgelehnt und die

Knöchel überkreuzt. Ihre Hände öffnen und schließen hektisch einen Knopf nach dem anderen an der grauen Bluse, während sie spricht.

»Er ist ein pathologischer Narzisst, nach allem, was Sie mir erzählt haben, und er wird niemals fähig sein, eine normale Beziehung zu führen. Nicht mit Ihnen und mit niemand anderem. Glauben Sie mir.« Ach, Sie würde ihm zu gern glauben. Sie würde ihn so gern vergessen, einfach weiterleben wie zuvor, aber nicht nur die Tätowierung auf ihrem Rücken hat Narben hinterlassen, die noch immer brennen.

»Wie soll ich denn weitermachen?«, fragt sie leise und starrt mit leerem Blick durch das Fenster nach draußen. Graue Häuser türmen sich auf der anderen Straßenseite auf, die fehlende Sonne lässt ihr Grau heute noch düsterer und trostloser wirken.

Dr. Sterling zieht die Schultern hoch und atmet tief aus. »Ich denke, es ist noch zu früh, um darüber nachzudenken«, sagt er. Sein Blick ruht auf ihr, mit wissenschaftlicher Neugier beobachtet er ihre Reaktion auf seine Worte. »Es wird noch eine ganze Weile dauern, bis ich Sie allein in die Realität zurücklassen kann. Je tiefer eine Traumatisierung sitzt, umso länger dauert es, die Seele zu heilen von den hinterlassenen Wunden. Und Ihre Wunden scheinen tatsächlich sehr tief zu sein.«

Sie wendet den Kopf und sieht mitten hinein in seine grauen Augen. Marcs Augen sind dunkel, beinahe schwarz. Wenn er sie zusammenkneift, sind sie gefährlich, und wenn er sie von oben herab ansieht, mit den langen, dichten Wimpern, die der Iris einen wunderschönen Rahmen geben, schmilzt sie dahin. Noch immer? Würde sie ihm widerstehen können, wenn er jetzt plötzlich bei ihr auftauchte?

»Was soll ich tun, falls er sich bei mir meldet?«, fragt sie. Ein Anflug von Panik macht sich in ihr breit. Schließlich hofft sie jeden Tag darauf, dass er plötzlich vor ihrer Tür steht, andererseits weiß sie aber genau, dass er sich nicht gerade bei ihr entschuldigen würde, um ihr einen Heiratsantrag zu machen. »Die Möglichkeit besteht ja immerhin …«

Dr. Sterling kaut auf seiner Unterlippe und legt den Kugelschreiber an die Nase. »Sie sollten ihn wegschicken«, sagt er entschlossen. »Auf keinen Fall sollten Sie mit ihm sprechen. Lassen Sie sich nicht auf ihn ein! Nach allem, was Sie mir erzählt haben, ist er gefährlich. Er ist manipulativ, und so stark Sie sich auch in einem Moment fühlen mögen, so schnell wird er sie wieder verwandeln in das willenlose Wesen, das er aus Ihnen gemacht hat. Die hilflose Puppe, die ihm zur Verfügung steht, wann er will und die sich ihm sexuell öffnet, wie es ihm beliebt.« Er atmet schwer. Offenbar haben ihre Erzählungen auch ihn nachhaltig beeindruckt.

»Ich kann nicht«, antwortet sie. »Ich werde ihn nicht wegschicken können. Noch nicht. Wenn er zu mir kommt, würde ich mich sofort bereitwillig für ihn hinwerfen, mich öffnen und mich spreizen, wie er es will. Schon der bloße Gedanke an ihn erregt mich körperlich, mein Körper reagiert ganz eigenwillig auf ihn. Ich habe nicht das Gefühl, dass ich meine Reaktionen kontrollieren kann, und das macht mich wütend.« Sie schnieft.

Dr. Sterling nickt langsam. »Sie müssen sich Ihre Situation vorstellen wie die eines Drogensüchtigen«, erklärt er in ruhigem Ton. »Auch der ist nicht in der Lage, im Entzug seine körperlichen Reaktionen zu kontrollieren. In Ihrem Fall handelt es sich um körpereigene Drogen. Endorphine, Adrenalin, Oxytocin … Und bei seinem Anblick rasen diese unkontrolliert durch Ihren Körper und lassen Sie Dinge tun, die sich die meisten von uns gar nicht vorstellen können.«

Rebecca seufzt und richtet sich auf dem Sofa auf. »Drogen,

ja? Vielleicht kann ich meinen Entzug mit stärkerer Chemie lindern.« Hoffnungsvoll lächelt sie den Arzt an.

Doch der schüttelt mitleidig den Kopf. »Ich würde Ihnen keinen Gefallen tun, wenn ich Ihnen noch stärkere Medikamente aufschriebe«, sagt er. »Sie werden das auch so schaffen, da bin ich mir sicher. Die Zeit heilt in diesem Fall die schlimmsten Wunden. Je mehr Abstand Sie von den Geschehnissen bekommen, umso einfacher wird es für Sie werden. Die vermeintlichen Drogen werden sich verflüchtigen und irgendwann werden Sie ihm sogar reaktionslos gegenüberstehen können. Glauben Sie mir.«

Sie rümpft die Nase. Es ist schwer zu glauben, denn schließlich hat schon die Erinnerung, ausgelöst durch das Gespräch mit ihrem Therapeuten, sie wieder feucht werden lassen. Wie Blitze zucken Erinnerungsfetzen vor ihrem geistigen Auge auf. Die Peepshow, in die er sie genötigt hat und in der sie sich für ihn, vor ihm und vor anderen Männern entblößt hat. Das Pornokino, dessen intensiver Pheromongeruch jetzt wieder in ihrer Nase kribbelt, wenn sie daran zurückdenkt. Die lustvolle Vereinigung mit ihm in seiner Wohnung, die so elegant und katzenhaft ist wie er selbst. Allein die Erinnerung an seinen Schwanz lässt sie innerlich erschauern.

Für sie hat er den schönsten Schwanz der Welt. Er ist perfekt, gerade, und er passt in ihre Möse hinein wie kein zweiter. Er ist für sie gemacht, dessen ist sie sich sicher. Erregt presst sie die Beine zusammen, als die Erinnerungen sie wieder überkommen. Sie will das nicht, sie will ihren Körper unter Kontrolle haben, aber das funktioniert noch nicht. Alles in ihr verzehrt sich nach ihm, sie will von ihm gefickt werden, will ihre Beine für ihn öffnen, und sogar der Gedanke an das letzte Treffen, das so schmerzhaft endete, lässt ihren Schoß heftig pulsieren.

Tief ist er in ihren Anus eingedrungen, es tat weh, doch jeder Stoß bahnte sich seinen Weg direkt in ihr Lustzentrum und löste einen Schauer nach dem anderen aus. Mit leichtem Druck der Oberschenkel massiert sie ihre klopfende Klit. Dr. Sterling wird es sehen, schließlich liegt sie wie so oft in den letzten Monaten direkt vor ihm auf diesem Sofa. Sie denkt an die Chaiselongue in Marcs Wohnung, auf der sie sich hingegeben hat für ihn. Er hat sie geküsst und in den Nacken gebissen, an diese Stelle, die schon den Frauen in der Urzeit der Menschheit Paarungswilligkeit signalisieren sollte und daher nie ihr Ziel verfehlte. Wie eine Katze hatte sie sich unter seinen Zähnen geschüttelt und es genossen, wie er in sie eingedrungen war, nicht einfach nur mit seinem Schwanz, sondern mit seinem ganzen Körper, seiner ganzen Person. Er war so tief in ihr gewesen wie noch kein Mensch zuvor, und sie hatte ihm ihre Seele geöffnet, nicht nur ihren Schoß.

Das Blut jagt so heiß durch ihren Unterleib, dass sie sich nicht länger beherrschen kann. Vergessen ist der Arzt, der doch direkt neben ihr sitzt, vergessen sind die Schmerzen, die Marc ihr zugefügt hat, zu groß ist die Erregung der Erinnerungen, die sich jetzt Platz verschafft. Und dann drückt sie schnell und kräftig die Schenkel immer wieder fest zusammen, spürt die harte und groß gewordene Perle dazwischen, die keine Ruhe geben will, denkt an ihn und seinen Schwanz, das prächtige Schwert, das sie lutscht und saugt und mit dem er sie anschließend durchstößt, in sie eindringt und sie so egoistisch und vehement vögelt wie noch niemand vor ihm. Sie kneift die Augen zu und unterdrückt ein leises Stöhnen, als der Höhepunkt sie durchzuckt und ihren Leib schüttelt, kaum merklich, kaum sichtbar.

Vorsichtig öffnet sie die Augen wieder und blinzelt zu dem

Arzt, der stumm neben ihr gesessen hat. Er räuspert sich und schlägt verlegen die Beine übereinander, um seine Erregung zu verstecken, aber sie hat sie gesehen, die Beule in seiner Hose. Plötzlich schämt sie sich. Ihr ist heiß, und zwischen ihren Beinen zeugt die Feuchtigkeit eindeutig von der Lust, die sie allein beim Gedanken an Marc erlebt hat.

Konditioniert sei sie, hatte Dr. Sterling erklärt, und sie fragt sich, ob er sein Wissen ihr gegenüber wohl ausnutzen würde, um mit ihr zu schlafen. Sie ist schließlich eine attraktive Frau, das weiß sie, und er ist ein nicht unattraktiver Mann, nur wenige Jahre älter als sie. Er weiß so viel von ihr, so intime Dinge, die sie nie jemandem erzählen wollte und für die sie sich im Nachhinein selbst schämt. Aber ihm hat sie sich geöffnet, ihn hat sie reingelassen in ihre Mördergrube.

Würde sie mit ihm schlafen wollen? Vielleicht könnte er den Schmerz ein wenig lindern, den sie so tief in sich spürt? Vielleicht wäre er in der Lage, mit seinem Schwanz seine Spuren auszumerzen? Sie könnte sich langsam entblättern vor ihm, er würde dem Anblick ihrer Brüste sicher nicht widerstehen können, und dann würde sie mit ihm auf das graue Sofa sinken, das ihr in den letzten Wochen beinahe ein Zuhause geworden ist.

»Woran haben Sie gedacht?« Dr. Sterling zwinkert neugierig und schiebt seine Brille auf die Nase zurück, als wolle er einen Schutzschild aufrüsten und eine transparente Barriere schaffen. Schließlich sollte er gemerkt haben, was sie gerade eben vor seiner Nase getan hat.

Rebecca lächelt verlegen. »Nichts Besonderes«, erwidert sie und lässt ihren Blick über seinen Schoß schweifen, doch die Beule scheint schon wieder verschwunden zu sein. Schade.

»Wir sehen uns morgen wieder«, sagt Raphael Sterling und steht auf. Die schwarze Kladde, in die er sich ständig Notizen macht, legt er auf den Schreibtisch. Rebecca erhebt sich ebenfalls vom Sofa und zupft den schwarzen Rock zurecht. Seit der letzten Nacht mit Marc legt sie nicht mehr so großen Wert auf ihr Äußeres, schminkt sich kaum und greift morgens lustlos in den Kleiderschrank, um irgendetwas herauszuziehen, das ihr noch passt. Sie hat ein wenig abgenommen, und die meisten Kleider aus ihrem Schrank rutschen nun unelegant an ihrem Körper herum.

»Was werden Sie heute noch machen?«, fragt Dr. Sterling in der Haustür und hält ihre Hand fest, die er zum Abschied ergriffen hat. Sie lässt den Druck zu, der stark und kräftig ist und irgendwie beschützend wirkt.

»Ich weiß nicht«, murmelt sie. »Vielleicht gehe ich einkaufen ... Ich brauche neue Sachen.« Sie deutet mit dem Kopf auf ihren Rock, der sich mal wieder über ihren Hüften verschoben hat. Dr. Sterling lächelt zustimmend. »Das ist eine gute Idee. Versuchen Sie, sich zu entspannen. Bis morgen, Rebecca.«

Sie geht die wenigen Stufen zur Straße hinunter und verlässt die schützende Umgebung der Praxis. Freiwild in der Stadt, die um sie herum lebendig pocht und pulsiert. Es ist mitten am Tag, und die Menschen eilen von der Mittagspause in ihre Büros zurück.

Wie von einer unsichtbaren Hand gezogen, findet sie zu Fuß den Weg durch die Straßen. Ihr schwarzer Mercedes parkt am Rand, direkt gegenüber von Dr. Sterlings Haus, aber sie will jetzt nicht damit fahren, will keine weiteren Erinnerungen an ihn, die sogar mit ihrem Auto verknüpft sind, wie so viele Dinge ihres Lebens unwiderruflich mit ihm verbunden zu sein scheinen. Zwischen ihren Beinen stört der feucht gewordene Slip. Vielleicht sollte sie ihn einfach ausziehen?

Sie durchquert den kleinen Park, in dem Mütter Kinderwagen über den feinen, roten Kies schieben und Menschen mit kleinen oder großen Hunden unterwegs sind. Die Luft ist kühl und feucht, ein feiner Nebel liegt über allem und kräuselt ihre Haare, die sie heute Morgen nur gebürstet hat, ohne sich weiter darum zu kümmern.

Das große Gebäude jagt ihr einen Schauer über den Rücken. Sie bleibt kurz davor stehen, lässt eilige Menschen an sich vorbeilaufen, und sieht an dem grauen Haus nach oben. Achte Etage. Da ist es. Da gehört sie hin, doch sie kann sich hier nicht sehen lassen. Noch nicht. Es ist noch zu früh, das hat auch Dr. Sterling gesagt.

Ihr Herz rast, wenn sie daran denkt, wer dort oben nun sitzt, in ihrem Büro. Ihre Hände werden feucht wie ihr Schoß bei dem Gedanken an das feine Grübchen in seinem Kinn, an das Blitzen in seinen Augen, wenn er sie zu Dingen verführt, die sie früher nicht zu träumen gewagt hätte. An den spöttischen und mitleidigen Blick, den er ihr zuwirft, wenn sie ihn am Arm einer anderen Frau erwischt, Eifersucht und Lust im Herzen, die sie nicht zulassen will.

Mit wem verbringt er seine Zeit? Hat er weitere Frauen seiner Bildersammlung hinzugefügt, die seinen Flur ziert und in der sich nun wohl auch ihr Foto befindet? Mit Schaudern erinnert sie sich an die Schwarzweiß-Aufnahmen der vielen Frauen, die dort hängen, sorgfältig drapiert in aufwendigen Rahmen, wie eine Ahnengalerie. Sie denkt an die erschrockenen, ängstlichen Gesichter, die sie von der Wand angestarrt haben, und an das Aufblitzen seiner Kamera, als er ihr seine Tätowierung auf den Steiß gemalt hat. *La mienne, toujours.* Die Meine, für immer.

Ein Verrückter, der nicht einmal vor ihrer besten und einzigen Freundin Halt gemacht hatte. Stacy! Rebecca starrt auf die leeren Glasaugen des großen Gebäudes. Irgendwo da drin sitzt ihre ehemals beste Freundin, verheiratet und glückliche Mutter einer kleinen Tochter, und doch hatte auch sie ihm nicht widerstehen können. Rebecca hatte die beiden in ihrem Büro erwischt, lustvoll ineinander verkeilt auf ihrem Schreibtisch. Vielleicht war es das Schlimmste gewesen, das er ihr angetan hatte. Aber sie hatte ihm verziehen. Mit Stacy hatte sie seit Wochen kein Wort gesprochen, ihre Anrufe ignorierte sie, bis sie endlich aufgab und sich nicht mehr meldete. Nun sehnt sie sich plötzlich nach ihr. Sie würde ihr alles erzählen, vielleicht versteht sie ja. Sie hat Verständnis für die Freundin, wie konnte sie ihm nicht erliegen? Diesen schwarzen, dunklen Augen, die so tief in die eigene Seele hineinblickten und einem das Gefühl geben, der einzige Mensch auf der Welt zu sein. Dem neckisch vorgewölbten Kinn, das ihm einen so männlichen und unnachgiebigen Ausdruck verleiht, wie ein strenger Vater, dessen Zuneigung man sich unter allen Umständen erarbeiten will.

Enttäusche mich nicht, hatte sein Blick in jeder Minute gesagt, und verbissen eifrig wie eine strebsame Tochter hatte sie getan, was er von ihr erwartete, und sie hatte es genossen.

Natürlich hatte er sich Stacy absichtlich ausgesucht. Er wusste von ihrer besonderen Beziehung, und Stacy war die einzige Person in ihrem Leben gewesen, der sie von ihrer verhängnisvollen Affäre berichtet hatte. Er hatte nicht mit ihr geschlafen, weil er das so wollte. Sie war eine Trophäe, ein Symbol seiner Macht, mit dem er Rebecca gezeigt hatte, wie sehr er sie in der Hand hatte.

Nachdenklich kaut sie auf der Unterlippe und geht zurück in die Straße, in der das große, schwarze Auto parkt, auf das sie früher einmal so stolz gewesen ist. Dann fährt sie nach Hause. Wenn sie nur nicht so schrecklich allein wäre ...

Kapitel 2

Dr. Sterling hatte ihr Mut gemacht und gemeint, es sei der richtige Schritt. Und nun steht sie, mit seinen Worten noch im Ohr, wieder vor dem großen Gebäude mit der eintönigen Fensterfront, hinter der sich die klimatisierten Büroräume befinden, die jahrelang ihr zweites Zuhause gewesen waren.

Ihr Herz rast bei dem Gedanken an ihn, der sich in diesem Komplex befindet und jederzeit auf die Straße treten könnte. Sie sehen könnte.

Sie wartet hier nicht auf ihn. Da es erst früher Nachmittag ist, wird er noch nicht herauskommen, er hat sicher viel zu tun seit ihrem Arbeitsausfall. Denkt er wohl an sie? Fragt er sich nicht, wie es ihr geht nach ihrem letzten Treffen? Oder hat er einfach genug von ihr, jetzt, da sein Ziel doch erreicht ist? Er hatte sie besessen, sie hatte alles zugelassen, was er von ihr verlangte, und zuletzt wurde sie auch noch beruflich ausgebootet von ihm. Krank, haha. Sie schnauft verächtlich und starrt wie hypnotisiert auf die gläserne Tür, die sich wie von Geisterhand leise zischend öffnet, sobald jemand hineingeht oder herauskommt.

»Rebecca! Was machst du denn hier?«

Sie erkennt die jugendlich klingende Stimme sofort und fährt zusammen. Dann dreht sie sich vorsichtig zu ihr um.

Die schlanke Blondine läuft freudestrahlend auf sie zu und umarmt sie.

»Natalie!« Ihre Sekretärin hier zu sehen hat sie nicht erwartet. »Gehst du schon nach Hause?«

Natalie schüttelt den Kopf. »Nein, nein, ich musste nur etwas für Mr Adams besorgen. Aber wie geht es dir? Bist du wieder gesund? Kommst du bald wieder? Marc arbeitet vierzehn

Stunden am Tag, er will dich so perfekt wie möglich ersetzen, aber ich wünschte, du wärest wieder da.« Die schlanken Arme drücken sich um ihre Schultern und pressen sie fest gegen den leichten Trenchcoat, den die Sekretärin trägt.

»Ich bin noch nicht wieder gesund«, murmelt Rebecca und kann den Blick nicht vom Eingang abwenden. Nur niemanden verpassen. »Ich warte auf Stacy.«

Natalie runzelt die jugendlich glatte Stirn und pustet eine Haarsträhne aus dem Gesicht. »Habt ihr euch gestritten? Ich habe sie neulich gefragt, ob sie weiß, wie es dir geht, aber sie ist mir ausgewichen. Sonst ist sie ja immer so fröhlich und offen, aber bei der Frage wirkte sie plötzlich betroffen und traurig.«

Rebecca hebt die Schultern und verzieht den Mund zu einem traurigen Grinsen. »Na ja, wir kennen uns schon so lange, und selbst unter besten Freundinnen kann ein Streit ja mal vorkommen ...« Den Grund des Streites verschweigt sie der jungen Frau lieber. Es ist schlimm genug, dass sie von einer Affäre zwischen Rebecca und Marc weiß, das ganze Ausmaß des Desasters muss sie nicht erfahren.

»Ruf mich doch mal an, wenn du Zeit hast«, sagt Natalie und tätschelt beinahe mütterlich ihren Arm. »Wir können einen Kaffee zusammen trinken und ich kann dir ein bisschen Büroklatsch verraten. Vielleicht heitert dich das auf? Werd ganz bald wieder gesund, ja? Versprochen?«

Rebecca nickt aufatmend. »Ich gebe mir Mühe«, sagt sie. Und dann erstarrt sie vor den Augen der jungen Frau zur Salzsäule.

Natalie folgt ihrem Blick irritiert und sieht sofort, wer diese Reaktion ausgelöst hat. »Marc!«, ruft sie fröhlich und winkt dem großen, schlanken Mann zu, der in der offenen Glastür stehen geblieben ist und irritiert lächelt.

Rebecca stockt der Atem. Sie will weglaufen, fort von hier, aber ihre Beine versagen ihr den Dienst. Wie festgefroren steht sie da in ihrem grauen Mantel, ungeschminkt und nicht frisiert, in flachen Schuhen, die er doch so sehr verabscheut an ihr.

Was denkt sie sich da? Es sollte ihr egal sein, wie sie aussieht, sie will ihn nicht sehen und schon gar nicht mit ihm sprechen. »Es ist zu früh«, dröhnen die Worte von Dr. Sterling in ihren Ohren. »Geben Sie sich Zeit. Er ist gefährlich für Sie.«

Sie kriegt keine Luft, während sie zusieht, wie er sich ganz langsam nähert. Wie in Zeitlupe sieht sie ihn auf sich zukommen, und das Blut rauscht in ihren Ohren, verursacht heftige Kopfschmerzen. Ihr wird übel.

Sie streckt die zitternde Hand nach Natalie aus und berührt ihren Arm. »Ich ... Ich muss wieder ... weg ...«, stößt sie hervor, dreht sich auf dem Absatz um und läuft die Straße hinunter. Sie ist blind, nimmt die Menschen um sich herum nicht wahr, die sie irritiert ansehen. Sie rennt um ihr Leben, läuft so weit, bis sie außer Sichtweite ist und lässt sich erschöpft und mit rasendem Herzen in einem Hauseingang fallen.

Dort schließt sie die Augen und lehnt den Kopf an die harte Mauer. Warum musste er ausgerechnet jetzt aus dem Büro kommen und sie sehen? In diesem Aufzug? In ihrer Verfassung? Er wäre vielleicht sogar entsetzt, wenn er wüsste, wie es um sie steht. Und doch hat sein Anblick wieder diese wilden Emotionen in ihr ausgelöst, die sie nicht kontrollieren kann. Ihre Hände sind eiskalt und feucht, sie presst die zitternden Knie aneinander und legt die Stirn darauf, um sich selbst zu beruhigen.

Zu gefährlich ... Natürlich kann sie dem inneren Drang nicht widerstehen. Obwohl sie doch genau weiß, dass es ihr nicht guttun wird, rappelt sie sich nach wenigen Minuten auf und tritt zurück auf die Straße. Dann geht sie wie mechanisch die Straße wieder hinunter, zwischen den hohen Bürogebäuden vorbei, die das ganze Viertel in Beschlag genommen haben, und steuert auf ihr Unglück zu.

Natalie ist fort, und auch von ihm ist weit und breit nichts zu sehen. Noch immer am ganzen Körper zitternd bleibt sie vor dem Portal stehen und starrt hinein in das Foyer, das ihr früher beim Betreten so vertraut gewesen war. Der ältere Portier erkennt sie und nickt ihr freundlich lächelnd zu. Sie lächelt gequält zurück, fassungslos über sich selbst und ihre eigene Reaktion.

Ihr Körper spricht seine eigene Sprache, die sie nicht mehr beherrscht. Das heftige Pochen in ihrem Schoß ist unmissverständlich, und sie weiß genau, wer es ausgelöst hat.

Eine ganze halbe Stunde steht sie auf der Straße vor dem hohen Gebäude und wartet. Endlich öffnen sich leise fauchend die Glastüren, und sie erkennt den blonden Schopf. Eine neue Frisur, kürzer, frecher, es steht ihr gut und macht sie jünger.

»Becca!« Stacy bleibt wie vom Donner gerührt stehen, dann breitet sie die Arme aus und läuft wie ein kleines Kind auf sie zu, die Augen sorgenvoll und erleichtert zugleich. Rebecca lässt sich drücken und küsst die Freundin auf die Wange. Sie lachen, sie weinen, sie umarmen sich, als seien sie gerade von einer Weltreise zurückgekehrt, und dann fasst Stacy sie wortlos unter den Arm und zieht sie mit sich in das Café, in dem sie früher so oft gesessen und geredet haben.

Sie ist glücklich. »Ich habe mir solche Sorgen gemacht«, gesteht Stacy und greift über den kleinen Tisch nach ihrer Hand. »Du hast dich gar nicht mehr gemeldet, und Marc spricht nicht über dich. Ich wusste nicht einmal, ob ihr euch überhaupt noch seht. Du warst ja wie vom Erdboden verschluckt.«

Rebecca schluckt und starrt in den Kaffeebecher vor sich. »Du weißt, warum ich nicht mit dir sprechen wollte«, sagt sie leise und sieht auf.

Stacy verzieht den Mund und schließt kurz die Augen. »Natürlich«, flüstert sie. »Es tut mir so leid! Ich weiß nicht, warum das passieren konnte. Du musst mir glauben, dass das ganz sicher nicht geplant war. Ich kann dir gar nicht sagen, wie leid es mir tut, Becca!« Ihre Augen glitzern feucht, und der treue Hundeblick verfehlt seine Wirkung nicht.

»Es ist gut«, sagt Rebecca und lächelt traurig. »Ich bin wohl die Letzte, die nicht verstehen würde ...«

»Es war ein einmaliges Erlebnis«, sagt Stacy. »Das musst du mir glauben! Mein Gott, wenn Miguel davon erfahren würde, wäre ich morgen schon geschieden!« Sie schüttelt sich.

»Er wird es nicht erfahren«, beruhigt Rebecca sie. Nicht einmal in ihrer größten Wut hatte sie eine Sekunde lang darüber nachgedacht, Stacy auf diese Art und Weise für ihr Verhalten zu bestrafen.

Sie wusste, dass Marc die Schuld an diesem Ereignis traf. Er hatte die Freundin verführt, in ihrem Büro, wissend, dass Rebecca die beiden erwischen würde. Er hatte sie verletzen wollen, um ihr zu zeigen, dass er sie noch immer beherrschte, dass er nicht nur ihr Assistent war, sondern der Überlegene, obwohl sie seine Vorgesetzte darstellte. Er wollte sie verletzen und demütigen, um zu sehen, wie weit er gehen konnte. Er sah das als Zeichen ihrer Liebe. Sie verzieh ihm alles, kein noch so obszöner Wunsch war ihr zu viel, sie konnte ihm nichts abschlagen und war ständig für ihn bereit.

»Gehst du noch zum Psychologen?« Stacy nippt an dem heißen Kaffeebecher.

Rebecca nickt. »Ja, Dr. Sterling hat mir in den letzten Wochen wirklich sehr geholfen. Er hat mir dazu geraten, mich mit dir zu treffen und um eine Aussprache zu bitten.«

Stacy wird rot. Nervöse Flecken breiten sich auf ihren leicht gebräunten Wangen aus. »Ich weiß nicht, was ich dir noch sagen soll«, sagt sie leise.

Rebecca winkt ab und lächelt. »Es ist okay«, erwidert sie. »Lass es uns am besten vergessen ... alles.«

Nachdenklich trinkt sie von dem heißen Getränk und sieht aus dem Fenster auf die Straße. Es hat angefangen zu regnen, die Straße glitzert von der Feuchtigkeit und die vorbeifahrenden Autos wirken mit ihren hektischen Scheibenwischern eiliger als sonst. Menschen mit gesenkten Köpfen huschen vorbei, auf dem Weg nach Hause. Der Blick auf die Uhr zeigt, dass es gleich sechs ist. Die hektischste Stunde des Tages, in der die Massen die Büros verlassen und nach Hause eilen, zu Fuß, mit dem Auto oder mit der U-Bahn.

Vielleicht wird auch er gleich herauskommen. Der Gedanke daran schlägt wie eine Faust in ihren Magen ein, ihr wird übel.

»Was ist mit Marc passiert?«, fragt Stacy besorgt und vorsichtig. »Etwas ist zwischen euch geschehen, bevor du dich so zurückgezogen hast ...«

Die blauen Augen der Freundin sind so vertraut, sie kennt sie seit ihrer Kindheit. Sie haben schon in der Schule miteinander gestritten, Eifersüchteleien durchlitten, sich gegen die Eltern verschworen und waren immer die besten Freundinnen gewesen. Sie hatten keine Geheimnisse voreinander, bis Rebecca Marc traf. Es hatte lange gedauert, bis sie ihrer Freundin von ihrer Affäre erzählte, und Stacy war direkt beunruhigt gewesen und hatte versucht, sie zur Abkehr zu bewegen. Dass ihr diese bis zum Schluss nicht gelungen war, hatte sie geflissentlich verschwiegen, es war ihr unangenehm und peinlich der Freundin gegenüber.

Doch nun erzählt sie. Erzählt von den Momenten, die sie durchlitten hat, seitdem sie Marc und Stacy in ihrem Büro erwischte. Erzählt, wie sie ihm verziehen hat, und was er ihr bei ihrer letzten Begegnung angetan hat. Schonungslos und offen, so wie sie es Dr. Sterling erzählt hat. Tief atmend spricht sie langsam und bedächtig, wie ein Priester bei der Predigt, betont jede Silbe überdeutlich, um selbst mehr Abstand von dem Gesagten zu bekommen, das ja Erlebtes ist.

»Traumatisierung«, sagt sie und lächelt gequält. Vergewaltigung. Nötigung. Sie zieht das Sweatshirt hoch und zeigt ihrer Freundin den Rücken.

Stacy schnappt nach Luft. »Ist nicht dein Ernst! Das hat er selber gemacht?«

Rebecca lässt den Pullover zurückgleiten über diese Narbe, die sie an jeden Moment ihrer Affäre erinnert, und seufzt.

»Der ist kranker als ich befürchtet habe, Becca! Gut, dass du professionelle Hilfe hast, das kann man ja allein gar nicht durchstehen! Du solltest ihn anzeigen, weißt du das? Dann wird er seinen Job los und du kannst beruhigt zurückkommen und den ganzen Spuk vergessen.« Stacy kaut wütend auf ihrer Unterlippe herum und starrt nachdenklich auf den Tisch. »Ich könnte ihn ... Ach, ich weiß nicht, was ich ihn gerade könnte. Der Mann ist krank, Becca, und offenbar gefährlich für dich. Wer weiß, mit was für psychologischen Tricks und Mitteln er dich so hingebogen hat. Du kannst nichts dafür, es ist dir einfach passiert, wie es sicher noch vielen anderen Frauen auch passiert ist mit ihm. Er ist gefährlich und gehört eingesperrt! Zeig ihn an!« Sie redet sich in Rage und schnauft zwischen den Sätzen.

Rebecca grinst. »Ich werde ihn nicht anzeigen«, sagt sie. »Ich habe lange darüber nachgedacht, aber ich denke es ist besser, ihn zu vergessen. Und sobald es mir wieder gutgeht, suche ich mir einen neuen Job. Dann kann er glücklich werden mit dem, was er hat. Aber ohne mich.«

Stacy tätschelt ihre Hand, die trotz des heißen Kaffees im Becher eiskalt ist. Der Gedanke, dass sie ihn nie wiedersehen wird, bedrückt sie noch immer.

Wer sich in Gefahr begibt ...

»Ich finde das nicht fair«, brummt Stacy. »Es ist *dein* Job, du hast hart dafür gearbeitet, und wenn einer von euch gehen muss, dann sollte *er* das sein. Ich werde dich unterstützen und stehe dir als Zeugin zur Verfügung, wenn du mich brauchst. Das weißt du hoffentlich?«

Rebecca nickt. Natürlich weiß sie das. Dreißig Jahre Freundschaft kann auch ein Marc nicht einfach so zerstören.

»Ach herrje, schon so spät!«, ruft Stacy und springt auf. »Ich muss nach Hause, Emily wird gleich gebracht.« Stacy hat ihre Tochter bei einer privaten Nanny untergebracht, die noch andere Kinder betreut, während sie im Büro ist. »Tut mir leid, aber ruf mich morgen an! Wir treffen uns auf jeden Fall noch diese Woche zum Reden, versprochen!«

Rebecca haucht ihrer Freundin einen Kuss auf die Wange, bezahlt bei der jungen Kellnerin den Kaffee und verlässt wenige Minuten später ebenfalls das kleine Café.

Die Straße ist noch feucht von dem feinen Regen, der sie überzogen hat. Die Feuchtigkeit dringt tief in ihren Körper ein und lässt sie frösteln. Den dünnen Mantel eng über der Brust verschlungen geht sie mit festen Schritten den bekannten Weg entlang. Eigentlich müsste sie in die andere Richtung, denn dort steht ihr Auto und wartet darauf, sie endlich nach Hause zu bringen, in die schützende Umgebung ihres teuren Penthouses am anderen Ende der Stadt. Doch ihre Beine gehorchen nicht, sie finden den kurzen Weg wie von selbst, und plötzlich findet sie sich schwer atmend vor der Glastür wieder, mit klopfendem Herzen.

Nur ein Blick, wenn er herauskommt, nur kurz in die schwarzen Augen sehen, unentdeckt. Warten, ob er allein nach Hause geht oder ob er abgeholt wird, von einer anderen.

Sie kennt die Gegend wie ihre Nachttischschublade, schließlich hat sie viele Jahre ihres Lebens genau hier verbracht. Und so überquert sie die belebte Straße und betritt eine kleine Boutique in einer Shopping Mall gegenüber, von deren Schaufenster aus sie einen perfekten Blick auf das zischende Glasportal hat.

Sie ignoriert die irritierten Blicke der älteren Verkäuferin, die sie durch dicke Brillengläser hindurch neugierig mustert, während sie eine ganze Stunde immer wieder den Kleiderständer am Fenster durchstöbert und dabei hinausstarrt, auf die andere Straßenseite.

Sie kann sich nicht helfen, sie kann nicht weg, auch wenn er doch vielleicht schon längst nach Hause gegangen ist und gar nicht mehr im Büro sitzt. Sie versucht zu erkennen, ob noch Licht in ihrem Büro ist, ganz oben im achten Stock, doch sie kann das Fenster von hier unten nicht mehr sehen.

Sie fixiert den Ausgang des großen Komplexes und wendet die Augen nicht einmal ab, als die Verkäuferin sie zum fünften Mal fragt, ob sie ihr helfen kann, aus Angst, ihn zu verpassen.

»Madam, ich muss Sie jetzt aber wirklich bitten, das Geschäft zu verlassen, wenn Sie nichts kaufen möchten.« Die ältere Dame klingt nervös, vielleicht hat sie Angst vor einem Überfall? Rebecca könnte ja Amok laufen, und wenn sie die Dame wäre, würde sie etwas Ähnliches befürchten. Nach zwei weiteren Aufforderungen gibt sie nach und verlässt zur Erleichterung der Verkäuferin die kleine Boutique.

Kalter Wind umfängt sie auf der Straße, es ist noch hell draußen in Seattle und langsam leert sich der Asphalt, die meisten Menschen haben das traute Heim erreicht und teilen ihre Arbeitserlebnisse schon mit der lieben Familie.

Sie muss gar nicht genau hinsehen, um ihn zu erkennen. Schon aus den Augenwinkeln fällt er ihr auf, und noch bevor die Augen überhaupt das Ergebnis ihrer Analyse an ihr Hirn gesendet haben, reagiert ihr Körper wie ein pawlowscher Hund.

Diesmal sieht er sie nicht. Die Hände in den Manteltaschen vergraben, geht er gerade und aufrecht mit schnellen Schritten die Straße hinunter, und sie folgt ihm vorsichtig, versteckt sich zwischendurch in Hauseingängen und hinter Mauern, um rasch wieder auf die Straße zu gehen und ihm nachzulaufen. Sie weiß, wo er hingeht, sie kennt den Weg, den sie oft genug mit dem Wagen gefahren ist. Er hat kein Auto, er geht gern zu Fuß, hatte er immer gesagt, und wenn sie zusammen unterwegs waren, hatte er ungefragt ihren kostbaren Mercedes benutzt, was sie ihm wie selbstverständlich gestattet hatte.

Trotz der Kälte ist ihr warm unter dem zu dünnen Mantel. Sie will ihn nur ansehen, nur ein paar Minuten, während sie ihm folgt. Sie starrt auf seine Füße, die in teuren Schuhen stecken und auf dem Asphalt knirschen. Sie betrachtet seinen Nacken, der stark ist und im Ansatz seiner dichten, schwarzen Haare mündet. Marc Lavie. Ihr Leben, ihre Liebe, ihr Schicksal. Ihr Ruin.

Seltsamerweise verspürt sie keine Wut mehr bei seinem Anblick. Sie wird das mit Dr. Sterling besprechen, gleich morgen, der ihr die Phasen der Traumaverarbeitung deutlich erklärt hatte. In welcher Phase befand sie sich? Warum gehörte die Phase »Fick mich, meinetwegen gleich hier auf der Straße, ich brauche dich jetzt« nicht zu dem Plan des Psychologen?

Zwischen ihren Beinen pocht es unaufhörlich. Das Blut ist aus ihrem Gehirn gewichen und geradewegs zwischen ihre Beine gefahren, wo es sich nun offenbar sammelt und sich zu einem übermächtigen Impuls vereint, der nur ein Ziel kennt.

Sie hat Angst. Nicht vor ihm, aber vor seiner Reaktion, wenn er sie entdeckt. Vielleicht wird er sie auslachen, verhöhnen?. Oder er würde sie wegschicken, und sie wäre nicht in der Lage, diesem Befehl zu folgen. Nicht jetzt.

Als er die Pforte des kleinen Zaunes aufstößt, der den Weg zu dem alten Haus versperrt, in dem er wohnt, und über den knirschenden Kies auf die Tür zugeht, bleibt sie stehen. Atemlos.

Sie kann ihm nicht einfach weiter ins Haus folgen. Die Tür fällt hinter ihm zu, und im Treppenhaus geht Licht an.

Rebecca nagt auf ihrer Unterlippe. Sie sollte umkehren und nach Hause fahren, wie Dr. Sterling es ihr geraten hat. Ihm aus dem Weg gehen. Es ist zu früh. Er ist gefährlich. Unschlüssig verharrt sie und starrt weiter auf das wohlbekannte Haus.

»Genevieve ...« Die bekannte Stimme hinter ihr lässt ihr Herz rasen. »Was tust du hier?« Tief, wohlklingend fährt sie ihr wie ein zu lauter Bass mitten in den Magen.

Panisch dreht sie sich um und starrt ihn mit aufgerissenen Augen an. »Wie ... woher?« Er ist doch gerade in das Haus hineingegangen, sie hat ihn doch gesehen! Wo kommt er so plötzlich her, von hinten? Hat er doch bemerkt, dass sie ihm gefolgt ist, und ist um das Haus herumgegangen, um sie zu überraschen?

Ihre Knie zittern, als er sie wortlos in den Arm nimmt. Und dann legt sie ihr Gesicht in seine Halsbeuge, gegen seine Brust, atmet seinen vertrauten Duft ein, den sie so vermisst hat, und weint hemmungslos.

Er streichelt ihr Haar, hält sie ganz fest, küsst sie auf die Stirn, lässt sie weinen, tröstet sie. Er bringt sie über die Straße durch den kleinen Vorgarten in das Haus, das so viele Erinnerungen birgt und das ihr ein Gefängnis war. Ein Gefängnis ihrer eigenen Lust.

Sie schließt die Augen, als sie den Flur seiner Wohnung durchqueren, um die Bilder nicht zu sehen, die hier hängen. Sie kennt sie, und sie fürchtet sich davor, ihr eigenes Konterfei zwischen all den Trophäen zu sehen, die er hier gesammelt hat.

Krank, sagt Stacy.

Gefährlich, sagt Dr. Sterling.

Magisch, sagt Rebecca.

Er schält sie aus dem Mantel, legt die Arme um sie und trägt sie in sein Wohnzimmer, das warm und dunkel ist. Er macht kein Licht, nachdem er sie vorsichtig wie eine Porzellanpuppe auf der antiken Chaiselongue abgelegt hat.

Wie eine Ertrinkende klammert sie sich an ihn, presst ihre Lippen auf seine und atmet tief ein. Endlich! Kleine Stromstöße jagen bei jeder Berührung seiner Zungenspitze durch ihren Körper, die Tätowierung am Steiß brennt, ihr Schoß pocht so heftig, dass sie ihn im Kopf noch spüren kann, ihren eigenen Puls, der sich überschlägt und ihr den Atem nimmt.

Dieser erste Kuss ist das Köstlichste, das sie seit Wochen zu sich genommen hat. Er ersetzt jedes Getränk, jede Mahlzeit, die sie nicht gegessen hat, jede Sekunde Schlaf, die sie entbehrt hat. Sie fühlt sich ganz, vollkommen, und es ist egal, dass sie ungeschminkt ist und schwarze Socken in flachen Schuhen trägt, statt der feinen Nylons in den hochhackigen Pumps, die er so gern an ihr sieht.

Hemmungslos seufzend spreizt sie die Beine für ihn, nackt bis auf die Socken, die er ihr nicht ausgezogen hat, auf der wunderschönen alten Chaiselongue, die unter ihrem Gewicht und seinen Stößen knarrt und ächzt, bis er endlich in sie eindringt und sie wieder eins werden lässt mit sich und der Welt.

Sein Schwanz ist hart, als er zwischen ihre Labien gleitet und sich tief in ihr versenkt, seine Lippen sind fest und rau, sein Kuss fordernd und leidenschaftlich. Er hat sie auch vermisst, frohlockt sie, sie hat doch gewusst, dass es nicht vorbei ist, dass sie wichtig für ihn ist, dass sie noch immer Genevieve ist, die Frau, die nicht in seine Sammlung gehört. Lieblingsspielzeug, hatte er einmal gemurmelt, und jetzt lauscht sie verzückt seinem leisen Keuchen, betrachtet die winzigen Schweißperlen, die wie von Geisterhand auf seiner Stirn erscheinen, presst ihre Lippen wieder fest auf seine und fordert ihn heraus wie zu einem Kampf.

Rebecca schlingt die Muskeln um seinen Schwanz, der in ihr immer härter wird, massiert ihn und drückt ihn mit den Füßen so eng an sich, dass sie keine Luft mehr bekommt. »Fick mich«, sagt sie leise, »fick es aus mir heraus, mach mich wieder gesund.«

Er hebt den Kopf und sieht ihr tief in die Augen. Diese schwarzen Augen, unergründlich wie das Meer und ebenso gefährlich. Sie erkennt die Abgründe hinter dem dunklen Vorhang, die ihn so anziehend geheimnisvoll machen, sieht die Lust und die Gier in ihnen, die sie hilflos und willenlos werden lassen, und lässt sich in ihnen fallen, bis sie nicht mehr Rebecca ist, sondern Genevieve, seine Geliebte, die sich dem Tier hingibt, das in ihm steckt.

»Chéri«, sagt er leise, die Lippen zusammengepresst. »Ich habe dich vermisst.« Dann schließt er die Augen.

Und als sie sein Zucken tief in sich spürt und diesen kurzen Moment der Kontrolllosigkeit in seinem Gesicht erkennt, diese wenigen Sekunden, in denen die Muskeln zittern und er die Beherrschung verliert, schreit sie ihm ihre ganze Lust, ihre Wut, ihre Verzweiflung entgegen, während sich ihr Becken lustvoll pulsierend minutenlang um seinen langsam in ihr erschlaffenden Schwanz legt.

Kapitel 3

Er raucht. Sie hat den Kopf auf seinen Schoß gelegt und atmet mit geschlossenen Augen das süße Parfüm ihrer beider Lust ein, das sie geschaffen haben. Die Pheromone füllen den ganzen Raum, dieses Zimmer, das noch immer dunkel ist, nur schwach erleuchtet von den Lichtern der Straße.

»Warum hast du dich nicht gemeldet?«, fragt sie und wagt nicht, die Augen zu öffnen und ihn anzusehen. Ihr Körper zittert, fürsorglich zieht er eine weiche Wolldecke über sie, doch ihr ist nicht kalt.

»Ich wollte dir Zeit geben, Chéri«, sagt er leise und hält ihr die glühende Zigarette vor den Mund, an der sie hastig zieht, nur um den weichen, von ihm feuchten Filter zwischen die Lippen zu nehmen, als nähme sie so einen Teil von ihm in sich auf. »Ich war mir nicht sicher, ob du mich noch willst. Ob ich dich noch will.«

Seine Ehrlichkeit verblüfft sie. »Zu welchem Schluss bist du gekommen?« Ihre Hände versteifen sich, Angst vor der Wahrheit.

»Das hast du doch gesehen«, antwortet er und lacht leise. »Ich habe auf ein Zeichen von dir gewartet, und als ich dich heute Nachmittag vor dem Büro gesehen habe, wusste ich, dass die Zeit gekommen ist.« Er küsst sie auf die Stirn und drückt die Zigarette im sauberen Aschenbecher aus.

»Ja«, sagt sie und seufzt wohlig. »Nicht nur die Zeit ist gekommen.« Schmunzelnd presst sie die Schenkel aneinander, um die Nachwehen des heftigen Höhepunktes zu genießen, der sie geschüttelt hat. Die Angst, die Wut und die ungestillte Lust der letzten Wochen sind explodiert, und vielleicht, ja, vielleicht würden sie noch eine Chance haben.

»Ich will nicht auf dich verzichten«, sagt sie und sieht zu ihm auf.

Er erwidert ihren Blick und lächelt. »Das musst du nicht«, sagt er. Der weiche Akzent in seiner Stimme schmiegt sich um sie wie ein Tuch, beruhigend, zärtlich. Er kann so sanft sein und doch auch so hart und unnachgiebig.

»Ich weiß, dass du nicht auf die anderen verzichten kannst«, sagt sie und schließt die Augen, um die schwierigen Worte, die folgen müssen, einfacher von sich geben zu können. »Ich kann damit leben. Wenn du mich lässt. Wenn du mir einen Platz einräumst in deinem Leben, dessen Größe du selbst bestimmen kannst. Aber lass mich nicht mehr allein.«

Marc streicht sanft mit den Fingerkuppen über ihre Brustwarzen, die sich sofort wieder versteifen und klein und hart werden. »Bleib heute Nacht hier«, sagt er, und ihr Herz stolpert.

»Wirklich?«

Er nickt und küsst ihre Brüste, erst die linke, dann die rechte. Zärtlich saugt er an ihnen, rutscht unter ihr von der Chaiselongue und bringt sie in sein Schlafzimmer, an dessen letzte Begegnung sie sich nur mit Schaudern erinnert. Ihr Körper versteift sich unwillkürlich, als er sie bäuchlings auf das Bett wirft, doch heute ist alles anders.

Stundenlang verwöhnt er sie, die Zeit vergessend, und treibt sie mit Fingern und Zunge bis in die tiefe Nacht von einem Höhepunkt zum Nächsten. Schließlich befestigt er ihre

Handgelenke mit schwarzen Seidentüchern an dem metallenen Bettgestell, verschließt ihre Augen gnädig mit einer Seidenbinde und dringt von hinten in sie ein, ganz sanft zunächst, dann immer heftiger. Sie kniet vor ihm auf dem Bett, spürt jede seiner Bewegungen in der Matratze, die unter ihr bebt, spürt seine Finger, die geschickt ihre schmerzhaft geschwollene Perle liebkosen und reiben, die schon so erschöpft ist, dass sie kaum noch etwas fühlen kann. Sie weint, als er tief in sie hineinstößt und die schmerzhafte Erfahrung ihres letzten Beisammenseins aus ihr heraustreibt. Ihr ganzer Körper zuckt ein letztes Mal in einem nicht enden wollenden Höhepunkt, während er tief in ihr pulsiert und sich in sie ergießt, laut stöhnend, eine Hand in ihrem Nacken, die andere an ihrem Schoß, noch immer beherrscht und kontinuierlich, bis sie glaubt, das Bewusstsein zu verlieren.

Es ist schon fast früh am Morgen, als sie sich eng an ihn presst, einen Arm um seine Hüfte gelegt, als wolle sie ihn festhalten, die Augen schließt und erschöpft einschläft.

***

Am Morgen weckt er sie vorsichtig mit einem großen Kaffeebecher, dessen Duft den Rausch der Lust, der noch in dem kleinen Schlafzimmer wabert, überlagert. Verwirrt richtet sie sich im Bett auf und wischt sich den Schlaf aus den Augen.

»Hast du gut geschlafen?«, fragt er und lässt eine Hand über ihren Rücken gleiten.

Rebecca nickt und nimmt den Becher dankbar von ihm entgegen. »Wie ein Baby«, sagt sie und lächelt. Zwischen ihren Beinen spürt sie noch die kalte, klebrige Feuchtigkeit. Sie will jetzt nicht duschen, will ihre Lust nicht abwaschen, sondern sie behalten, für immer.

»Ich bin gleich weg«, sagt er und setzt sich auf die Matratze.

»Du kannst dir Zeit lassen, bevor du gehst. Ich werde mich bald bei dir melden, ich verspreche es.« Er küsst sie auf die Lippen, weich und warm.

Wie ein Schwert fährt die Angst in ihren Körper, lässt sie erstarren und jagt ihr gleichzeitig Adrenalin durch die Adern. »Lass mich nicht wieder warten«, bittet sie. Ihre Augenlider flattern unkontrolliert. »Geh nicht weg!« Sie greift nach seinem Arm, um ihn festzuhalten, dann schiebt sie die Bettdecke von ihrem nackten Körper und spreizt die Beine für ihn, damit er hineinsehen kann in ihren Schoß, den er die ganze Nacht genossen hat. »Fick mich noch einmal«, bittet sie, doch er fährt nur kurz mit dem Finger durch ihre Spalte, lässt ihn in sie gleiten und zieht ihn wieder heraus, um daran zu riechen.

Lächelnd steht er auf. »Ich werde dich den ganzen Tag bei mir haben«, sagt er und wedelt mit der Hand, als wolle er einen unsichtbaren Nagellack trocknen. »Ich kann dich nicht vergessen, Genevieve.«

Er zieht die Schlafzimmertür hinter sich zu, und sie hört, wie die Wohnungstür ins Schloss fällt. Erschöpft legt sie den Kopf auf das Kissen und schließt die Augen. Sie ist allein. In seiner Wohnung. Sie kennt ihn, er hat das nicht ohne Grund gemacht. Ganz sicher hat er etwas vorbereitet für sie, etwas, das sie hier entdecken soll. Nackt klettert sie aus dem großen Bett und legt die Seidentücher und die Augenbinde sorgfältig zusammen.

Danach geht sie durch die ganze Wohnung und inspiziert sie. Sie öffnet Schränke und Schubladen, durchstöbert seine Bücher, bis ihr zwei Stunden später auffällt, dass sie noch immer nackt ist und ihr Magen unangenehm knurrt.

Sie streift den Pullover und die Hose vom Vortag über ihren kalt gewordenen Körper und geht zum Kühlschrank. Hastig isst sie einen Joghurt, dann durchwühlt sie fieberhaft den Rest der Wohnung, auf der Suche nach seinen Geheimnissen.

Irgendwo muss er es versteckt haben. Für sie. Er muss wissen, dass sie diese Gelegenheit nutzen wird, wenn er sie schon allein zurücklässt. In die untere Etage des Hauses ist Leben gekommen. Das Büro bevölkert sich langsam. Bei jedem Geräusch im Hausflur zuckt sie zusammen und verharrt ein paar Sekunden lang, ohne zu atmen, bevor sie sich wieder den Schränken zuwendet. Sie sucht unter dem Bett, in den Küchenschränken, in seinem Schreibtisch, dessen Schubladen abgeschlossen sind und zu dem sie leider keinen Schlüssel finden kann.

Im Flur sieht sie sich etwas ängstlich um. Die Bilder sind noch da. Die Galerie der Frauen starrt sie mit ängstlich aufgerissenen Augen von den Wänden an.

Krank, sagt Stacy.

Gefährlich, sagt Dr. Sterling.

Ihr Bild findet sie nicht. Erleichtert atmet sie auf und betrachtet die kleinen Fotografien in den zierlichen Rahmen genauer. Es ist kein neues Bild dazugekommen, seitdem sie sie zum letzten Mal so intensiv betrachtet hat. Und wo ist ihr Bild? Warum hängt es nicht hier?

Rebecca geht in die Küche zurück und greift nach einem Apfel, den sie genüsslich verzehrt. Es ist schon fast früher Nachmittag, und ihr Termin bei Dr. Sterling fällt ihr ein. Sie kann es nicht mehr nach Hause schaffen, also muss sie von hier aus zu ihrem Auto gehen und hinfahren. Gut eine Stunde braucht sie für den Weg, also keine Zeit mehr, unter die Dusche zu springen.

Als sie ihre Handtasche vom Boden aufnimmt, entdeckt sie den großen, braunen Umschlag darunter. Mit klopfendem Herzen hebt sie ihn auf und lässt sich zur Sicherheit auf einen

Stuhl fallen. Wer weiß, welche Überraschung er hier für sie vorbereitet hat? Sie wird die Unterstützung vielleicht nötig haben.

Rebecca öffnet den nicht verklebten Umschlag und zieht einen Zettel heraus. Es ist die ausgedruckte Onlinereservierung für einen Flug.

Rebecca Moon. Marc Lavie.

Freitag, 14. September. Neun Uhr.

Tacoma – Paris.

Sie schließt die Augen und presst das Papier fest gegen ihre Brust. Lächelnd legt sie es anschließend offen auf den kleinen Tisch, bevor sie die Wohnung, ohne sich noch einmal umzudrehen, verlässt.

Kapitel 4

»Was ist mit Ihnen passiert?« Dr. Sterling schiebt die Brille gegen die Stirn und begutachtet sie neugierig und misstrauisch.

Rebecca lächelt. »Was soll schon passiert sein? Es geht mir wieder besser«, sagt sie.

»Sie sehen etwas, entschuldigen Sie bitte, derangiert aus«, erwidert der Psychologe und notiert etwas in seiner großen Kladde.

Sie grinst. Wenn er wüsste ...

Eigentlich müsste er es riechen können, sie zieht den Duft wie ein schweres Parfüm hinter sich her. Jeder Hund würde in ihrer Gegenwart verrückt werden. Sie kann den Geruch ihrer eigenen Lust, der sich mit seinem ihm eigenen Duft sinnlich paart, selbst riechen. Sie kann ihn förmlich spüren. Sie hat darin gebadet, und er haftet an ihr wie eine zweite Haut, die sie nicht ausziehen will.

»Ich möchte wieder arbeiten«, sagt sie entschlossen und

richtet sich auf dem Sofa auf.

Dr. Sterling stutzt verwundert. »Wie bitte?«

»Sie haben schon richtig gehört. Ich fühle mich deutlich besser und will wieder arbeiten.«

Der Arzt mustert sie schweigend, während sie die Lippen zusammenpresst und seinen Blick entschlossen erwidert.

»Rebecca, etwas ist gestern mit Ihnen passiert, das kann ich fühlen«, sagt er leise und beugt sich zu ihr. »Und ich hoffe, es hat nichts mit Marc zu tun.«

Täuscht sie sich, oder klingt da so etwas wie Eifersucht in seiner Stimme?

»Ich habe mich mit meiner Freundin wieder versöhnt«, erklärt sie.

Sein Gesicht erhellt sich. »Das ist großartig! Wie hat Stacy reagiert?« Er lehnt sich beinahe erleichtert auf dem Stuhl zurück und mustert sie auffordernd.

»Sie hat sich gefreut, es war fast wie früher. Wir haben uns ausgesprochen und alles ist gut.«

Er kritzelt wieder mit dem dünnen Kugelschreiber in sein Heft, dann nickt er aufmunternd. »Ich verstehe, dass Sie das beruhigt. Aber ich denke, es ist noch zu früh für Sie, wieder arbeiten zu gehen, zumal Marc doch noch dort ist, oder?«

Rebecca nickt. »Ja, natürlich. Aber ich kann meinen Job nicht seinetwegen aufgeben. Ich werde ihm in die Augen sehen und mich ihm stellen müssen«, sagt sie wild entschlossen. »Ich bin mir sicher, dass ich es kann und bereit dazu bin. Aber das alles muss ein Ende haben.«

Dr. Sterling wiegt nachdenklich den Kopf hin und her, bevor er sich an der Stirn kratzt und die Brille abnimmt. Das kurz geschnittene blonde Haar sieht heute etwas wirr aus, offenbar hat auch er eine aufregende Nacht hinter sich. Mit wem bloß?

»Rebecca, ich glaube wirklich, dass Sie sich noch eine längere Auszeit nehmen sollten. Soweit ich weiß, gibt es ja keine Probleme mit Ihren Vorgesetzten. Das Verständnis für Ihre – Situation war ja groß. Fahren Sie doch noch in den Urlaub, bevor Sie sich wieder in die Arbeit stürzen. Ich werde Ihnen natürlich attestieren, dass ein gewisser räumlicher Abstand nötig ist, um Ihre Heilung positiv zu beeinflussen.«

Urlaub. Räumlicher Abstand. Paris. Frankreich. »Das ist eine gute Idee, Dr. Sterling«, sagt sie und steht auf. »Ich werde darüber nachdenken.«

»Das ist gut«, antwortet der Arzt erleichtert und begleitet sie zur Tür. »Sehen wir uns morgen wieder?«

»Ich denke es reicht, wenn ich am Montag wiederkomme«, sagt sie und ignoriert seinen verdutzten Gesichtsausdruck. »Wie gesagt – es geht mir schon viel besser.«

Die Drogen sind zurück. Endorphine, Adrenalin, Pheromone, Oxytocin – die Fachbegriffe hat er ihr wochenlang um die Ohren gehauen, um ihr die eigene Situation leichter verständlich zu machen. Jetzt weiß sie, was es ist, das sie so berauscht wie keine Chemie der Welt es je könnte. Nun hat sie einen Namen dafür. Und ein einziger, kleiner Name lässt ihren ganzen Körper vor Vorfreude erbeben.

Überhaupt, Paris ... Sie war nach der Highschool einmal in Europa gewesen, vier Wochen lang. Zusammen mit Stacy hatte sie eine Rundreise gemacht: Paris, Berlin, London, Prag, Rom, Stockholm, Barcelona, Wien ... All die schönen Städte hatten sie besucht, hatten gefeiert, Kultur und Architektur bewundert und viele Menschen kennengelernt.

»Was darf ich Ihnen bringen?« Der Kellner in dem kleinen Café mustert sie neugierig. Sie bestellt einen Cappuccino und wartet.

»Hey, Süße!« Stacy lässt sich schnaufend auf den Stuhl ihr

gegenüber fallen und strahlt. »Schön, dich zu sehen!« Dann runzelt sie die Stirn und betrachtet ihre Freundin. »Wie siehst du aus? Warst du nicht zu Hause gestern?« Natürlich ist ihr aufgefallen, dass sie noch immer die gleichen Klamotten trägt wie am Vortag. Und dass sie noch nicht geduscht hat, ist auch ziemlich deutlich.

Rebecca grinst. »Doch, klar. Aber ich komme gerade von Dr. Sterling und hatte heute Morgen keine Lust, mich zurechtzumachen.«

Stacy schnalzt mit der Zunge. »Also wirklich – das bin ich ja gar nicht von dir gewöhnt. Sonst legst du immer so viel Wert auf dein Äußeres.«

Sie plaudern ein wenig vom Büro, Stacy berichtet von den neusten Fortschritten ihrer kleinen Tochter, die täglich etwas Neues lernt, und von den beruflichen Rückschritten ihres Mannes, der unglücklich ist in seinem Job und doch nicht den Mut hat, etwas zu ändern.

Rebecca hört zu, kommentiert und versucht, ihre Gedanken zusammenzuhalten. Unmöglich kann sie Stacy von Marc erzählen, sie würde sie für verrückt erklären und in eine geschlossene Anstalt einweisen lassen.

Geheimnisse ... Nicht einmal Dr. Sterling gegenüber war sie ehrlich gewesen. Sie konnte damit leben, hatte es lange genug getan. Und sie wusste, dass Marc es nicht leiden konnte, wenn sie mit anderen über ihn sprach. »Was unter uns passiert, sollte unter uns bleiben, Chéri«, hatte er gesagt und sie eindringlich angesehen. »Wir sind eine Einheit, und Dritte passen nicht dazu.« Sie hatte genickt und ihm zugestimmt. Als er erfuhr, dass sie Stacy doch von ihnen erzählt hatte, hatte er sich gerächt. Und daran will sie sich eigentlich gar nicht zurückerinnern.

»Ich soll in den Urlaub fahren, hat Dr. Sterling gesagt. Und ich habe mir überlegt, nach Paris zu fliegen. Nächste Woche.« Sie strahlt die Freundin auffordernd an.

Stacys Reaktion lässt nicht lange auf sich warten. »Paris! Was für eine großartige Idee! Weißt du noch, wir beide damals? Oh, Paris, da werden Erinnerungen wach! Sacré Coeur, Notre Dame, der Eiffelturm, der Louvre ...« Sie schließt genießerisch die Augen und schwelgt in ihren Gedanken. »Ich glaube, Paris ist die schönste Stadt der Welt. Allein die vielen, gut aussehenden Menschen dort! Von den Touristen natürlich abgesehen. Die Stadt der Liebe, allerdings!«

»Und die Stadt der Gefahr«, fügt Rebecca hinzu und lacht. »Immerhin sind wir im Pigalle bei den beiden heißen Typen unser gesamtes Geld und unsere Ausweise losgeworden!«

Stacy grinst. »Oh ja, das werde ich nie vergessen! Wie zwei Idioten haben wir uns ausnehmen lassen von den Kerlen! Aber der Sex war immerhin gut.«

Rebecca nickt zustimmend. »Allerdings war er den ganzen Ärger nicht wert.« Sie waren in den nächsten Tagen durch die Stadt geirrt, ohne Geld, ohne Papiere, und hatten bei der amerikanischen Botschaft endlich Hilfe bekommen. Trotzdem – Paris ...

Seine Heimat. Er spricht fließend Französisch, und bestimmt wird er viele Menschen dort kennen. Wird er sie allein lassen in der fremden Stadt, deren Sprache sie kaum beherrscht? Wird er sich mit anderen vergnügen und sie warten lassen, um sich ihrer Demut ganz sicher zu sein? Er würde seinen ganzen Heimatbonus gegen sie ausspielen, das stand fest, und die Vorstellung ließ sie frösteln.

Sie würde mit ihm auf dem Eiffelturm stehen und auf die große Stadt hinabsehen. Sie würde sich von ihm seine Lieblingsplätze zeigen lassen. Vielleicht lebte sogar seine Mutter noch dort und sie würde sie kennenlernen? Oder eine seiner

Exfreundinnen treffen?

Aufregung und Vorfreude kribbeln in ihr wie ein Haufen Ameisen. Eine gefährliche Reise. Eine Reise, die sie verändern wird. Aber sie ist bereit dazu. Allein der Gedanke an eine ganze Woche mit ihm sorgt für Erregung.

Kapitel 5

Aufgeregt steht sie mit einem großen Koffer und ihrer Handtasche vor dem Eingang des Terminals und hält nach ihm Ausschau. Nervös geht sie ein paar Schritte auf und ab, dreht den Kopf in alle Richtungen, um ihn nur ja nicht zu verpassen. Dann sieht sie den dunklen Schopf hinter zwei älteren Frauen, die ihre Koffer auf einem Wagen vor sich herschieben. Noch bevor sie die schwarzen Augen unterhalb der Haarsträhnen erkennt, die ihm ins Gesicht gefallen sind, weiß sie, dass er es ist. Die Bewegung, die Geschmeidigkeit, der sichere und feste Gang, die Hände lässig in den Taschen des schwarzen Sakkos vergraben. Wo ist sein Koffer? Das schießt ihr noch durch den Kopf, bevor er mit seinem schönsten Lächeln auf sie zugeht, die Hände aus den Taschen löst, ihr entgegenstreckt und sie an sich drückt, ganz fest, ganz eng.

Sie zittert vor Freude. Sie wird stundenlang im Flugzeug neben ihm sitzen, wird ihn ansehen und anfassen können, keine Spielchen wie zu Hause, wenn er sie warten und bitten lässt. Sie wird einfach da sein, neben ihm, und er wird diesmal nicht einfach weggehen können. Er küsst sie in die Halsbeuge, was sofort eine wohlige Gänsehaut in ihrem Nacken erzeugt. Etwas müde sieht er aus, dunkle Ränder unter den Augen zeugen von schlaflosen Nächten oder von Sorgen, die er nicht mit ihr teilt.

»Wo ist dein Koffer?«, fragt sie und blickt zu ihren Füßen hinab, wo ihr eigener, viel zu großer Koffer steht. »Schon unterwegs«, antwortet er und lacht.

Er nimmt ihren Koffer und geht voran zum Check In. Marc kümmert sich um alles, sie bleibt wenige Schritte hinter ihm stehen und genießt es, die Verantwortung an ihn abgeben zu dürfen. Alles wird gut werden.

»Du bist wunderschön, Genevieve«, sagt er, als er zu ihr zurückkommt, und küsst sie vor den Augen der Welt, in diesem lauten und mit Leben gefüllten Flughafengebäude, und sie vergisst die anderen um sich herum, während sie in ihm versinkt.

Sie trinken Kaffee und Champagner und lachen. Sie lästert über einige Touristen im Flughafen, dickbäuchige Männer mit kurzen Hosen und Socken, alte Frauen mit zu kurzen Röcken oder schreiend bunten Blusen. Er lacht auch, viel zu selten. Sie wirft den Kopf in den Nacken, dass die Haare fliegen, die sie heute ausnahmsweise einmal offen trägt.

Er fährt mit den Fingern hinein und gleitet hindurch. »Chéri, ich mag es, wenn du dein Haar offen trägst«, murmelt er und küsst sie auf den Hals.

Ihr ist leicht zumute, beschwingt. So normal, so fröhlich, so ausgelassen war sie selten gewesen in seiner Gegenwart. Fast wirken sie wie ein normales Paar, das in den gemeinsamen Urlaub aufbricht, voller Vorfreude auf neue Eindrücke, ein anderes Land.

Als ihre Flugnummer aufgerufen wird, machen sie sich langsam auf den Weg zum Gate. Vor den großen Fenstern steht das Flugzeug. Riesig, die Türen geöffnet, an denen ein schlauchartiger Tunnel wie eine Nabelschnur am Gebäude hängt.

Ihr Herz pocht, als sie seine Hand drückt. Er sieht lächelnd auf sie herab. Er kennt ihre Ängste. Sicher weiß er zu schätzen, was sie auf sich nimmt, um ihm nahe zu sein. Noch immer kann sie nicht fassen, dass er sie auf diese Reise mitnimmt.

Doch auch er war unsicher gewesen, immerhin hatte er sich in der Woche zuvor noch telefonisch bei ihr erkundigt, ob sie seine Einladung gefunden hätte und annähme.

Sie hatte »bien sûr«, *natürlich*, in den Hörer gehaucht und sich anschließend zu einer heißen Nummer am Telefon mit ihm verführen lassen.

»Ich werde dich in Paris jeden Tag vögeln«, hatte er gesagt. »Ich werde dich zu meiner persönlichen Lustsklavin machen und dich nehmen, wann ich will. Kannst du dir schon vorstellen, wie ich dich meinen Schwanz lutschen lasse, bis er ganz hart ist, um dann in dich einzudringen, von vorn und von hinten, immer wieder? Male dir aus, wie ich dich lustvoll quäle, deinen Höhepunkt hinauszögere, oben auf dem Eiffelturm, zweihundertsiebzig Meter über der Erde, über den Menschen, die zu uns hinaufschauen können und uns doch nicht sehen.

Die ganze Stadt wird deine Lustschreie hören, wenn ich deine Hände an den Stahlstangen fessele und deinen Oberkörper weit über die Brüstung der Plattform lehne, damit du den Ausblick genießen kannst, unter dir die Luft und am Ende der harte Beton, der dich nicht freundlich empfangen wird, wenn du fällst. Ich werde deine Spalte auslecken und dich anschließend so hart vögeln, dass du fürchten musst, herunterzufallen. Spürst du meinen Schwanz in deiner heißen Möse? Spürst du deine Säfte, wie sie aus dir herausfließen und auf die Menschen hinabtropfen, die unten stehen und staunend nach oben sehen, das Stahlmonstrum bewundernd?« Sie hatte gestöhnt und ihre Finger so fest in ihrer Klit vergraben, dass es beinahe schmerzte, und dann war sie keuchend gekommen, den Telefonhörer neben sich auf dem Kissen.

»Du solltest dir eine Webcam anschaffen«, hatte er anschließend gesagt, als sie heftig atmend mit nassen Fingern in ihrem Schoß den Hörer wieder ans Ohr nahm. »Ich hätte gern gesehen, wie du dich in deiner Lust windest. Du bist so schön, wenn du kommst, Genevieve.« Sie hatte festgestellt, dass er es mit seiner Stimme und relativ wenigen Worten schaffte, sie körperlich mehr zu erregen als ein Pornofilm es je gekonnt hätte.

Sie schließt die Augen und atmet noch einmal tief die verbrauchte Luft vom Flughafen ein. Dann betritt sie neben ihm den Tunnel, aus dem ihr kühle Luft entgegenströmt.

***

Die Stewardess ist freundlich und nett. Und doch bemerkt Rebecca misstrauisch, dass sie Marc durchaus flirtende Blicke zuwirft. Natürlich, denkt sie, was hast du denn erwartet, Dummkopf? Du siehst aus wie das Mädchen vom Lande mit deinen langen, braunen Haaren, dem Hauch von Make-up und dem unschuldig anmutenden Sommerkleidchen. Und er sieht aus wie ein Hollywoodstar, mit strahlend weißen Zähnen, dichtem dunklen Haar, dem verwegenen und tiefsinnigen Ausdruck in den schwarzen Augen, dem Grübchen im Kinn, dem stets etwas spöttisch wirkenden, sinnlichen Mund.

Sie betrachtet ihn von der Seite, während er mit der Stewardess spricht, auf Französisch. Sie versteht nur einzelne Worte, Paris, Hotel, travailler, das heißt arbeiten. Er hat ihr nicht gesagt, dass er in Paris arbeiten will. Schon keimt die Angst wieder auf, von ihm in der fremden Stadt allein gelassen zu werden und quälende Stunden am Tage mit sinnlosem Warten auf ihn verbringen zu müssen.

Immerhin führt er ein ganz normales Gespräch mit der

wirklich attraktiven, jungen Stewardess. Und doch ist sie sicher, wenn er die Stewardess jetzt darum bitten würde, sich vor ihn hinzuknien und ihren Rock zu heben, damit er sie von hinten ficken könnte, würde sie es tun. Einfach so. So wie jede Frau seinem Charme erliegt und weiche Knie bekommt, wenn die Mundwinkel zittern und die dunklen Augen bis auf den Boden der Seele hinabblicken und ihr das Gefühl geben, die einzige Frau auf der Welt zu sein. Zum Glück bittet er nicht darum.

Sein Profil ist unglaublich schön. Markant und doch von einer feinen Weichheit. Die Nase gerade und weder zu lang noch zu klein. Der Mund zeichnet sich auch von der Seite deutlich vom Rest des Gesichtes ab. Sie seufzt und greift nach seiner Hand. Er lässt die Berührung zu, die Stewardess verabschiedet sich und wünscht ihr auf Englisch, freundlich lächelnd, einen angenehmen Flug.

Sie lächelt zurück. »Merci beaucoup!«

Rebecca darf am Fenster sitzen, der Platz am Gang bleibt leer. Die Plätze unmittelbar vor ihnen sind ebenfalls frei, der Flug ist nicht ausgebucht. Wie angenehm. Ein so langer Flug und zumindest niemand vor ihr, der seinen Sitz in die bequeme Liegeposition umstellt und sie damit belästigt.

»Angst, Chéri?«, fragt er und führt ihre Hand zu seinem Mund, um sie sanft zu küssen.

Sie zuckt die Achseln und ringt sich ein Lächeln ab. »Nur ein wenig Unwohlsein ... nicht schlimm.« Wie schlecht es wirklich um sie steht, mag sie ihm nicht sagen und nicht zeigen.

Sie schaut aus dem Fenster, als das Flugzeug langsam zu Rollen beginnt. Sie schluckt mehrfach und bereitet sich auf den Druckausgleich vor. Zwölf Stunden wird sie nun hier sitzen, neben ihm, auf engstem Raum. Zwölf lange Stunden über dem Boden, über dem Meer.

Draußen war es warm, sie trägt ein dünnes Sommerkleid ohne Strümpfe und fröstelt ein wenig. Als die Turbinen direkt neben ihr dröhnend anspringen und das Flugzeug die Fahrt beschleunigt, um zum Starten anzusetzen, umklammert sie seine Hand so fest, dass ihre Knöchel sich weiß von ihrer kaum gebräunten Hand abheben. Sie schließt die Augen und sieht nicht hinaus. Sie will nicht sehen, wie die Häuser unter ihr kleiner und kleiner werden, wie die Bäume verschwinden und der klaren Luft weichen, die sie ganz bald vom sicheren Grund trennt.

Mit einer Hand fasst er unter ihr Kinn und dreht ihren Kopf zu sich. Dann spürt sie seine weichen Lippen auf ihren, beruhigend diesmal, ganz sanft und zart küsst er sie. Seine Hand hält ihren Hinterkopf fest, sodass sie nicht zurückweichen kann. Liebevoll umspielt seine Zunge die ihre, nicht fordernd, nicht lüstern, sondern ruhig und zärtlich. Glückliche Tränen schießen in ihre Augen.

Sie will nicht loslassen, will ihn immer weiter küssen, während seine andere Hand langsam unter ihr Kleid kriecht und den Oberschenkel hinaufgleitet, dessen Flaum sich sogleich aufrichtet.

Immer weiter küsst sie ihn, immer wilder wird ihr Kuss, doch er erwidert die Leidenschaft nicht, er bleibt ruhig, sanft und intensiv. Der zärtliche Kuss wirkt beruhigend wie ein Schnuller. Ihr Herzschlag verlangsamt sich, sie spreizt die Beine ein wenig, um ihn zu lassen, und seine Hand gleitet weiter hinauf, zwischen ihre Schenkel, um sie dort ganz sacht nur zu liebkosen, ein Hauch einer Berührung, kaum spürbar.

Minutenlang sitzen sie so da, versunken in den beruhigenden Kuss, nur ab und zu unterbrochen, wenn er seine Lippen von ihren löst, um ihr in die Augen zu sehen oder ihre Wange, ihre Augen zu küssen. Der Pilot macht eine Durchsage auf Französisch, die sie nicht versteht, aber da die Flugbegleiterinnen noch vorn angeschnallt sitzen, bleibt sie ruhig. Seine Küsse und das sanfte Streicheln trösten sie, und in der Enge der Sitze fühlt sie sich ihm so nahe wie selten zuvor.

Sie weiß nicht, wie lange sie so gesessen haben. Irgendwann spürt sie, wie Marc sich aufrichtet, die Hand noch immer unter ihrem Kleid vergraben, und den Kopf zu der Stewardess herumdreht, um Champagner und Cognac zu bestellen. Rebecca schluckt und versucht, seine Hand wegzuschieben. Die Frau muss doch sehen, wo sie hinführt, das ist ihr unangenehm. Aber die junge Frau lächelt höflich und lässt sich nicht anmerken, ob sie weiß, was er da mit ihrem Schoß anstellt. Erst als er ihr das Glas an die Lippen gehalten und sie einen tiefen Schluck Champagner genommen hat, der sie prickelnd anregt, drückt er sie in den Sitz und küsst sie weiter. Es ist ihm egal, ob die anderen Passagiere oder die Stewardess sie beobachten, er küsst sie einfach, umfasst mit einer Hand ihren Nacken und hält ihren Kopf fest, während seine andere Hand unter ihrem Kleid fordernder wird.

Sie öffnet die Beine ein wenig für ihn und lässt zu, dass er ihren Slip zur Seite schiebt, um mit zwei Fingern in ihren feuchten Spalt einzudringen. Das leise schmatzende Geräusch ist kaum hörbar, aber es würde sie jetzt auch nicht stören, zu sehr genießt sie es, von ihm gekonnt mit den Fingern gefickt zu werden.

Sie stöhnt leise, als er seinen von ihrer Lust feuchten Daumen über ihrer Klit kreisen lässt, ganz vorsichtig zunächst, dann fester, in einem beruhigenden, gleichmäßigen Tempo, das ihren Unterleib lustvoll zucken lässt. Rebecca greift zwischen seine Beine und ertastet die pralle Erektion, die sich gegen den Hosenstoff drückt. Sie will ihn ficken, gleich hier, aber das ist gefährlich. Dann hört sie auf, darüber nachzudenken, ob sie sich einfach so auf ihn draufsetzen könnte, und genießt seine Finger und seinen Mund auf ihren Lippen, während das Flugzeug rauscht und über Luftlöcher holpert. Sie hört das leise Klappern des Servicewagens nicht, der an ihnen vorbeifährt, nimmt das Stirnrunzeln der Stewardess nicht wahr, die rasch den Kopf abwendet. Sie verschmilzt mit seinen Fingern, seiner Zunge, atmet seinen Atem ein und lässt zu, dass er den kleinen Finger in ihren Anus schiebt, während zwei Finger ihre Möse massieren und sein Daumen bedrohlich langsam auf ihrer feuchten, harten Perle kreist.

Ihr Herz pocht schnell, als sie die Verkrampfungen in ihrem Unterleib spürt, heftig schließt sich ihre Muschi um seine Finger und zieht sie tiefer in sich hinein, und dann löst er den Mund von ihren Lippen und beobachtet sie lächelnd, während sie hilflos kommt, tief in den engen Sitz gedrückt.

Der Flug verläuft ruhig, die meisten Passagiere schlafen. Auch sie schließt die Augen und versucht, wenigstens ein bisschen zu dösen. Doch es ist hell, mitten am Tag, das ist keine Schlafenszeit für sie. Marc blättert in einem Magazin, ab und zu nippt er am Cognac oder kaut einen Kaugummi.

Die Stewardess kommt in regelmäßigen Abständen vorbei und fragt etwas zickig, ob sie etwas brauchen. Rebecca lächelt und schüttelt den Kopf. Danke, alles ist bestens.

Vier Stunden sind sie nun schon in der Luft. Acht weitere liegen noch vor ihnen. Sie richtet sich auf und fächelt sich frische Luft zu. Ihr ist noch immer flau im Magen.

»Alles in Ordnung?«, fragt er fürsorglich und legt seine Zeitschrift zur Seite, um ihre Hand zu nehmen. Sie nickt. Er ist bei ihr. Sie sitzt neben ihm. Sie kann ihn anfassen, riechen, spüren. Saugt mit der Nase seinen herben, männlichen Duft ein, nach dem sie sich so verzehrt, wenn sie auf ihn warten muss. Eine ganze Woche wird sie nicht warten müssen. Eine ganze Woche mit ihm liegt vor ihr.

Die Wolken unter ihr sehen aus wie Zuckerwatte, flauschig und weich. Das Gefühl im Magen erinnert an ihre Kindheit, wenn sie auf dem Rummel zu viel davon gegessen hatte. Diese Mischung aus süßer Völlerei und beginnender Übelkeit, weil es doch zu viel war. Die süße Mischung verklebte den Magen und reizte die Schleimhäute, und doch war es immer ein Hochgenuss gewesen, das klebrige Zeug mit den Fingern vom Holzstab zu zupfen und genüsslich auf der Zunge zergehen zu lassen.

Beim Einatmen kann sie fast den Duft der süßen Watte riechen, gepaart mit dem Aroma von frisch gebrannten Mandeln und gerösteten Erdnüssen.

Die Erinnerung an den Rummelbesuch mit Marc wird wach. Achterbahn sind sie gefahren, ganz allein. Ihr wird immer noch komisch, wenn sie daran zurückdenkt. Und doch ist auch diese Erinnerung, so wie jede an ihn, eng verknüpft mit den Regionen in ihrem Gehirn, die in Sekundenschnelle dafür sorgen, dass ihr Lustzentrum reagiert und Befehle an ihren Körper aussendet.

Sie legt den Kopf auf seine Schulter, atmet tief ein, atmet ihn ein. Geh nicht weg.

***

Zwei Stunden später findet sie sich auf der kleinen Toilette des Flugzeuges wieder, vor ihm kniend, seinen harten Schwanz in ihrem Mund, wissend, dass alle Passagiere und die Stewardess ahnen, was sie zu zweit in der winzigen Kabine tun. Draußen leuchtet das Besetzt-Zeichen rot, viel zu lange schon.

Jemand klopft. »Hallo?«

Sie will von ihm ablassen, guckt nervös zur Tür, doch unnachgiebig hält er ihren Hinterkopf fest und drückt ihren Mund wieder fest gegen sein pralles Gemächt. Er gibt das Tempo vor, den Rhythmus, quälend langsam schiebt er seinen Schwanz zwischen ihre Lippen, so tief, dass sie fast würgen muss. Sie will beschleunigen, damit er schneller fertig wird, und ihre Bewegungen werden heftiger, doch er hält sie zurück und hält ihren Kopf wie in einem Schraubstock fest.

Hitze steigt in ihr auf, quälende Erregung, die er durch das lange, zärtliche Streicheln auf dem Sitz hervorgerufen hat, macht sich in ihrem Schoß breit. Die Stellung ist unbequem und ihre Knie schmerzen. Die Kanten des metallenen Toilettensitzes drücken sich unangenehm hart und kalt in ihren Rücken, der dünne Stoff des Flatterkleides bietet keinen Schutz für die zarte Haut.

Es klopft wieder. Sie erkennt die Stimme der Stewardess, die auf Französisch leise fragt. »Hallo? Alles in Ordnung da drin?«

Er hält ihren Kopf weiter fest umklammert und dirigiert ihn quälend langsam, während er mit leicht gespreizten Beinen dasteht, nur den Reißverschluss der Hose geöffnet, aus dem sein harter Schwanz herausragt. Mit der linken Hand öffnet er den Türriegel.

Jetzt will sie etwas sagen, sie will rufen, nein, nicht, mach nicht die Tür auf, doch sie kann nicht, sein Schwanz füllt ihren Mund und sie kann sich nicht von ihm lösen, mit aller Kraft drückt er ihr Gesicht unnachgiebig gegen seinen Schritt. Seine Vehemenz treibt ihr die Tränen in die Augen, doch sie kann nicht verhindern, dass die Tür sich einen Spalt weit öffnet und die Stewardess hineinschaut, in sein Gesicht sieht, auf sie hinabblickt, errötet und den Mund öffnet, um etwas zu sagen, doch sie hört keinen Ton.

»Un moment«, sagt er heiser, blickt der Stewardess fest in die Augen, die noch immer fassungslos in der halb geöffneten Tür steht. Und gegen die Wand der engen, kleinen Kabine gelehnt, ergießt er sich ohne eine weitere Vorwarnung in ihren Mund. Das Sperma schmeckt scharf auf der Zunge, und Rebecca gibt einen unterdrückten Laut von sich. Die Tränen brennen heiß in ihren Augen. Sie spürt, wie seine Lust ihren Rachen hinabrinnt und die bittere Flüssigkeit sich langsam und zäh auf den Weg macht, sich im Mund mit ihrem Speichel vermischt. Eine heiße Träne benetzt seinen noch immer harten Schwanz, den er jetzt nicht aus ihrem Mund zurückzieht.

Stattdessen schließt er die Tür wieder und dreht den Riegel herum. Dann lässt er sie los, befreit sie von sich, zieht sie zu sich herauf und dringt mit den Fingern in sie ein, fest und heftig. Hart und fordernd fickt er sie mit drei Fingern, während sein Daumen schnell und in einem steten Tempo zielstrebig ihre pulsierende Klit reibt. Ihre Erregung mischt sich mit Scham und Panik, der enge Raum, die Menschen draußen, die Stewardess vor der Tür, fassungslos, 2000 Kilometer Luft unter ihr, das Meer ganz tief unten, Wolken, Zuckerwatte ... Ihr Becken zuckt in einem atemlosen Stakkato, verkrampft sich um seine Finger, die ihren Lustpunkt zielsicher getroffen haben und fest dagegendrücken. Mit einem unterdrückten Stöhnen lässt sie sich gegen ihn fallen, während ihr ganzer Körper pulsiert und sich nach einem heftigen Krampf endlich entspannt. Er zieht den Reißverschluss hoch, streicht den Rock ihres Kleides glatt und nimmt sie an die Hand, bevor er die Tür der kleinen Kabine öffnet.

Wortlos geht sie hinter ihm her durch den schmalen Gang zu ihren Plätzen zurück, die Augen fest auf den Boden gerichtet, auf den ausgetretenen, grauen Teppich, dessen Ränder mit leuchtenden Dioden versehen sind. Die Blicke der Stewardess und der anderen Passagiere brennen in ihrem Nacken, und sie wünscht sich nichts mehr als einen ruhigen Ort, um die mit Scham gepaarte Lust allein in sich weiter toben zu lassen.

KAPITEL 6

Es ist früher Morgen, als sie in Paris ankommen. Ihre Versuche, noch zu schlafen, waren gescheitert. Der restliche Flug verlief ruhig, aber die wenigen Stunden waren ihr vorgekommen wie lange Tage. Die Stewardess fragte nicht mehr nach ihren Wünschen, sondern ignorierte sie höflich. Und Rebecca hatte immer beflissen aus dem Fenster gesehen und sich gewünscht, sie könnte sich in Luft auflösen.

Die Luft ist noch kühl, nur langsam kriecht die Sonne am Himmel hinauf, den nur kleine, weiße Flöckchen zieren. Es wird ein schöner Tag werden.

Fröstelnd betritt sie neben Marc die große Lobby des Hotels. Schwarzer Marmor, Pagen und Mitarbeiter in dunklen Uniformen, die wirken wie aus einer anderen Zeit, empfangen sie. Ein großer heller Teppich wirft einen Steg über den glänzenden Steinboden. Auf plüschigen Sofas sitzen Menschen, trinken Tee, beobachten die Ankommenden oder blättern in Zeitungen.

Sie saugt die Eindrücke auf wie ein durstiger Schwamm.

Ein junger Mann in Uniform kommt auf sie zu und nimmt Marc die Koffer aus der Hand. Marc nickt und sagt etwas auf Französisch zu ihm. Dann geht er weiter zur Rezeption. Sie wartet unschlüssig mitten auf dem hellen Teppich und betrachtet den Raum. Das Gebäude ist hoch, über ihrem Kopf hängen Balkone, die zu hellen Fluren führen, von denen schwarz lackierte Zimmertüren abgehen. Ganz oben kann sie durch eine Glaskuppel in den blauen Himmel sehen. Die Balkone sind verziert mit Lampen und goldfarbenen, glänzenden Brüstungen aus Messing.

Eine Frau mittleren Alters in einem schlichten, aber eleganten grauen Kostüm sitzt auf einem der Sofas und blättert in einem dicken Modemagazin. Die strumpflosen Beine stecken in teuren, eleganten Pumps. Das graumelierte Haar hat sie vornehm aufgedreht, nur eine Strähne hat sich aus der Frisur gelöst und fällt ihr ins Gesicht.

Ein junger Mann, schlank und groß, durchquert mit elegantem Gang die Lobby. Das dunkle Haar ist akkurat geschnitten und frisiert, er trägt ein schwarzes T-Shirt, ein dunkles Sakko, eine graue, enge Hose und hat um den Hals ein rot-schwarz-gemustertes Tuch geschlungen. Seine Schuhe quietschen ein wenig auf dem glatten Steinboden, sie sind glänzend poliert und sehen teuer aus.

Sie atmet hörbar tief aus. Paris. Frankreich. Wunderschöne Menschen. Stil. Mode. Kunst.

Marc geleitet sie zum Fahrstuhl. Im neunten Stock steigen sie aus, sie folgt ihm zögernd. Noch immer weiß sie nicht, ob sie zusammenwohnen werden. Der junge Page öffnet eine Tür und bringt ihren Koffer hinein. Dankend nimmt er Marcs Geldschein entgegen, den er ihm hingehalten hat, macht eine angedeutete Verbeugung vor ihr und verschwindet diskret und leise aus dem Zimmer.

Überhaupt, das Zimmer! Groß ist es, hell, hohe Fenster geben den Blick frei auf einen Teil der Stadt. Im Hintergrund kann sie die glänzende Kuppel des Invalidendoms erkennen, und natürlich den Eiffelturm, der mit seinen 300 Metern Höhe von fast überall zu sehen ist. Ein moderner Kronleuchter spendet glitzerndes Licht, helle Vorhänge an den Fenstern umrahmen die schöne Aussicht. Das Bett ist groß, der Rahmen schwarz lackiert, mit vier Knäufen an den Enden. Auch die Bettwäsche ist schwarz und von mattem Glanz, mit einem floralen, eingewebten Muster. Nur das Laken erstrahlt in reinem Weiß.

Der schwarze Marmor am Boden glänzt, die Fläche wird nur von drei kleinen Teppichen unterbrochen. An einer Wand steht ein schwarzer, glänzender Sekretär mit einem ebenso schwarzen Stuhl davor. Zwei Nachttische am Bett, auf denen zwei Miniaturausgaben des großen Kronleuchters stehen, der über ihr schwebt.

»Mein Gott, ist das schön!«, sagt sie leise und bleibt mitten im Zimmer stehen. Sie atmet die Atmosphäre ein, den Duft der fremden Stadt, den Blick durch das Fenster, die Stille und Ruhe, die sie mitten in der großen und geschäftigen Stadt umgibt.

Marc lächelt und öffnet eine Tür neben dem großen Bett. »Hier ist mein Zimmer«, sagt er und deutet mit dem Kopf hinüber. »Die Zwischentür hat nur auf meiner Seite einen Schlüssel. Deine Seite wird für mich immer offen sein.«

Natürlich, denkt sie, und nickt. Was hatte sie denn erwartet? Dass er ein Zimmer mit ihr teilen wird? Dass er sich die Blöße geben wird, dasselbe Bad zu benutzen wie sie? Niemals, das ist nicht seine Art, wie sie wohl weiß. Er ist der geheimnisvolle Panther, der sich nicht in die Karten gucken lassen wird, schon gar nicht von ihr.

Aber es gibt eine Verbindungstür. Sie wird ihn hören können, abends, wenn sie allein schlafen muss. Sie wird anklopfen können, wenn sie Sehnsucht hat, nur eine Tür trennt sie von ihm. Und sie wird zuhören können, wenn er mit einer anderen Frau in seinem Zimmer ist. Der Gedanke raubt ihr den Atem, aber sie schluckt tapfer. Sie wird es aushalten, sie weiß, dass er es tun wird, und wenn er nur ab und zu auch für sie da ist, wird sie damit zufrieden sein.

Das Badezimmer ist groß und ebenfalls komplett in Marmor gehalten. Ein riesiger Whirlpool, in dem mindestens vier Menschen Platz haben würden, thront in der Mitte. Zwei Waschbecken, ein Bidet und eine Dusche, unter der man Partys feiern könnte, verstärken den luxuriösen Eindruck. Die schwere Tür ist nur von innen abschließbar und hat eine dicke Lederpolsterung. Wie angenehm diskret die Franzosen sind, sogar die Badezimmertür ist schallgeschützt, damit die Mitbewohner des Zimmers nicht hören, was dort gerade passiert. Das gefällt ihr.

»Sicher möchtest du dich etwas ausruhen«, sagt Marc und begleitet sie zu ihrem Bett. »Ich werde dich rechtzeitig wecken.« Dann geht er in sein Zimmer. Sie hört, wie auf der anderen Seite der Schlüssel herumgedreht wird.

So nah und doch so fern. Wie gern würde sie sich jetzt an ihn kuscheln, mit ihm gemeinsam auf dem viel zu großen Bett liegen, in der schwarzen, kühlen Wäsche, und die Aussicht bewundern.

Noch immer weiß sie nicht, was sie während ihrer ersten Reise mit ihm erwarten wird, doch die Müdigkeit ist größer als die Sorge. Ohne sich auszuziehen, schließt sie die Augen und fällt in einen tiefen, traumlosen Schlaf.

***

»Aufwachen, Chéri«, flüstert die bekannte Stimme dicht an ihrem Ohr. Wohlig räkelt sie sich noch einmal in den weichen Kissen und streckt sich. Das Kleid klebt an ihrem Körper, und sie fühlt sich schmutzig von der langen Reise. Aber er ist da und weckt sie, das macht sie glücklich.

Sie schmiegt sich eng an ihn und lässt sich von ihm küssen. Sinnlich und weich sind seine Lippen, und sie schnurrt wie ein kleines Kätzchen, dem die heißersehnte Milch gereicht wird.

»Hast du gut geschlafen?«, fragt er und streicht sacht über ihre Arme.

Rebecca nickt benommen. Wie lange hat sie geschlafen? Zwei Stunden, vielleicht drei? Noch immer fühlt sie sich müde und erschöpft, aber sie lässt sich bereitwillig von Marc in das luxuriöse Bad schicken.

»Wir haben noch Zeit, du kannst gern ein Bad nehmen«, sagt er.

Der große Whirlpool ist zu verlockend. Rasch schlüpft sie aus dem Sommerkleidchen, zieht BH und String aus und hüpft unter die Dusche, während sie warmes Wasser in den großzügigen Whirlpool einlaufen lässt. Die kalte Dusche weckt und erfrischt sie. Danach tapst sie nackt und nass über den kühlen Marmorboden und sinkt in das warme Wasser.

»Kommst du nicht mit?«, fragt sie ihn, der im Türrahmen steht und sie beobachtet.

Lächelnd schüttelt er den Kopf. »Nein, das wäre jetzt nicht gut. Wir haben später noch etwas vor.«

Seine Ankündigung sorgt für einen wohligen Schauer, der trotz des warmen Wassers eine Gänsehaut über ihren Körper breitet. *Wir haben noch etwas vor*, hat er gesagt. *Wir!* Sie wird den ersten Abend in Paris nicht allein verbringen, sondern gemeinsam mit ihm.

»Was haben wir denn vor?« Sie ist neugierig und fragt, obwohl sie weiß, dass sie keine Antwort bekommen wird.

Tatsächlich schmunzelt er nur und setzt sich auf den Rand des Whirlpools, um ihr zuzusehen. »La curiosité naît de la jalousie«, sagt er und lächelt.

Neugier entsteht aus Eifersucht, das hat sie verstanden. Seitdem sie mit Marc zusammen ist, hat sie ihre eingerosteten Französischkenntnisse stetig verbessert.

Französisch zu sprechen traut sie sich jedoch nur, wenn sie ein paar Gläser Wein getrunken hat, sonst ist es ihr unangenehm. Aber sie liebt den sinnlichen, weichen Klang, der sie so oft einhüllt und umsäuselt und sie beruhigt, wenn sie nervös oder aufgeregt ist.

»Erzähl mir etwas«, fordert sie ihn auf.

Marc lacht.

Der Whirlpool macht blubbernde Geräusche, während er die erfrischenden Luftbläschen in das warme Wasser bläst. Marc streckt die Hände aus und massiert ihren Nacken. Sie lehnt den Kopf zurück und genießt die ungewohnt zärtliche Berührung.

»Was möchtest du hören?«

Rebecca schließt die Augen und überlegt. »Wann warst du zuletzt in Paris?«

Die Antwort kommt wie aus der Pistole geschossen. »Vor einem halben Jahr. Ich habe meine Mutter besucht und einige Freunde, von denen du einen später kennenlernen wirst.«

Überrascht von seiner offenen Antwort wendet sie den Kopf, um in seine Augen zu sehen. »Das hast du nicht erzählt«, sagt sie, ohne Vorwurf.

»Du weißt so vieles nicht von mir, Chéri«, murmelt er und beugt sich zu ihr herab, um ihren Hals zu küssen.

Sofort wird es warm in ihrem Schoß, sie sehnt sich so sehr nach ihm und seinen Berührungen, und auch die ungewohnte Zärtlichkeit, die er hier in Paris ihr gegenüber an den Tag legt, sorgt für ein wohliges Prickeln zwischen ihren Beinen.

»Und das ist gut so. Geheimnisse sind interessant. Menschen, von denen wir alles wissen, langweilen.«

Rebecca lächelt. »Das stimmt vielleicht«, sagt sie leise. »Aber kann man jemanden lieben, von dem man nichts weiß?«

Ruckartig zieht er Kopf und Hände zurück und steht auf. »Es ist Zeit, bitte mach dich fertig«, sagt er, und sein Tonfall ist plötzlich seltsam kühl geworden. »Ich hole dich in einer Stunde ab.«

»Ist alles in Ordnung?« Das bekannte Gefühl der Beklommenheit macht sich in ihr breit. Sie mag es nicht, wenn er plötzlich wieder so kalt ihr gegenüber wird, und doch ist es gerade diese Distanz, die er dadurch schafft, die sie immer wieder in seine Arme treibt.

Als er wortlos ihr Bad verlassen hat und in sein Zimmer zurückgekehrt ist, steigt sie aus dem Whirlpool und trocknet ihre Haut mit einem übergroßen, sehr weichen Handtuch. Zwischen ihren Schenkeln reibt sie besonders kräftig, allerdings nicht, um dort trockener zu werden als am Rest ihres Körpers. In seiner Nähe kann sie nur daran denken, mit ihm zu schlafen. Sie will ihn spüren, riechen, schmecken, seinen prächtigen, geraden Schwanz fühlen, der so perfekt in sie hineinpasst wie kein anderer zuvor.

Doch das ist für heute offenbar nicht geplant. Sie wird einen Freund von ihm kennenlernen, das hat er immerhin verraten. Sie ist neugierig. Es ist das erste Mal, dass er jemanden aus seinem Leben preisgibt, sie weiß noch immer kaum etwas von ihm. Er ist in all den Monaten, in denen sie sich ihm hingegeben hat, ein Schatten geblieben.

Sorgfältig reibt sie die duftende Körperlotion in ihre Haut ein, zupft ein paar überflüssige Härchen vom Körper, schlüpft in sündige, schwarze Spitzendessous, die sie sich extra vor der Abreise noch gekauft hat, und zieht ein schwarzes, kurzes Kleid aus dem Koffer. Sie hat nur Kleider und Röcke mitgenommen, keine Hosen. Die Sandaletten und Pumps mit hohen Absätzen stellt sie in einer ordentlichen Reihe vor dem Kleiderschrank auf, bevor sie sich ihrem Make-up widmet. Da sie nicht genau weiß, was sie heute Abend erwartet, steckt sie die Haare zu einer eleganten Frisur hoch.

Die dunklen Ringe unter den großen Augen vertuscht sie mit einem Highlighter, den sie auf der zarten Haut verteilt. Dann zieht sie einen geraden, breiten Lidstrich und tuscht die Wimpern dreimal. Das Gesicht im Spiegel ist vielversprechend. Roter, glänzender Lippenstift und ein wenig unschuldig errötendes Rouge auf den hohen Wangenknochen runden das Aussehen perfekt ab.

Zufrieden lächelt sie sich an und stellt fest, dass sie dringend beim Zahnarzt ihre Zähne bleichen lassen sollte. Er mag den roten Lippenstift, daher wird sie ihn für Marc an diesem Abend tragen.

Sie schlüpft in ein Paar hochhackige Riemchensandalen, die mit schwarzen Pailletten bezogen sind. Die Absätze sind schmal und sehr dünn. Vorsichtig geht sie ein paar Schritte im Zimmer auf und ab, die Schuhe sind neu und sie hat sie noch nie getragen. Alles prima. Stacy hat sie schon immer damit aufgezogen, dass sie womöglich in High Heels zur Welt gekommen sein müsste. Ach, Stacy!

Sie schaut auf ihre kleine Armbanduhr. Noch eine halbe Stunde Zeit, die will sie nutzen. Rasch öffnet sie die Minibar, die sich unter dem riesigen Flachbildschirm befindet, und zieht mit sicherem Griff eine Piccoloflasche hervor. Natürlich *Ruinart*, Frankreichs ältester Champagnerproduzent. Geschickt öffnet sie die kleine Flasche und gießt den schäumenden Champagner in ein Weinglas, das auf einem Tablett auf dem Schreibtisch steht. Sie nimmt einen tiefen Schluck, bevor sie zum Handy greift und auf eine Kurzwahltaste drückt.

Es dauert ein paar Sekunden, bis ein Freizeichen ertönt, das weit entfernt klingt. Dann hört sie die Stimme ihrer Freundin. »Ich bin's!«, ruft sie erleichtert in das winzige Telefon. Wann wurden Handys eigentlich so klein, dass man mit ihnen kaum noch telefonieren kann?

»Becca? Wie geht es dir? Bist du gut angekommen? Wie ist Paris?« Stacy überschlägt sich beinahe vor Freude, und Rebecca muss lachen.

»Alles ist herrlich hier«, sagt sie fröhlich. »Das Wetter ist gut, die Stadt ist wie früher wunderschön, und der Flug war sogar halbwegs erträglich.« Ihre Wangen röten sich bei der Erinnerung an den Flug und ihr Erlebnis mit Marc, das sie verwirrt und irritiert hat. Aber davon kann sie Stacy natürlich unter keinen Umständen erzählen.

»Was machst du denn den ganzen Tag allein? Wie spät ist es überhaupt bei dir? Ich habe gar keine Ahnung ...«

»Es ist gleich acht«, antwortet Rebecca und wirft zur Bestätigung einen Blick auf ihre Armbanduhr. »Heute musste ich erst mal schlafen nach dem langen Flug, ich konnte unterwegs kein Auge zumachen. Jetzt geht es mir besser, und ich werde gleich das Pariser Nachtleben unsicher machen.«

»Sei bloß vorsichtig«, mahnt Stacy. »Denk daran, was uns damals passiert ist ... Lass dich nicht mit fremden Kerlen ein.«

Rebecca lacht. »Versprochen, wird nicht passieren! Ich melde mich wieder! Bye!« Sie drückt auf die Taste mit dem roten Hörer und schiebt das Telefon in ihre Handtasche zurück.

Natürlich wird sie sich nicht mit fremden Männern einlassen. Sie hat ja einen mitgebracht, der ihr zwar immer noch ein wenig fremd ist, aber dessen Körper so vertraut zu sein scheint wie ihr eigener. Nur kann sie das ihrer Freundin nicht erzählen. Und sie selbst ahnt ja nicht, wie falsch sie mit der Einschätzung des Abends liegt ...

KAPITEL 7

Der Ausblick auf den Eiffelturm ist überwältigend. Die sich langsam der Erde zuneigende Sonne verwandelt das berühmte Pariser Blau in ein sanftes, weiches Rot.

Auf dem Champ de Mars unter dem eisernen Koloss herrscht reger Betrieb, die Straße bebt unter der Last der Autos und Busse, die das Wahrzeichen dieser schönen und gleichzeitig in Teilen so schäbigen Stadt umkreisen.

Es ist noch angenehm warm draußen, trotzdem legt Marc ihr fürsorglich das schwarze Jackett über die nackten Schultern. »Wir gehen zu Fuß, Chéri«, sagt er. »Damit du ein paar Eindrücke von der Stadt sammeln kannst.«

Die Straßen sind asphaltiert und sehr sauber. Alte Gründerzeithäuser, in denen sich Appartements verbergen, wechseln sich mit modernen Bürokomplexen ab. Auf den hohen Absätzen läuft es sich nicht gerade angenehm, aber Marc geht langsam und bedächtig. Sie wagt nicht, ihn zu fragen, wo sie hingehen, sie wird sowieso keine Antwort erhalten.

»Kennst du die Gegend?«

Marc nickt. »Sehr gut sogar. Ich habe früher hier in der Nähe gewohnt, mit meiner Mutter. Auf der anderen Seite der Seine.« Er zeigt mit der Hand nach vorn auf die Pont de Grenelle, die sie gleich betreten. Noch herrscht Autobetrieb auf den Straßen, die Stadt pulsiert voller Leben. Von der Brücke aus hat sie einen wunderschönen Blick auf den Eiffelturm, im Rücken befindet sich die kleine Freiheitsstatue, die hier den breiten Fluss ziert, der sich durch die Stadt schlängelt wie eine Schlagader. Die Sonne spiegelt sich auf dem bewegten Wasser, kleine Ausflugsboote voller Menschen, die ihre Kameras in die Höhe richten und auf die Brücke zielen, schwirren wie Motten umher.

Hinter der Brücke machen in kleinen Straßen die modernen Bürogebäude alten Gründerzeithäusern Platz, in deren unteren Etagen sich teure Geschäfte und Boutiquen niedergelassen haben.

Nach einer halben Stunde erreichen sie einen Park, den sie durch einen schmalen Fußweg betreten. Umgeben von Bäumen und grünen Büschen verschwindet die große Stadt um sie herum. Der Park ist nicht gerade riesig, stellt aber eine hübsche Oase inmitten all der Häuser und Autos dar. Das üppige Grün schluckt gnädig die Geräusche der hektischen Straße.

Im Park sind außer ihnen nur wenige Menschen unterwegs, die meisten eilen nur hindurch und scheinen ihn als Abkürzung für ihren Heimweg zu nutzen. Der feine Kies knirscht unter ihren Absätzen, und sie muss sich an seinem Arm festhalten, um nicht zu stolpern.

»Es ist nicht mehr weit«, sagt Marc und lächelt. »Ist alles in Ordnung?«

Rebecca nickt. Er ist ja bei ihr und beschützt sie, sie fühlt sich wohl, und prickelnde Vorfreude macht sich in ihr breit.

Hinter dem Park verändern sich die Häuser. Alte, freistehende Villen stehen groß und mächtig rechts von ihr, links eine breite Grünfläche, hinter der sich eine große Straße befindet.

»Das ist das sechzehnte Arrondissement von Paris«, erklärt Marc. »Das teuerste Viertel der Stadt.«

Andächtig bewundert sie die zumeist alten Häuser, die von hohen, schwarz lackierten Zäunen umgeben sind.

Vor einer alten Villa, deren cremefarbene Ziegelsteine im Laufe der Jahre grau geworden sind, bleibt sie stehen. Durch den hohen Zaun hindurch betrachtet sie das mächtige Haus, das aus einem englischen Krimi zu stammen scheint und sich direkt vor ihr in den Himmel auftürmt. Das Grundstück ist ungewöhnlich groß, sodass die nebenstehenden Villen den imposanten Eindruck des alten Hauses nicht stören.

Viele Erker, die wie Augen aus den Hauswänden herausragen und sie anstarren, verstärken den altertümlichen Eindruck.

»Hier möchte man leben«, sagt sie und lächelt.

Marc zwinkert ihr zu. »Ja, warum nicht«, erwidert er, dann betätigt er einen runden Messingknopf, der sich im Zaun befindet.

Erschreckt zieht sie die Luft durch die Zähne ein und zischt. »Was machst du da?« Marc zuckt mit den Achseln und wartet. Nur wenige Sekunden später hört sie das Summen eines elektrischen Türöffners, und wie von Zauberhand schiebt sich das schmiedeeiserne Tor mit den spitzen Zacken nach innen.

»Wir sind da, Chéri«, sagt er und reicht ihr den Arm, um sie über den schmalen Kiesweg zu dem beeindruckenden Portal zu führen.

Wer wohnt in einem solchen Prunk? Der französische Präsident? Die Erben von Edith Piaf? Karl Lagerfeld? Mehr berühmte Menschen fallen ihr gerade nicht ein, die in Paris leben könnten.

Das breite Portal wird geöffnet, und in der Tür steht eine junge Frau in einem kurzen, schwarzen Kleid. Eine blickdichte Strumpfhose schützt ihre Beine vor neugierigen Blicken, und die flachen, ausgetretenen Ballerinas zeugen davon, dass sie wohl hier arbeiten muss.

»Monsieur Lavie«, sagt sie und lächelt mit dem ganzen Gesicht. »Soyez les bienvenues! Ça fait une paye.« *Lange nicht gesehen.*

Marc begrüßt die junge Frau mit drei angedeuteten Wangenküssen und strahlt. »Oui, Marie. J'aimerais te présenter mon amie Genevieve.«

Rebecca lächelt, weil er sie als Genevieve vorstellt. Er hat sie nicht Rebecca genannt, also ahnt sie, was sie heute Abend erwarten wird. Prickelnde Erregung macht sich in ihr breit.

Die alte Villa ist innen noch imposanter als von außen. Von der riesigen Empfangshalle mit der sehr hohen Decke führt eine breite Marmortreppe nach oben. Prächtige Lüster hängen tief herab, und in allen Regenbogenfarben leuchtende Punkte tanzen über dem glänzend polierten Fußboden. Von einem Oberlicht in der Decke ganz oben fallen Sonnenstrahlen auf die unzähligen, funkelnden Kristalle.

»Bonjour, Madame«, sagt das Mädchen höflich und deutet einen Knicks an.

Wo ist sie hier nur gelandet? In einer vergangenen Zeit?

Ein Mann erscheint im oberen Bereich der Treppe. Er ist schon älter, vielleicht um die sechzig. Das fast weiße Haar ist kurz geschnitten und akkurat frisiert, und um den hart wirkenden Mund rankt sich ein ebenso weißer, sehr schmaler Bart, der am Kinn spitz zusammenläuft und ihn ein wenig wie einen Widder aussehen lässt. Er trägt ein gestreiftes, dunkelblaues Jackett, das durch die großen, goldenen Knöpfe vorn ein wenig altmodisch wirkt, und eine enge Jeans darunter. Unter dem weit aufgeknöpften Hemd erkennt sie das obere Ende einer Tätowierung, deren gesamtes Motiv sich ihr jedoch nicht offenbart. Seine Füße stecken in roten Lederschuhen mit einer weißen Spitze, die wie die Schuhe eines Dandys aus den 20er Jahren aussehen.

»Marc!« Die tiefe Stimme hallt zwischen den Wänden der großzügigen Lobby wider, und Marcs Gesicht leuchtet auf, als er nach oben sieht.

»Bonjour, mon ami! Je suis heureux de te voir! Qui est ta suiveuse?«

»John, c'est mon bien-aimée Genevieve de Seattle.« Ihr Herz klopft heftig, als sie das Wort erkennt. *Geliebte.* Er stellt sie als seine Geliebte vor.

Elegant wie eine Katze geht John die Treppe hinunter und verbeugt sich formvollendet. Sein Haar ist kurz, aber noch sehr voll und zeigt keine Anzeichen des Alters. Die hellen Augen blitzen verschmitzt, was ihm kurzzeitig das Aussehen eines kleinen Jungen verleiht. »Ich bin entzückt, dich kennenzulernen, Genevieve«, sagt er in perfektem Englisch, das seine britische Herkunft eindeutig verrät.

Erleichtert atmet sie auf. Wenn Marc mit seinem Bekannten den ganzen Abend Französisch sprechen würde, wäre ihr das doch sehr unangenehm gewesen, ihre Französischkenntnisse waren dafür eindeutig nicht gut genug.

»Und ich bin glücklich, dass Marc dich heute zu mir gebracht hat«, fährt er fort und betrachtet sie mit eindeutigem Interesse von Kopf bis Fuß.

Rebecca errötet und lehnt sich an Marc, der schützend seinen Arm auf ihre Schulter legt. »Herzlich willkommen in meinem bescheidenen Haus.«

»Danke!« Rebecca genießt Marcs Schutz um ihre Schulter. Gemeinsam folgen sie John durch die große Empfangshalle in einen Nebenraum, in dem eine üppig gedeckte Tafel auf sie wartet.

»Nehmt Platz«, sagt der ältere Herr und zieht galant einen Stuhl vom Tisch zurück, auf den sie sich dankend setzt.

Das junge Mädchen schenkt duftenden Rotwein in die bauchigen Gläser ein und huscht aus dem Zimmer.

»Wie ist es dir ergangen, Marc?«, fragt er und hebt sein Glas, um ihnen zuzuprosten.

»Ich habe keinen Grund zur Klage«, antwortet Marc und lächelt Rebecca zu. »Wie du siehst.«

John nickt anerkennend und hebt die weißen Augenbrauen. »Ein guter Grund, Paris den Rücken zu kehren. Wenn ich dir diese Entscheidung auch dein Leben lang nachtragen werde. Wir vermissen dich hier.«

»Wo ist Baptiste?«, fragt Marc, und Rebecca runzelt die Stirn.

»Er kommt später zu uns«, antwortet John. »Er ist noch im Museum. Aber diesen besonderen Abend wird er sich nicht entgehen lassen, dessen kannst du dir sicher sein.«

Marc grinst. »Offenbar hast du den Abend schon vorbereitet«, sagt er. »Ich bin gespannt. Hast du deine Sammlung vervollständigen können?«

Johns Gesicht erhellt sich. »Selbstverständlich. Ich tue ja nichts anderes, seit einigen Jahren schon. Und ich freue mich sehr darauf, euch beiden die Sammlung nach dem Essen präsentieren zu dürfen. Ganz besonders dir natürlich, Genevieve.« Er hebt sein Glas in ihre Richtung und richtet seinen Blick unverhohlen deutlich auf ihr Dekolleté.

Sie spürt eine Gänsehaut auf ihrem Rücken, ihre Finger kribbeln unanständig. Um was für eine Sammlung es hier wohl geht?

Das junge Mädchen bringt duftende und dampfende Speisen, die sie in weißen Porzellanschüsseln auf dem Tisch platziert. Das Essen riecht köstlich, und plötzlich fällt ihr auf, wie hungrig sie ist. Seit dem kleinen Imbiss im Flugzeug und dem Champagner im Hotel hat sie nichts zu sich genommen.

»Bon appétit«, sagt er und nickt Rebecca auffordernd zu. »Das Essen in Frankreich ist der beste Grund dafür, hier zu leben. Die Franzosen sind einfach unglaublich gute Köche.«

Genüsslich schlürft sie die großen Austern aus den Schalen, die mit frischen Kräutern köstlich gewürzt sind. Die Schnecken, die dekorativ in Schneckenhäusern angerichtet werden, sind von einer leckeren Knoblauchbutter bedeckt. Sie genießt die Entenleber, in deren Sauce sie am liebsten baden würde, und den dazu gereichten Champagner, der trocken ist und auf der Zunge prickelt.

Zwischendurch unterhalten Marc und John sich auf Französisch, doch das stört sie nicht. Das Essen ist zu köstlich und ihr Hunger zu groß, und sie ist froh, dass sie ihre Mahlzeit nicht mit Worten unterbrechen muss.

Marc überlässt ihr sein Dessert, ein Orangenparfait mit Cognac. Dankbar übernimmt sie seine Portion auch noch. Dann lässt sie sich aufstöhnend nach hinten in den Stuhl fallen und fächelt sich mit der Serviette Luft zu.

»Je suis repu!«, verkündet sie. Sie ist tatsächlich so satt, dass nicht einmal der gute Wein noch Platz zu haben scheint.

John lacht. »Ich hoffe, das Essen war gut?«

»Wunderbar! Ich glaube ich habe noch nie im Leben so gut gegessen.«

Marc legt eine Hand auf ihr Knie und streicht zärtlich mit den Fingern unter dem Tisch über ihren Schenkel. Der zarte Flaum richtet sich auf und drängt sich sehnsüchtig gegen seine Handfläche.

»Woher kennst du Marc, Genevieve?« John ist neugierig.

Sie zögert und sieht zu Marc, dessen Mundwinkel zucken. Sonst ist aber keine Regung zu erkennen. »Wir haben uns bei der Arbeit kennengelernt«, sagt sie. »Marc war ... ist mein Assistent.«

John hebt die Augenbrauen und schmunzelt. »Marc – ein Assistent? Unglaublich, Monsieur Lavie, das hätte ich nicht von dir erwartet.«

Marc hebt die Schultern und grinst.

Plötzlich fühlt sie sich unwohl und rutscht auf dem Stuhl

herum. Die beiden scheinen sich gut zu kennen, doch woher eigentlich? Marc hat nie von einem John erzählt, und er ist ja offenbar Engländer, der in Paris lebt, also zumindest kein Verwandter.

»Und woher kennen Sie Marc?«, fragt sie frech und sieht ihm direkt in die hellen Augen, die amüsiert lächeln.

»Oh, wir kennen uns schon sehr lange«, antwortet er. »Ich habe Marc kennengelernt, als er noch sehr klein war.« Er deutet mit der Hand eine Höhe knapp unterhalb der Tischkante an und lacht.

»John war ein Freund meiner Mutter, Chéri«, erklärt Marc und weicht ihrem Blick aus. Sie fragt nicht weiter nach, von seiner Mutter spricht er nicht gern, und Johns Gesicht hat kaum merklich gezuckt bei ihrer Erwähnung.

Die Herren trinken Cognac und rauchen eine Zigarre, während Rebecca ihren Champagner genießt und die Blicke durch das große Esszimmer schweifen lässt. Die hohe Decke ist mit üppigem Stuck verziert, die Stühle, auf denen sie sitzen, sind prunkvoll und unglaublich kitschig. So hat sie sich Frankreich immer vorgestellt. An den Wänden hängen riesige Aquarelle in schlichten, goldenen Rahmen. In den Fenstern spiegelt sich das warme Licht eines großen Lüsters. Draußen ist es dunkel geworden, und die gegenüberliegende Straßenseite wird von rötlich flackernden Gaslaternen beleuchtet, die ihren Schein in den Raum werfen.

»Darf ich dir nun meine Sammlung zeigen, Genevieve?«, fragt John unvermittelt.

Rebecca zuckt bei der plötzlichen Ansprache zusammen. Es ist ungewohnt für sie, dass jemand anderes als Marc sie mit diesem Namen anspricht, den er ihr gegeben hat und den er meistens dann nutzt, wenn sie etwas Besonderes mit ihm erwartet.

Der Name hat sie konditioniert; wenn sie ihn hört, zuckt eine Welle der Lust durch ihren Körper, denn sie ahnt, was dann kommt. Und nun ist es John, der seltsam und geheimnisvoll wirkt in all seinem Reichtum. Und wer ist überhaupt der genannte Baptiste?

Zu dritt gehen Sie in die Empfangshalle zurück und die breite Steintreppe hinauf. Von unten hört sie, wie das Mädchen leise klappernd Teller und Gläser vom Tisch räumt.

Rebecca hält sich an dem sorgfältig gedrechselten Holzgeländer fest und folgt den beiden Männern, die auf Französisch angeregt miteinander plaudern. Marc lacht und dreht sich zu ihr um, als wolle er sich vergewissern, dass sie noch da ist.

Dann betritt sie kurz nach ihnen einen sehr großen Raum, dessen Fenster von dunkelblauen Samtvorhängen verborgen werden. Neugierig sieht sie sich um. Zahlreiche Skulpturen, Gemälde, gerahmte Fotografien und kleine Kunstwerke haben hier Platz gefunden. In antiken Vitrinen sind sorgfältig Figuren aufgestellt, die sich bei näherem Hinsehen als höchst anzüglich entpuppen.

Rebecca atmet tief ein.

»Voilà, meine Sammlung von Erotica aus aller Welt«, sagt John stolz und bleibt mitten im Raum stehen, die Arme vor der Brust gekreuzt.

»Unglaublich«, flüstert sie andächtig ob dieses privaten Museums, das in seiner Vielfalt alles übertrifft, was sie je gesehen hat.

»Schau dich nur um«, fordert John sie auf. »Ich habe all diese schönen Dinge der Lust über viele Jahre hinweg gesammelt und hier vereint.«

Rebecca staunt vor schwarzweißen Fotografien von David Hamilton und kunstvollen, beinahe pornografischen Comics von Alex Varenne. Uralte, indische Figuren, die das Kamasutra nachstellen und dabei kein körperliches Detail verschweigen, finden sich neben modernen Skulpturen und Fotos aus den 1920er Jahren, und mittendrin stehen alte Stühle, mit rissigem Leder bezogen, aus deren Sitz ein Phallus hervorragt, aus Holz oder aus Stein, groß und dick.

»Das ist einfach unfassbar«, sagt sie und mustert die Figur einiger griechischer Faune, die sich zu dritt an einer kleinen, zarten Nymphe vergehen. Der Anblick jagt ihr einen Schauer der Erregung durch den Körper.

»Gefällt dir das?«, fragt John leise dicht an ihrem Ohr, und sie fährt erschrocken zusammen.

Wie ertappt errötet sie und nickt schluckend. »Das ... das ist wirklich sehr schön«, sagt sie und erkennt ihre Stimme kaum wieder.

Lächelnd nimmt John die Skulptur in die Hand und fährt sanft, beinahe liebkosend mit den Fingerkuppen darüber. »Einer der ältesten Träume der Menschheit«, sagt er. »Eine Frau, die von mehreren Männern beglückt wird. Das Motiv findet sich immer wieder, in alten wie modernen Bildern. Hast du das schon einmal probiert?« Er atmet tief durch die Nase ein, als wolle er den Duft ihrer Haare in sich aufnehmen, und mustert sie mit den hellen Augen eindringlich.

Verwirrt sieht sie sich nach Marc um, doch sie kann ihn nicht entdecken. Er wird sie doch nicht mit diesem scheinbar etwas verrückten Engländer allein lassen?

»Ich ... nein, also ...« Niemals wird sie dem fremden Mann von ihren Erlebnissen mit Marc erzählen, die ihr jetzt durch den Kopf rauschen. Die Erinnerung an den gemeinsamen Besuch im Club, bei dem sie sich tatsächlich von mehreren Männern hat stimulieren lassen, ist bereits etwas verblasst, kommt aber mit Macht zurück, angeregt durch die Figur, die John noch immer in der Hand hält.

Er stellt sie an ihren Platz zurück und geht schmunzelnd weiter durch den riesigen Raum, der die ganze Etage der Villa einzunehmen scheint. Es riecht nach Moschus, Vanille und männlicher Lust, und sie kann sich gut vorstellen, dass er sich in seinem Sammelsurium bestimmt häufig selbst befriedigt.

Der Gedanke amüsiert sie und sie fragt sich, wo er dies wohl tun wird. Dann entdeckt sie Marc, der am hinteren Ende des Zimmers steht und nachdenklich ein Konstrukt betrachtet, das so etwas wie einen Stuhl darstellt. Wenn da nicht so merkwürdige Arretierungen befestigt wären, die sie sich nicht erklären kann.

»Der ist neu, richtig? Wie hast du ihn bekommen? Ist es das, was ich vermute?« Marcs Augen flackern vor Aufregung, so hat sie ihn selten gesehen.

John tritt lächelnd näher und streicht mit der Handfläche über den mit Blumen und Ranken verzierten, glänzenden Stoff des Möbels. »Ja, er ist es. Ich habe ihn ersteigert, vor kurzem. Und in der Tat ist er schöner, als ich ihn mir erhofft hatte. Leider hatte ich noch keine Gelegenheit, ihn auszuprobieren …« Er wirft Rebecca einen anzüglichen Blick zu, der sie betreten zu Boden sehen lässt.

Es gibt keinen Zweifel, dass John Gefallen an ihr gefunden hat, und wie sie Marc kennt, wird er seinem Freund das Vergnügen nicht verderben. Aber ist sie bereit dazu?

Er ist deutlich älter als sie, aber attraktiv. Seine herbe Ausstrahlung und sein etwas verrückter Charme zeigen durchaus ihre Wirkung. Nein, sie wäre wirklich nicht abgeneigt, wenn er auf einen Dreier mit ihr aus wäre. Der Gedanke sorgt für hitzigen Aufruhr in ihrem Schoß.

»Was ist das?«, fragt sie neugierig. Der Stuhl sieht ein bisschen aus wie ein Gynäkologenstuhl, allerdings ist er gepolstert und mit fein verzierten Schnitzereien versehen, ein eindeutig schmückendes Möbel aus einer alten Zeit. Vorn sind aus Metall zwei Tritte angebracht, am oberen Teil befinden sich ebenfalls zwei Metalltritte, und auf dem Stuhl selbst befinden sich zwei schlanke Metallstangen, die wie Beinspreizer wirken.

»Das, meine Liebe, ist der Chaise d'Amour von Edward Prince of Wales. Er verkehrte regelmäßig Ende des 19. Jahrhunderts in dem beliebtesten Bordell von Paris, dem Chabanais, und ließ diesen Stuhl eigens anfertigen, um darauf mit mehreren Personen gleichzeitig vögeln zu können.«

Rebecca runzelt die Stirn. »Wie soll das funktionieren?«, fragt sie verwundert, und Marc lacht heiser.

»Finde es heraus«, sagt John leise und haucht wie zufällig gegen ihren Hals.

Rebecca erschauert.

»Danke für die Einladung«, antwortet sie frostig und lässt ihn absichtlich stehen. Marc runzelt die Stirn, aber das amüsierte Schmunzeln in seinen Mundwinkeln entgeht ihr nicht.

John ist nicht irritiert. Sein Ego ist groß genug, um ihre Spielchen nicht ernst zu nehmen.

»Und was bitte ist das hier?« Eine riesige, messingfarbene Badewanne steht an der Seite, deren Vorderseite aus einem großen Schwan besteht, die wie eine Gallionsfigur herausgearbeitet wurde. Ein weiblicher Körper mit runden, apfelförmigen Brüsten und einem Schwanenkopf.

»Das ist die Originalbadewanne aus dem Chabanais«, erklärt John. Der Stolz in seiner Stimme erinnert an einen Vater, der von den Fähigkeiten seines ältesten Kindes berichtet. »Auch diese Badewanne wurde für Edward angefertigt, er badete darin in Champagner.«

Rebecca schnauft. »Das ist doch ein Witz!«, ruft sie und betrachtet die alte Badewanne, die ganz sicher einiges in ihrem Leben gesehen hat.

Der Engländer lacht. »Das ist tatsächlich die Wahrheit.«

»Gibt es das Chabanais noch?«

John schüttelt den Kopf. »Leider wurden 1946 alle Maisons Closes in Frankreich geschlossen, weil sich dort gern die Kollaborateure mit den Deutschen trafen. Politik wurde in den damaligen Zeiten noch so gemacht, wie sie gemacht werden sollte – in Verbindung mit Champagner, Zigarren und Sex.«

Marc lächelt und nickt zustimmend. »Das Haus, in dem sich früher das Chabanais befand, gibt es noch, aber heute sind langweilige Appartements darin. Früher, als das Haus am Montmartre noch in der ganzen Welt bekannt war und sich dort alle Reichen und Prominenten regelmäßig trafen, waren Künstler wie Toulouse-Lautrec sogar Dauergäste dort. Er gab die Adresse des Hauses als seine Wohnadresse an und zahlte die Miete mit Kunst, die er an den Wänden verewigte. Leider ist das alles bei der Schließung verlorengegangen, aber einige Highlights konnte ich mir im Laufe der Jahre sichern, so wie diese Badewanne hier.«

Rebecca zieht die Brauen hoch und stöbert weiter durch die Kunstschätze, die John um sich herum angesammelt hat. Woher hat er so viel Geld?

»Bonsoir, Messieurs«, ertönt plötzlich eine sehr junge, wohlklingende Stimme hinter ihnen.

Rebecca dreht sich um und reißt vor Erstaunen die Augen auf.

Der Junge ist neunzehn, vielleicht zwanzig Jahre alt und bildschön. Wie eine griechische Statue hebt sich sein Profil von den leuchtend weißen Wänden ab, gleichmäßig und perfekt wie von Botticelli gemalt. Sein Körper ist schlank, aber das kurze, enge T-Shirt entblößt muskulöse Oberarme und einen straffen, durchtrainierten Bauch. Eine längere Strähne seines schwarzen Haares fällt ihm auf die hohe Stirn, auf der sich säuberlich gezupfte, perfekte Augenbrauen hochwölben. Seine Wimpern sind so lang, dass sie sie sogar aus der Entfernung gut erkennen kann.

»Oh, bonsoir, Madame«, sagt der Junge, als er Rebecca erblickt, und seine Augen leuchten. Er geht auf sie zu und hebt ihre Hand an seinen Mund, der voll und sinnlich ist, mit einer feinen Kerbe in der Oberlippe und einer kleinen Falte darüber, die sich beim Lächeln glättet.

»Je suis Rebe ... Genevieve«, sagt sie und lächelt. Ihr Mund gehorcht nicht mehr und fühlt sich an wie nach einer Betäubung beim Zahnarzt, kalt und etwas taub.

»Marc! Ça fait un sacré bail!« Er umarmt Marc, der ihn an sich drückt und ihm auf die Schulter klopft.

»Tu fais bon«, sagt Marc und betrachtet den Jungen anerkennend. Er hat recht, der Junge sieht wirklich gut aus.

Sie reden einige Sätze auf Französisch miteinander, bevor Marc sie ihm vorstellt. »Du hast wie immer ein exzellenten Geschmack«, sagt der Junge, der Baptiste heißt, und lacht so breit, dass sie eine Zahnlücke zwischen den weißen Schneidezähnen entdeckt, die seine Perfektion auf eine irritierende Art und Weise stört.

»*Einen* Geschmack«, korrigiert sie automatisch und wird rot. »Entschuldige«, sagt sie, aber Baptiste lächelt freundlich.

»Danke. Mein Englisch ist noch nicht so gut«, entschuldigt er sich. »Aber ich lerne, denn ich brauche es für meine Arbeit.«

Der Junge ist so unglaublich schön, dass Rebecca ihre Augen nicht von ihm abwenden kann und jede kleine Geste und Miene beobachtet.

Als Marc sich von hinten an sie lehnt und mit beiden Händen ihre Hüften umfasst, schmiegt sie sich an ihn, aber ihre bewundernden Blicke sind ihm natürlich nicht entgangen.

»Gefällt er dir?«, flüstert er in ihr Ohr, und sie schluckt.

Dann nickt sie vorsichtig.

»Baptiste ist Johns Sohn«, tuschelt seine vertraute Stimme weiter, und Rebecca fährt zusammen. »Ich kenne ihn schon sehr lange, sozusagen seit seiner Kindheit. Und er hat viel von seinem Vater gelernt.«

Er neigt den Kopf zu ihr und knabbert sanft an ihrem Hals. Rebecca schließt die Augen und genießt seine Liebkosungen. Sie schnurrt leise, als seine Lippen sich um ihr Ohrläppchen schmiegen und daran saugen, und seine Hände gleiten von ihrer Hüfte abwärts, greifen unter ihr Kleid und schieben es den Oberschenkel hinauf, bis sie die zarte Haut darunter finden und ganz vorsichtig darüber streichen.

Sie blinzelt durch die Lider, kann John und Baptiste aber nicht entdecken. Die beiden Männer sind nicht zu sehen und nicht zu hören. Aufreizend langsam streicht Marc über ihre Schenkel, bis seine Finger durch ihren dünnen Slip hindurch ihre Labien streicheln. Sie seufzt und räkelt sich in seinem Arm. An ihren Pobacken spürt sie seine wachsende Erektion, die sich durch seine Hose drückt.

Sie vergisst, dass sie in einem fremden Haus in Paris ist, inmitten einer kuriosen Privatsammlung von erotischen Kunstwerken und Tand, und dass irgendwo in diesem großen Raum noch zwei weitere Männer sein müssen, die sie kaum kennt.

Sie lässt sich verführen, küssen und streicheln und presst den Hintern enger gegen seinen Schritt, um ihn noch intensiver zu spüren.

»Marc«, flüstert sie besorgt, als sich doch plötzlich eine

dritte Hand in das Spiel einmischt, die ihr Kleid aufknöpft und nach ihren Brüsten tastet.

Er brummt nur leise und lässt sich nicht aufhalten, gleitet mit den Fingern unter ihren Slip und drückt sanft auf ihre Perle, die sich langsam aufrichtet. Sie spürt Hitze in ihrem Schoß aufsteigen und wagt nicht nachzusehen, wer von den beiden anderen sich da an ihr zu schaffen macht, weil sie doch insgeheim hofft, dass es der schöne Junge sein würde.

Marc legt eine Hand um ihren Hals und drückt ihren Kopf nach hinten gegen seine Schulter. Sie lässt sich fallen, lässt zu, dass er ihren Slip herunterzieht und dass jemand anderes ihn über ihre Füße streift und ihn auszieht. Ihr Kleid wird ganz geöffnet und fällt raschelnd auf den Boden. In ein paar Metern Entfernung hustet jemand, sie hört Schritte, sieht aber nicht hin.

Rebecca schmiegt den Kopf fest an Marcs Schulter und genießt das Pochen, das seine Berührungen in ihrem Unterleib auslösen. Dann wird sie auf ein Paar Arme genommen, nackt wie sie ist, und fortgetragen. Es ist nicht Marc, der sie da trägt, sie kneift die Lider fest zu und schnuppert, doch der männlich-herbe Duft ist nicht der vertraute Geruch.

Fremde Arme platzieren sie auf einem Möbel, und ohne die Augen zu öffnen, weiß sie, dass es der irritierend aufregende Stuhl sein muss. Schon der Gedanke, auf dem Liebesstuhl eines englischen Königs gleich gevögelt zu werden, erregt sie.

Jetzt muss sie doch die Augen öffnen und sehen, wer sich da an ihr zu schaffen macht. Der Junge lächelt, als sie die Lider hebt, seine sinnliche Oberlippe zuckt freudig, als er sie um ihre Brüste legt und an ihren harten Brustwarzen saugt, die sich sogleich zitternd in seinen warmen Mund begeben.

Sie spürt seinen Schwanz zwischen ihren Beinen, er hat sich

ausgezogen und presst sein Gemächt an ihre Labien, ohne in sie einzudringen. Ihre Beine sind weit gespreizt und hängen an dem merkwürdigen Stuhlgestell herab. Dann taucht Marcs Gesicht über ihr auf. Er steht hinter dem Stuhl und beugt sich zu ihr herab, um sie zu küssen. Der umgekehrte Kuss ist ungewohnt, und sie greift nach seinem Kopf, um ihn festzuhalten, während der Junge weiter an ihren Nippeln saugt und knabbert und sein Schwanz an ihrer Pforte lustvoll zuckt.

Sie schließt die Augen wieder und genießt, bis sie das Becken leicht anhebt, um ihn endlich dazu zu bringen, in sie einzudringen. Doch der Schöne macht keine Anstalten, sondern tritt einen Schritt zurück, um seinem Vater Platz zu machen.

Der bleibt direkt vor ihr stehen und betrachtet sie schmunzelnd. »Très jolie«, murmelt er. »Joli con. Jolies miches.« Die fremden, obszönen Worte jagen ihr einen Schauer über den Rücken. Behutsam fährt er mit dem Zeigefinger durch ihre feuchte Spalte und teilt ihre Labien, die sich vor ihm aufblättern und ihm einen direkten Blick auf die pralle, rosige Frucht gewähren, die heftig pocht.

Marc beobachtet seinen Freund, während er Rebeccas Hals streichelt und die Hände an ihren Brüsten auf- und abgleiten lässt, zwischendurch zwirbelt er ihre Nippel zwischen zwei Fingern und reibt sie.

John nickt ihm zu, bevor er Rebeccas Hüften mit beiden Händen ergreift und sie von dem Stuhl hochzieht.

»Andersherum ist es praktischer«, sagt er lächelnd, und seine hellen Augen glänzen wie im Fieber. Dann dreht er ihren Körper herum, sodass sie auf dem Bauch liegt. Der Stuhl ist schmal, aber sie passt perfekt auf die Polsterung, die alt und nicht mehr besonders bequem ist. Marc nimmt ihre Handgelenke, küsst sie und befestigt sie mit zwei Seidentüchern an den zwei langen Metallstangen, die an den Seiten angebracht sind. Er spreizt ihre Beine und legt ihre Knie auf den metallenen Vorrichtungen vor dem Stuhl ab. Der reicht ihr nur bis zum Bauchnabel, darunter ist eine Aussparung angebracht, die es John nun ermöglicht, sich unter den Stuhl zu hocken und seine Zunge an ihr spielen zu lassen.

Rebecca stöhnt bei seinen Berührungen. Er ist ein Meister, das hat er offenbar jahrelang perfektioniert. Er leckt erst sanft und vorsichtig, dann vehement, zieht mit der Zunge Kreise um ihre Klit herum, die sich langsam aus dem schützenden Häuschen herausschält und ihn locken will, doch er versteht es, sie gierig zu machen, bis sie sich keuchend danach sehnt, dass er endlich ihre empfindlichste Stelle mit seiner Zunge berührt. Marc hebt ihren Kopf an und lächelt, bevor er seine Hose herunterzieht, sodass sein harter Schwanz ihr entgegenspringt. Sofort versteht sie und öffnet bereitwillig die Lippen, um ihn an sich zu nehmen.

John reizt sie weiter und gönnt ihr keine Erlösung. Ihre Beine zittern schon unkontrolliert in der ungewohnten und unbequemen Position.

»Leck mich!«, ruft sie ihm zu, doch Marc bringt sie mit einem heftigen Stoß seines Schwanzes zum Schweigen. Sie stöhnt und saugt hektisch an ihm, will ihre Hände befreien, um ihn anzufassen, doch die sind fest arretiert an dem Gestänge des Stuhls.

Und dann klopft der Junge von hinten gegen ihre Möse. Er schlägt seinen prallen Schwanz wie eine kleine Gerte gegen ihre Labien, teilt sie mit zwei Händen, um sie ganz zu öffnen, und dringt in ihre pochende Möse ein.

Rebecca stöhnt wieder, sein Schwanz ist größer als sie erwartet hat, und nun gönnt ihr auch John endlich, was sie sich ersehnt hat, und lässt seine Zunge mit flinken Bewegungen auf ihrer Klit spielen.

Sie spürt, wie der Saft aus ihr herausrinnt. Ihr Becken zuckt, und ihr ganzer Körper wird von den kräftigen Stößen des Jungen geschüttelt. Marc greift mit einer Hand in ihre Haare und hält ihren Kopf fest, um weiter in sie hineinzustoßen, sie zu benutzen. Er passt sein Tempo dem Jungen an, sodass beide harmonisch in sie hineinstoßen, von vorn und von hinten, während John ihre Klit so in Beschlag genommen hat, dass sie den ersten Höhepunkt schon auf sich zurasen spürt.

»Oh Gott«, schreit sie, als Marc seinen Schwanz aus ihrem Mund herauszieht, um direkt vor ihrer Nase daran zu reiben, den von ihrem Speichel glänzenden Schaft zu streicheln. Sie öffnet den Mund wieder, um seine rote, pralle Eichel zwischen die Lippen zu nehmen, als sie unter der behänden Zunge von John laut aufstöhnend kommt.

»Ça, cÇa, c«, stößt der Junge hinter ihr aus, während sein Schwanz von den heftigen Kontraktionen ihres Unterleibs regelrecht gemolken wird. Sie zerrt an den Tüchern, die ihre Hände fesseln und versucht, aus der unbequemen Stellung zu entkommen, Johns Zunge zu entkommen, die unnachgiebig weiterleckt, immer fester gegen die pralle Perle drückt, die jetzt so empfindlich ist. Er leckt sie so schnell, dass sie gleich ein zweites Mal kommen wird, obwohl der erste Höhepunkt noch kaum verebbt ist und sie die Zuckungen noch tief in sich nachbeben spürt.

Der Junge greift an ihre Pobacken und knetet sie, während er sie weiter stößt, ganz langsam. Er zieht seinen Schwanz aus ihr heraus, um danach noch langsamer in sie einzudringen. Nur mit der Spitze fickt er sie, dann lässt er ihn wieder bis zum Anschlag in sie hineingleiten. Sie hört seine Haut gegen ihre Pobacken klatschen, wenn er sie mehrmals hintereinander schnell und tief fickt, um sich danach wieder ganz herauszuziehen und sie sehnsüchtig wimmernd zurückzulassen.

John lässt sich auf sein Spiel ein und reagiert auf die Bewegungen des Jungen. Wenn er sich aus ihr herauszieht, lässt auch er von ihr ab, sodass ihr ganzer Unterleib ein einziges Zucken ist, ein großes Sehnen nach der Erfüllung.

Marc hat den Jungen beobachtet. Sein Schwanz ist unglaublich hart, als er ihn zurück in Rebeccas Mund schiebt, wenn der Junge sich wieder in ihr versenkt. Und so spielen die drei gemeinsam Katz und Maus mit ihr, füllen sie gleichzeitig, um sie ebenso synchron wieder zurückzulassen, und sie keucht und wimmert, gibt unterdrückte Laute von sich, wenn Marc sich zwischen ihre Lippen legt.

Ihr ist so warm, Schweißtropfen haben sich auf ihrem Rücken versammelt und bilden ein feines Rinnsal, das sich einen Weg zwischen ihre Pobacken bahnt. Und dann wird sie endlich erlöst. Der Junge hält ihre Hüften fest und fickt sie in einem steten, raschen Tempo tief und hart, Marc umklammert ihren Kopf und schiebt seinen Schwanz im selben Rhythmus zwischen ihre Lippen, während John kräftig mit seiner Zunge immer wieder über ihre Klit reibt.

Ihr ganzer Körper zuckt hysterisch, als sie erneut den Höhepunkt auf sich zukommen sieht, wie ein Zug rast er durch einen Tunnel auf sie zu, laut hupend, und als Marc sich in ihren Mund ergießt und sie ganz automatisch schluckt, spürt sie das Zucken des Jungen tief in sich und hört John unter sich laut aufstöhnen. Sie fällt mit ein in die Symphonie ihres gemeinsamen Höhepunktes, mit einem unaufhörlichen Beben ihres Beckens, das sich lustvoll verkrampft, minutenlang.

***

Der schwere Duft ihrer Lust hängt im Raum, als sie wieder zu sich kommt. Wie benommen richtet sie sich auf dem antiken Stuhl auf. Jemand hat ihre Hände befreit und eine dünne Decke über ihren Körper gebreitet.

»Marc?« Der Raum ist dunkel, nur einige Kerzen brennen auf dem Tisch. Hat sie geschlafen? Ist sie ohnmächtig geworden? Wie lange liegt sie schon hier? Und wo sind alle?

Neben dem Stuhl liegen ihre Dessous und ihr Kleid, sorgfältig drapiert. Sie setzt sich auf und legt die Stirn auf die Knie, um zu sich zu kommen. Ihr Kopf schmerzt und sie fühlt sich verkatert, doch zwischen ihren Beinen zeugt die kalte Feuchtigkeit davon, dass sie mitnichten geträumt hat.

Als sie sich anziehen will, hört sie die Stimme des Jungen.

»Madame«, sagt er leise, und sie sieht sich suchend um. Er steht vor der messingfarbenen Badewanne, in einem schwarzen Bademantel, der seine haarlose Brust frei lässt und ihr einen Blick auf seine schlanken Waden gönnt. »Bitte sehr – ich habe es vorbereitet.« Er zeigt mit der Hand auf die alte Wanne, und als sie sich ihm nähert, die Hände schützend vor dem Körper verschränkt, sieht sie, dass sie mit Wasser und einer gehörigen Menge Schaum gefüllt ist.

»Warmes Wasser und Champagner«, sagt der Junge und lächelt, als er eine einladende Handbewegung macht. »Für dich.«

Ein warmes Bad – ja, das ist jetzt genau das Richtige. Doch wo ist Marc? Sie sieht sich um, aber außer ihnen befindet sich niemand in dem großen Raum.

Ohne weiter nachzufragen, lässt sie sich wohlig seufzend in das warme Wasser sinken, das sie sofort umhüllt. Der Schaum duftet köstlich, und offenbar ist eine ganze Menge Champagner im Wasser, denn es prickelt und kribbelt wie tausend Ameisen an ihrem ganzen Körper.

»Gib mir das Bein«, sagt er, und etwas zögerlich streckt sie das rechte Bein nach oben, bis es weit über den Schaum hinausragt. Er nimmt ein Stück Seife und gleitet damit über ihren Fuß, ihre Zehen und ihre Waden, massiert Füße und Schenkel mit beiden Händen. Wieder lässt er die Seife ihr Bein hinaufrutschen, bis es nicht mehr weitergeht, und verreibt die nach Nelken duftende Seife mit kreisenden Bewegungen auf ihrer Haut. Er wiederholt die Prozedur mit dem anderen Bein, dann massiert er ihre Finger, ihre Hände und ihre Arme auf die gleiche Weise.

Rebecca entspannt sich, ihr ganzer Körper ist warm, heiß beinahe, wie im Fieber.

»Genevieve ist französisch«, sagt er. »Ist das Marcs Name?«

Irritiert zuckt sie zusammen und betrachtet nachdenklich sein perfektes, feines Gesicht mit den großen Augen darin, die warm sind und braun wie Herbstlaub.

»Ja. Woher weißt du das?«

Er lächelt und entblößt dabei die ironisch wirkende Zahnlücke. »Ich kenne Marc sehr gut«, sagt er geheimnisvoll. »Wie heißt du?«

Sie zögert kurz. »Rebecca«, antwortet sie leise.

Er lässt den Bademantel zu Boden fallen und präsentiert sich ihr in voller Schönheit. Die flackernden Kerzen lassen seinen Körper nur schemenhaft erscheinen, doch allein sein Umriss, der sich wie ein Scherenschnitt von der hellen Wand abhebt ... Er rutscht hinter sie in die große, breite Badewanne, damit sie sich an ihn lehnen kann. Dann streichelt er sanft und zärtlich ihre Brüste, verteilt den duftenden Schaum überall auf ihrem Körper, massiert ihren Nacken, bis sie wohlig schnurrend die Augen schließt; und als seine Hände zwischen ihre Beine nach vorn gleiten und sie zu einem sanften, aber einschläfernden Höhepunkt tragen, hat sie nichts dagegen ...

Kapitel 8

»Chéri, ich muss heute leider arbeiten«, sagt Marc zur Begrüßung, als sie sich am nächsten Morgen an ihn schmiegt und seine Nähe genießt. Mit betont beleidigter Schnute sieht sie zu ihm auf und schlägt ihn spielerisch auf die Brust.

»Du hast nicht gesagt, dass du hier arbeiten willst«, sagt sie.

Marc lacht. »Ich wollte verhindern, dass du es dir vor dem Abflug noch anders überlegst.« Er küsst sie auf die Stirn und schiebt sie vorsichtig von sich, als er aufsteht. »Baptiste wird sich um dich kümmern, er wird dich später abholen.«

Plötzlich ist sie aufgeregt wie ein Teenager. »Wirklich? Warum? Meint ihr, ich komme nicht allein zurecht?«

Er stupst ihre Nase mit dem Zeigefinger an und wickelt ein Handtuch um seine Hüften, bevor er ins Bad geht. »Oh, ich bin mir sicher, dass du allein zurechtkommen würdest. Aber Baptiste kennt sich gut aus in Paris und er kann dir einige Dinge zeigen, die du allein vielleicht nicht entdeckst.«

Erst als er gegangen ist, steht sie auf, um lange und ausgiebig zu duschen. Der gestrige Abend war seltsam gewesen. Marc hatte sie mit den beiden Männern bereitwillig geteilt, als sei es das Normalste der Welt, wie ein Dinner, zu dem er seine beiden besten Freunde eingeladen hat. Und wie er sich an der Lust der Anderen ergötzt hatte!

Sie lächelt still in sich hinein, zieht sich an und verlässt durch die noble Lobby das Hotel, um zu frühstücken.

Die Sonne begrüßt sie wie eine alte Freundin. Rebecca setzt die Sonnenbrille auf ihre Nase und genießt erneut den Ausblick auf die Stadt und den Eiffelturm. Dann geht sie die Straße entlang zu der kleinen Brasserie, die sie bei ihrem Spaziergang gestern Abend schon entdeckt hat.

Das junge Mädchen hinter der altmodisch anmutenden Theke aus Wurzelholz trägt eine große Brille mit dickem, schwarzen Rand. Sie lächelt breit, ihr Mund reicht fast von einer Seite des schmalen Gesichtes zur anderen. »Bonjour, Madame. Que vous souhaitez?«

Nachdenklich studiert sie die kleine Auslage, die im Wesentlichen aus Süßigkeiten besteht, und wirft einen Blick auf die mit einer geschwungenen Handschrift bekritzelte Tafel an der Wand. »Je voudrais un croissant avec la marmelade et un café au lait, s'il vous plaît.« Erleichtert atmet sie aus, sie hat es geschafft und sich hoffentlich nicht blamiert.

Das junge Mädchen nickt bestätigend und wiederholt ihre Bestellung auf Englisch.

»Woher kommen Sie?«, fragt sie, während sie ein Croissant aus der Auslage nimmt und es aufschneidet.

»Aus Amerika«, antwortet Rebecca und wartet geduldig, bis das Mädchen mit ihrem Frühstück fertig ist und die dunkelrote Marmelade dick auf dem mit Butter bestrichenen Croissant verteilt hat.

»Oh, Amerika! Ich möchte so gern einmal dorthin«, sagt sie theatralisch seufzend und bläst eine Strähne der dünnen, blonden Haare aus dem Gesicht. »Es muss so schön sein. Und so groß!«

Rebecca nickt höflich, nimmt den kleinen Teller mit dem Croissant und den Porzellanbecher mit dampfendem Kaffee über der Theke entgegen und setzt sich an einen winzigen, runden Tisch am Fenster.

Der Kaffee ist stark und ungesüßt, aber genau das braucht sie jetzt. Sie sieht auf die Straße hinaus und beobachtet die Menschen, die dort umherschwirren. Ein grob und etwas ungepflegt aussehender Mann in einem dünnen Jackett, dessen

Ärmel verschlissen wirken, bleibt vor dem Fenster der Brasserie stehen und starrt unverhohlen neugierig hinein. Sie zuckt unwillkürlich zurück, obwohl die Glasscheibe sie von dem Mann trennt, und er grinst. Er sagt etwas auf Französisch, das sie nicht von seinen Lippen lesen kann, aber es sieht freundlich aus. Sie lächelt und hebt den Becher an ihre Lippen. Einige Sekunden später hat der Mann die Brasserie betreten und bestellt mit schnarrender Stimme einen Kaffee bei dem Mädchen, das ihn stirnrunzelnd mustert.

Dann setzt er sich ohne zu fragen zu ihr an den kleinen Tisch und hebt seine Tasse, als wolle er mit einem Champagnerglas einen Toast ausbringen.

»Comment vous vous appellez?«, fragt er, und Rebecca ist irritiert ob dieser Forschheit, mit der er unverblümt nach ihrem Namen fragt.

»Genevieve«, antwortet sie so weich und französisch wie möglich, bevor sie ihr Gesicht abwendet und aus dem Fenster starrt, um ihm zu signalisieren, dass sie keine Lust auf ein Gespräch mit ihm hat. Sie hat mit Absicht Marcs Namen benutzt, sie hat nicht vor, dem Typen etwas über sich zu erzählen.

»Vous-êtes d'ici?« So leicht lässt er sich offenbar nicht abwimmeln.

Sie schüttelt den Kopf. »Je suis des États-Unis«, antwortet sie, und spätestens ihr Akzent hätte sie sowieso verraten.

»Oh, Amerikanerin! Ich liebe Amerikanerinnen! Gepflegt und prüde, sie sind so verdächtig schamhaft, aber wenn sie Feuer gefangen haben ...« Er grinst und legt eine Hand auf ihren Schenkel.

Verwirrt von seiner Unverfrorenheit schlägt sie die Hand vehement zur Seite. »Entschuldigen Sie mal«, sagt sie und sucht nach dem jungen Mädchen hinter der Theke, die sich jedoch umgedreht hat und an der großen, alten Kaffeemaschine hantiert.

»Was bilden Sie sich ein?«

Er ist etwas älter als sie, sie schätzt ihn auf Mitte vierzig. Sein Gesicht ist herb und männlich, das unrasierte Kinn und die üppigen Augenbrauen verstärken seinen etwas verlotterten Eindruck. Ein französischer Künstler, so hat sie sich diese immer vorgestellt. Oder ein verschrobener Millionär? Wahrscheinlich einfach nur ein Stromer, der allein in Cafés sitzende Frauen mit Prostituierten gleichstellt. Seine Augen wirken deutlich jünger als der Rest, sie sind grün und forsch, neugierig und offen, sein Mund aber wirkt dominant und aggressiv. Er ist nicht der Typ Mann, nach dem sie sich auf der Straße umgedreht hätte, aber er strahlt eine gewisse Männlichkeit und Rohheit aus, die sie durchaus anziehend findet.

Vielleicht ist es das Animalische, das sie in ihm ahnt und das sie auch an Marc so liebt; seine lässige Optik lässt darauf schließen, dass sich in ihm ein wildes Tier verbirgt.

»Entschuldigen Sie, Genevieve«, sagt er und macht einen so übertrieben zerknirschten Gesichtsausdruck, dass sie lachen muss. »Aber ich kann schönen Frauen nicht widerstehen. Sie sind mein Leben und mein Ruin. Es ist eine Sucht, eine qualvolle und doch so süße Lust. Ihre traurigen Augen, die mich durch das Fenster angesehen haben, haben mich gerührt, und ich musste sie kennenlernen. Eine so schöne Frau sollte nicht traurig sein.«

Rebecca zwinkert verwirrt. »Traurig? Da müssen Sie sich getäuscht haben, ich bin alles andere als traurig. Ich bin sogar sehr glücklich im Moment.« Sie war seit Monaten nicht so glücklich wie hier in Paris. Wie kommt er darauf, ihre Augen als traurig zu bezeichnen?

Er beugt sich über den Tisch und sieht ihr fest ins Gesicht. »Vielleicht glauben Sie, glücklich zu sein«, sagt er leise. »Aber ich sehe, dass es nicht stimmt.«

»Ich glaube, Sie sind verrückt«, sagt sie entschlossen und steht auf. Ihr Herz klopft vor Aufregung, die sie sich gar nicht erklären kann. Er lächelt überheblich und sieht ihr unverhohlen nach, als sie zur Theke geht und bei der jungen Frau ihr Frühstück bezahlt. Den Kaffee hat sie nicht ausgetrunken, sie will nur hier weg, weg von dem komischen Mann, der ihr unheimlich ist.

»Auf Wiedersehen, Rebecca!«, ruft er ihr nach, und sie stutzt kurz, ohne zu bemerken, was sie an seiner Verabschiedung irritiert hat.

Als sie am Fenster vorbeigeht, winkt er ihr lächelnd zu. Sie wendet rasch den Kopf ab und geht hastig die Straße entlang zum Hotel zurück.

In der Lobby entdeckt sie den schwarzen Schopf. Er trägt einen schwarzen Anzug und ein weißes Hemd und blättert in einem Magazin.

»Bonjour, Baptiste!« Rebecca begrüßt den jungen Mann erfreut, der auch in der Hotellobby jede Aufmerksamkeit auf sich zieht mit seiner ausdrucksstarken Schönheit. In ein paar Jahren, wenn sich männliche Herbe zu seiner Schönheit gesellt, wird er für alle Frauen sehr gefährlich sein.

»Rebecca«, sagt er mit herrlichem französischen Akzent, das R kehlig gerollt. »Ich möchte dich Paris zeigen«, sagt er und steht auf, um sie zu begrüßen. »Hast du Lust?«

Lust? Wie kann er dieses Wort ihr gegenüber so leichtfertig benutzen? Schon der Anblick seines jugendlichen Körpers lässt sie vor Freude zittern, aber heute ist er hier, um ihr die Stadt zu zeigen. Marc würde es sicher nicht gutheißen, wenn sie allein mit ihm ... Seufzend nickt sie. »Oh ja«, sagt sie und lächelt. »Große Lust sogar!«

Er führt sie durch kleine Gassen, in denen die Autos einspurig fahren müssen. Bis zum Fuße des Eiffelturms gehen sie, in den tobenden Verkehr, der sogar am Vormittag übermächtig ist. Ihr ist warm in dem bunten Wickelkleid, und die Füße brennen in den dünnen Sandalen, die so schnell wie möglich über den heißen Asphalt neben ihm her laufen.

»Was arbeitest du?«, fragt sie, um sich mit ihm zu unterhalten.

»Das wirst du gleich sehen«, sagt der Junge und lächelt. Wenige Meter später erreichen sie ein uraltes, dunkelrotes Auto, einen 2CV mit cremefarbenem Faltdach und einer runden Nummer 7 auf der Tür. »Paris Secret Tour« steht auf dem Auto. Baptiste zieht einen Schlüssel aus der Tasche und öffnet die Tür.

»Voilà, Madame«, sagt er und macht eine einladende Handbewegung in das kleine Auto, dessen Rücksitz mit einem dunkelroten Samtstoff belegt ist, der unter ihrem Po Falten wirft, als sie sich auf ihn fallen lässt.

»Das ist meine Auto für die Stadtrundfahrt.« Er kurbelt das Faltdach herunter, und schon hat die Sonne sie wieder. Der muffige Geruch des alten Wagens weicht den Gerüchen der Stadt. Abgase, verbranntes Brot und Kaffee, von einem nahen Hot Dog-Stand weht der Geruch von verbrannten Röstzwiebeln zu ihr herüber.

»Ich studiere, Kunstgeschichte und Architektur«, erklärt Baptiste, nachdem er sich hinter das Steuer gesetzt hat. »Und ich arbeite in der Museum und mache diese Rundfahrten. Ich werde dich die schönsten Seiten von Paris zeigen.«

Glücklich genießt sie den Fahrtwind im Gesicht, der ständig unterbrochen wird von Zwangshalten vor Ampeln und kleineren Staus, die die Franzosen hupend und gestikulierend zu beheben wissen.

Sie umrunden die alte Oper, und Rebecca ärgert sich, dass sie ihre Kamera nicht mitgenommen hat. Baptiste erklärt, während er sich geduldig durch das Verkehrsdickicht wühlt. Touristen sehen neidisch und amüsiert zu dem Oldtimer herüber, manche fotografieren sie, und Baptiste setzt zur Freude aller eine dunkelblaue Baskenmütze auf seinen Kopf.

»Touristen finden diese Mütze so französisch«, sagt er und lacht.

Sie steht ihm aber gut, findet Rebecca, und natürlich fällt er auf, mit seiner Schönheit in diesem uralten Auto, das nach Benzin und muffigem Stoff riecht und während der Fahrt brummt und klappert.

Sie fahren durch die großen Prachtstraßen der Haussmannschen Zeit, durch die Champs-Elysées, vorbei am Louvre, weiter zum vierten Arrondissement an der Seine entlang, zur Notre Dame, vor der zahlreiche Touristen Tauben füttern und die fauchenden Wasserspeier auf dem Dach bewundern, am Place des Vosges vorbei in das alte Viertel Marais, wo Baptiste eine Rast vorschlägt.

Sie steigt aus und schüttelt die Beine, die von dem unbequemen Sitzen in dem kleinen Auto eingeschlafen sind.

»Das sind die Marais, die jüdischen Viertel«, erklärt Baptiste. »Marais bedeutet Sumpf, denn früher war das hier wirklich ein Sumpf. Jetzt ist es der einzige Viertel in Paris, der nicht modernisiert und gebreitet wurde wie die großen Straßen.«

Tatsächlich erinnert hier nichts an die breiten Prachtstraßen, die so typisch sind für Paris. Stattdessen fädeln sich schmale Straßen aneinander, die von uralten Häusern gesäumt werden. Jüdische Geschäfte mit kuriosen Auslagen und kleine Restaurants zeugen neben den vielen Galerien und Straßenkünstlern von dem besonderen Flair des Viertels.

Baptiste führt sie durch eine schmale Gasse, in der nur wenige Touristen, mit Rucksäcken und Kameras bewaffnet, umherstreifen. Er geht zielstrebig auf ein kleines Restaurant zu, vor dem winzige Tische mit jeweils zwei Metallstühlen stehen.

Ein junger Mann kommt heraus, nachdem sie an einem der Tischchen Platz genommen haben. »Bonjour, Baptiste! Ça va?«

Die Männer begrüßen sich und plaudern kurz auf Französisch, dann bestellt Baptiste, ohne nach ihren Wünschen zu fragen, und wendet sich wieder Rebecca zu, als der junge Kellner im Inneren des alten Hauses mit den krummen Wänden und blinden Fensterscheiben verschwunden ist.

»Pierre ist ein Freund«, erklärt er. »Er hat diesen kleine Restaurant und er ist ein begnadete Koch. Ich bringe Touristen zu ihm, wenn ich eine Rundfahrt mache, weil er es verdient hat, berühmt zu werden.«

Rebecca schmunzelt. Junge Menschen haben oft diesen unerschütterlichen Gerechtigkeitssinn, der ihnen das Leben später schwer macht, bis man irgendwann entdeckt, dass das Leben einfach nicht gerecht ist und jeder für sich das Beste daraus machen muss. Dann ist man erwachsen, und die Leichtigkeit und Sorglosigkeit der Jugend verschwinden und weichen Zukunftsängsten und Unsicherheiten.

Baptiste ist noch jung, und sie genießt seine Offenheit und Ehrlichkeit, die auf sie wirkt wie ein Jungbrunnen. In den nächsten Stunden vergisst sie Marc und alle Sorgen, die sie sich gemacht hat, lässt sich verführen von der Frische des Jungen, der mit Leidenschaft und unbeschwertem Akzent alles erklärt. Seine Liebe zu der großen Stadt, die so grau und hässlich sein kann, ist in jeder Sekunde zu spüren.

Über die Pont Neuf kreuzen sie die Seine und fahren am Wohnhaus von Sergé Gainsbourg vorbei, das so sehr mit Graffiti besprüht ist, dass die Mauern kaum noch zu erkennen sind. Weiter zum Jardin du Luxembourg im Quartier Latin, wo sie aussteigen und hinter einer von Menschen übervölkerten Wiese, die von blühenden, bunten Blumen umgeben ist, das alte Schloss bewundern.

Baptiste trägt eine Kühltasche über seiner Schulter, nimmt ganz selbstverständlich ihre Hand, und gemeinsam bummeln sie über die von Blumen und Bäumen gesäumten Wege, an deren Rändern sich Pariser und Touristen auf Decken und Klappstühlen niedergelassen haben. Eine große Idylle mitten in der hektischen Stadt, die sie in eine andere Zeit versetzt. Alles hier wirkt alt und sorgfältig angelegt. Die Pflege dieses riesigen Schlossgartens muss ein Vermögen verschlingen. Zwischen alten Bäumen spielen sie Verstecken, und Rebecca lacht laut, als er sie von hinten überrascht und seine Arme um ihren Oberkörper schlingt, um sie festzuhalten.

Sie spazieren an einem kleinen Kanal entlang und bleiben vor einer Statue stehen, die mitten im Wasser auf einem Steinsockel thront. Sie zeigt einen sitzenden, nackten Mann, auf dessen Schoß sich eine nackte Frau räkelt, sie legt einen Arm um seinen Hals.

»Mein Lieblingsort hier«, sagt Baptiste und lässt sich auf der Wiese nieder.

Sie setzt sich neben ihn und streckt die Beine auf dem Gras aus. Baptiste zieht eine Flasche Champagner und zwei Gläser aus der blauen Tasche, die er mitgenommen hat, und befreit mit einem lauten Knall das Getränk, das ungestüm hinausdrängt.

»Merci beaucoup«, sagt sie und nimmt dankbar das Glas entgegen. Der Champagner prickelt, und sie versinkt im Anblick der Marmorstatue, die sie seltsam berührt.

»Hingabe«, flüstert Baptiste und streicht vorsichtig mit einer Hand über ihren nackten Arm, der sofort fröstelt. »Das Bild ist reine Hingabe. Sieh nur, wie sie lockt, wie sie vertraut, wie sie wartet.«

Rebecca betrachtet die beiden Menschen, die liebevoll aus dem weißen Stein gehauen wurden, und trinkt in raschen Zügen. Baptiste füllt ihr Glas erneut, er selbst nippt nur einige Male kurz an der kühlen Erfrischung.

Sie lässt zu, dass er sie zu sich heranzieht, lehnt sich mit dem Rücken an seine Brust und genießt seine Hände, die beruhigend auf ihrem Bauch ruhen und sie umfassen. Dann küsst er sie einfach. Wie die Frau der Statue schmilzt sie dahin, legt den Kopf in seine Armbeuge und einen Arm um seinen Nacken, um sich festzuhalten. Der Kuss ist weich und jugendlich, viel zu ungestüm, viel zu hektisch, als fürchte er, sie könnte ihn zurückweisen, doch das würde ihr jetzt ganz sicher nicht einfallen.

Die Sonne kitzelt ihre Haut, verschwunden sind die flanierenden Menschen um sie herum, sie ist nur eine Frau, die mit ihrem jugendlichen Liebhaber den Augen des Lebens entkommen ist und sich mit ihm in diesem Park trifft, um ihrer heimlichen Leidenschaft nachzugeben.

Es riecht nach Gras, nach Blumen und Wasser um sie herum, leise plätschernd trifft der Kanal auf die große Statue, Tauben gurren, und seine Lippen sind so weich, so warm ...

Der Champagner verfehlt seine Wirkung nicht, und so spreizt sie bereitwillig die Beine ein wenig weiter, als er vorsichtig mit den Fingern zwischen ihre Schenkel fährt, unter ihr Kleid taucht und sie durch den Slip hindurch streichelt. Sie lässt nicht ab von ihm, saugt und knabbert an seinen Lippen, die so schön, so sinnlich sind, so jung, und sie wird wieder das junge Mädchen, das sie einmal war und das noch an unendliche Liebe geglaubt hat, unverrückbar naiv und romantisch.

»Rebecca«, flüstert er, als sie kurz Luft holt und ihr Gesicht in seiner Halsbeuge vergräbt, um ihn ganz tief einzuatmen, während er, inzwischen unter dem dünnen Stoff ihres Höschens, ihre Labien teilt und seine Finger in ihre Feuchtigkeit taucht, in sie hineinstößt und über ihre Perle streicht. Unter ihrem Rücken spürt sie seine Erektion, sie kennt ihn ja schon, hatte ihn schon in sich, und jetzt würde sie sich zu gern aufsetzen und ihn in sich eindringen lassen, auf ihm reiten, vor den Augen aller Spaziergänger, die nun neugierig zu ihnen herüberschauen, das kann sie spüren.

Sie verbirgt sich weiter an seinem Hals, bis sie leise seufzend die Kontraktionen ihres Unterleibes spürt, als sie einen sanften, leisen Höhepunkt in seinen Armen genießt.

»Tu es belle quand tu jouis«, flüstert er leise, das hat Marc ihr auch schon oft gesagt, wie schön sie ist, wenn sie kommt. Sie zieht seinen Kopf wieder zu sich heran, um ihn zu küssen, um noch einmal seine Jugendlichkeit zu genießen, die Unbeschwertheit, mit der er sie verführt hat.

Er bringt sie zurück zum Hotel, nachdem sie in einer kleinen Brasserie Crêpe gegessen haben. Alles ist so normal, als sei es ganz selbstverständlich, dass er sich ihrer bedient und sie mitten in einem Park zum Höhepunkt streichelt, obwohl sie doch mit Marc hier ist. Beim Essen hat sie versucht, ihn nach Marc auszufragen, aber Baptiste war ausgewichen und hatte stattdessen von sich erzählt und ihr zugehört, als sie von ihrer ersten Reise nach Paris mit Stacy berichtete.

Er hatte über die Geschichte aus Clichy gelacht und ihr gesagt, dass sie mit Marc den Montmartre bei Nacht aufsuchen müsse. Das Viertel sei nicht mehr so verrucht wie vor vielen

Jahrzehnten als Hemingway und Henry Miller von seinem Laster und dem leichten, käuflichen Sex so beeindruckt waren. Aber es sei noch immer ein Sündenpfuhl und unbedingt einen Besuch wert.

»Au revoir, Rebecca«, sagt er in der Lobby, deren Klimaanlage sie kühl umfängt und innerhalb weniger Sekunden in die Realität zurückstößt. »Wir sehen uns bald wieder.« Er küsst sie auf die Wange, dann verlässt er das Hotel, die Blicke der anwesenden Menschen bewundernd in seinem Rücken.

Rebecca seufzt laut, was eine ältere Dame, die gerade über den üppigen Teppich an ihr vorbeigeht, zum Schmunzeln bringt. »Tout vient à point à qui sait attendre«, sagt sie, und Rebecca lächelt. *Zu dem, der warten kann, kommt alles mit der Zeit.* Das hat sie verstanden, das Sprichwort hat Marc ihr auch schon zugeflüstert, vor vielen Monaten.

Marc! Erschrocken sieht sie auf die Armbanduhr. Es ist sieben Uhr, er ist sicher schon längst aus dem Büro zurück und wird sich fragen, wo sie bleibt. Sie hat jedes Gefühl für Raum und Zeit in ihrer jugendlichen Schwärmerei vergessen und kramt hektisch das Handy aus der Handtasche. Kein Anruf, nicht einmal eine Kurznachricht.

Sie fährt mit dem Aufzug hinauf und betritt ihr Zimmer. Rebecca klopft an die Verbindungstür und lauscht, doch nebenan bleibt es still. Wo ist er denn? Unmöglich, dass er um diese Uhrzeit noch im Büro steckt.

Seufzend lässt sie sich auf ihr Bett fallen und schließt die Augen. Ihr Körper ist noch warm von der Sonne und von Baptiste, dessen Lust und Neugier sie infiziert haben. War es richtig, was sie hier tat? Aber Marc musste geahnt haben, dass der Junge sie nicht nur durch Paris führen würde. Ob er Marc von ihrem Erlebnis erzählen würde? Eine Gänsehaut macht sich bei dem Gedanken auf ihrem Rücken breit, sie kann seine Reaktion nicht einschätzen, weiß aber, dass sie unter Umständen nicht wohlwollend ausfallen wird.

Es ist etwas anderes, ob er sie seinen Freunden zum Geschenk macht, oder ob sie sich selbst mit einem von ihnen vergnügt. Er wird toben vor Wut, denkt sie erschrocken und kneift die Augen ganz fest zusammen, während sie den Abend damit verbringt, auf Geräusche oder Bewegungen aus dem Nebenzimmer zu lauschen. Doch es bleibt alles ruhig, und als es draußen dunkel wird und das große Zimmer im Grau der Nacht um sie herum verschwindet, zuckt ihr Körper ein letztes Mal auf, bevor sie in das tiefe Loch des Schlafes fällt.

Kapitel 9

Mitten in der Nacht schreckt sie aus einem unruhigen Schlaf auf. Sie blinzelt, es ist dunkel im Zimmer, von draußen dringen sanft die Lichter der Stadt. Dann nimmt sie die Geräusche von nebenan wahr. Sofort ist sie hellwach, setzt sich aufrecht auf das Bett und lauscht. Sie hört seine Stimme, leise und gedämpft. Eine Frau, die lacht, kichert wie ein junges Mädchen. Geflüsterte Worte, die sie nicht versteht, aber seine Stimme ist deutlich.

Leise steht sie auf und schleicht zu der Verbindungstür neben dem Bett, um ihr Ohr daran zu legen. Jetzt hört sie die unterdrückten Laute, es sind offenbar zwei Frauen, die bei ihm sind. Schmerzhaft kämpft die Eifersucht gegen die Sehnsucht in ihr, und sie presst den Kopf schwer atmend gegen die schwarze Tür, um nichts zu verpassen.

Warum quälst du dich? Sie weiß, was er nebenan tut, warum soll sie Zeugin seines Treibens sein, das sie als Rache verstehen muss, weil er längst weiß, was sie am Nachmittag mit dem Jungen getan hat.

Und die Töne, die wenige Minuten später von nebenan an ihr Ohr dringen, sind eindeutig. Schweres Atmen, leises Stöhnen, Keuchen, französisches Gemurmel. Dann hört sie das Surren und leise Klatschen der Reitgerte, die sofort vor ihrem inneren Auge auftaucht, hört seine Stimme und den unterdrückten Schrei einer Frau.

Heiße Lust steigt zwischen ihren Beinen auf, die Erregung des Lauschers an der Wand paart sich mit der glühenden Eifersucht und der Wut auf ihn. Den ganzen Tag hat er sie mit der personifizierten Verführung in Form des Jungen allein gelassen, um sich an ihr zu rächen, wohl wissend, dass sie durch die wenigen Zentimeter, die sie von ihm trennen, alles mithören muss.

Sie versucht, durch das Schlüsselloch zu schauen, doch sein Zimmer ist nur spärlich beleuchtet und sie kann nichts erkennen.

Die Wut verschafft sich einen größeren Raum und will über Lust und Eifersucht dominieren. Rasch hebt sie den Arm und klopft heftig und energisch gegen die Tür. Er soll wissen, dass sie da ist und ihn hört, dass sie wütend ist. Sie kann nicht aufhören zu klopfen, schnell und heftig im Rhythmus ihres Herzens, das sich zu überschlagen droht. Die Geräusche nebenan verstummen kurzzeitig, um dann wieder aufzukeimen, als sei sie gar nicht da. Sie klopft immer weiter, er kann sie jetzt nicht einfach ignorieren, er weiß, dass sie ihn hört, dass sie weiß, was er tut. Sie erwartet eine Reaktion von ihm.

Nach einigen Minuten gibt sie auf, lässt sich auf das Bett fallen und versucht, das leise Stöhnen zu überhören, das durch die dicke Tür zu ihr dringt. Versucht, den Knall der Gerte nicht zu hören, die leisen Schreie einer Frau, das heisere Lachen einer anderen. Ignoriert die Bilder, die sich in ihr Hirn drängen, die Bilder von dem glitzernden Griff der Gerte in seiner Hand, von den starken Fingern, die ihn fest umklammert halten, von dem verbissenen und ernsthaften Gesichtsausdruck, ungerührt und unbewegt, wenn er das Leder auf der weichen, weißen Haut aufprallen lässt. Will die Erektion nicht sehen, die ihm das Geräusch verschafft, der Anblick der roten Striemen auf dem Gesäß, die ihn erregen, die selbst ihn lustvoll zittern lassen.

Noch nie hat sie selbst die Gerte zu spüren bekommen. Sie weiß nicht, wann und warum er sie benutzt und wieso er sie selbst nicht körperlich züchtigt. Liebt er sie zu sehr oder doch zu wenig, um sie teilhaben zu lassen an dieser ihm eigenen Lust? Oder glaubt er, dass ihr das nicht gefallen würde, dass sie sich mit den psychologischen Machtspielchen befriedigt, die er immer wieder mit ihr spielt und mit denen er es geschafft hat, sie in sein Netz zu ziehen, in dem sie sich verfangen hat und aus dem sie nicht mehr herausfindet?

»Er hat Sie abhängig gemacht, Rebecca«, hört sie die Worte von Dr. Sterling in ihren Ohren. »Durch die ständige Mischung von Zärtlichkeit, Zuneigung und Ablehnung hat er es geschafft, Sie hörig zu machen. Wissen Sie, wie es einem Kind geht, das mit Liebesentzug bestraft wird? Niemals wird ein solches Kind sich gegen die Eltern stellen, im Gegenteil. Es wird sein Leben lang damit zu tun haben, den Eltern zu gefallen, um sich ihrer Liebe sicher zu sein. So ähnlich ist es Ihnen ergangen, Rebecca.« Sie hatte gelächelt und ihm nicht gesagt, dass er sich täuschte, dass sie mitnichten hörig war und abhängig von ihm, dass sie sich doch befreit hatte von seiner Lust, die so gefährlich für sie gewesen war.

Heute hatte sie ihn kurz vergessen können, in den Armen

eines schönen Jungen, der sie mit seiner Offenheit verzaubert hatte. Doch er weiß genau, wie er sie kriegt, er spielt mit ihr wie die Katze mit der Maus, die sich wehrt, die zappelt, und wenn ihr Schmerz am größten ist, wird die Katze sie fallen lassen und in Sicherheit wiegen, um dann, wenn die Maus sich beruhigt hat und fliehen will, erneut mit der Tatze zuzuschlagen, um ihr eine neue Wunde zu verpassen. Erst wenn die Maus sich nicht mehr rührt, wird sie von ihr ablassen.

Aber sie ist stärker geworden. Sie ist nicht mehr die Rebecca, die sich alles von ihm gefallen lässt. Sie will zu der Rebecca zurückfinden, die sie war, bevor er in ihr Leben kam, will ihm zeigen, dass sie eine ebenbürtige Partnerin für ihn ist, dass sie seine Lust teilt, auch mit anderen, wenn er das will und braucht.

»Er ist ein pathologischer Narzisst«, hatte Dr. Sterling gesagt. »Er braucht das Gefühl, sich möglichst viele Menschen zu demütigen Untertanen zu machen, er liebt nicht die Menschen, sondern die Macht, die er auf sie ausübt. Und wenn Sie sich ihm entgegenstellen und ihm zeigen, dass er keine Macht mehr über Sie hat, wird er sich von Ihnen abwenden und das Interesse verlieren. Ein Mensch wie er wird niemals in der Lage sein, jemand anderen zu lieben als sich selbst.«

Jetzt rinnt eine salzige, warme Träne ihre Wange hinab. Die Geräusche nebenan werden lauter, anders. Sie kann die zwei Frauen deutlich hören, die unterdrückten Schreie, Lust, die sich mit Furcht mischt. Macht. Baise-moi. Encule-moi. *Fick mich.*

Irgendwann wird es ganz plötzlich still. Es kommt ihr vor, als hätte sie seit Stunden gelauscht, eine quälende Ewigkeit, die nie vergehen wollte. Die Töne haben sie trotz aller Wut erregt, verzweifelt vergräbt sie ihre Finger in ihrem eigenen Schoß und dringt in sich ein, spürt die Nässe, die sich in ihrer Spalte gelöst hat.

Eine ganze Weile später wird auf der anderen Seite der Tür der Schlüssel im Schloss herumgedreht. Erschrocken blickt sie auf, die Augen verweint, nass zwischen den Beinen. Sie sieht nur seinen Schatten im Gegenlicht, groß und breit wirkt er im Zwielicht und streckt den Arm nach ihr aus.

Wie in Trance steht sie auf und wankt mit zitternden Knien auf ihn zu, um in seine Arme zu fallen, ihn zu küssen, wild und hungrig. Wie eine Ertrinkende presst sie ihre Lippen auf seine und umklammert ihn fest.

»Je regrette«, *es tut mir leid*, flüstert sie zwischen zwei Küssen, die er erwidert, feucht und heiß. Sie spürt seine mächtige Erektion durch die dünne Pyjamahose, dann zieht er sie wortlos durch die Tür in sein Zimmer.

Sie zwinkert, das trübe Licht blendet sie plötzlich nach der langen Finsternis. Hier ist niemand mehr, sie sind allein, doch sie kann die anderen Frauen noch riechen, das Parfüm ihrer Lust ist allgegenwärtig und raubt ihr den Atem. Der süße Geruch klebt an ihm, er zieht ihn hinter sich her wie einen Schleier, so süß, dass ihr übel wird. Er riecht so intensiv nach den anderen Frauen, als hätte er in deren ranzigem Parfüm gebadet. Doch es ist ihr egal, in seinem Kuss schmeckt sie noch die Säfte der anderen, Moschus, Gier, diese zartbittere Süße, die jede Frau unterscheidet, keine Frau schmeckt gleich auf dieser Welt.

Sie lässt sich von ihm auf sein Bett werfen, auf dem noch die glitzernde Reitgerte liegt. Die weißen Laken sind verrutscht und werfen Falten, deren Formation ihr die Bilder der drei Leiber in den Kopf zaubert.

Er steigt aus seiner Pyjamahose und legt sich völlig nackt auf sie, schiebt das schwarze Seidenhöschen nur zur Seite, um sich Einlass zu verschaffen und dringt ohne weitere Vorwarnung mit seinem harten Schwanz in sie ein. Er vergräbt den Kopf an ihrem Hals, küsst sie, beißt sie. Sie wimmert, ihre Nägel kratzen über seinen Rücken, sie will ihm weh tun, er soll ihren Schmerz spüren und ihre Entschuldigung, während er sie langsam vögelt, tief und bedächtig immer wieder in sie eindringt und sie ausfüllt, erfüllt, noch nie hat ein Mann so perfekt gepasst wie er.

Und dann bemerkt sie, dass er weint. Sie spürt die nassen Tränen an ihrem Hals und will ihn ansehen, doch er hält ihren Kopf fest und verbirgt sein Gesicht in ihrem Haar. Rebecca hört das leise, unterdrückte Weinen, während er sie weiter fickt, ganz langsam, ganz ruhig, und sie lauscht seinem leisen Stöhnen, als sie das Zucken seines Schwanzes in sich spürt. Seine plötzliche Schwäche, die sie noch nie zuvor erlebt hat, erregt sie so sehr, dass sich ihr ganzer Körper lustvoll verkrampft und minutenlang pulsierend bebt, bis er sich wieder beruhigt.

Sie liegen noch Minuten lang so da, er auf ihr, sein Schwanz ist irgendwann einfach so aus ihr herausgeglitten. Er weint nicht mehr, doch er vergräbt noch immer das Gesicht in ihrem Haar und atmet tief den Duft ihres Shampoos ein.

Sie hält ihn fest, ganz fest, hat die Arme um seinen Oberkörper gelegt und drückt ihn an sich. Nicht mehr loslassen.

Kapitel 10

Kühler Wind flattert in ihrem offenen Haar. Sie fühlt sich wie Jackie Kennedy, während sie sich von Baptiste in dem alten Auto chauffieren lässt. Marc hat sich am Morgen nach einem kurzen, gemeinsamen Frühstück verabschiedet. Kein Wort hatte er über die letzte Nacht verloren, keine Erklärung seines plötzlichen Ausbruchs, der sie irritiert hat.

Was war los mit ihm, hier in Paris? Er ist so anders als zu Hause, hier, in seiner Heimat. Doch jetzt will sie nicht darüber nachdenken, sondern den Jungen genießen, der ihr den riesigen Flohmarkt an der Porte de Clignancourt gezeigt hat, auf der Hunderte von Händlern Kurioses aus aller Welt feilbieten. Antiquitäten und Tand, Möbel und Accessoires, alte Kleider, die muffig rochen und doch so schön waren, dass sie sie einfach anfassen musste. Sie hatten in einer Bar am Rande der Porte Quiche Lorraine gegessen und Weißwein getrunken, während eine Gypsi-Band fröhlich spielte.

Am Rande der Innenstadt parkt Baptiste auf einem Gehweg und hilft ihr aus dem Auto.

»Das ist Bercy Village«, erklärt er. »Alte Weinkeller, wo heute Geschäfte und Restaurants sind.« Niedlich und unpassend inmitten der hektischen Metropole wirkt das Dorf, dessen alte Häuser sich wie Perlen einheitlich auf einer Schnur aufreihen. Das Kopfsteinpflaster zwischen den Häusern wird nur von einigen Bäumen unterbrochen, aus den kleinen Patisserien und Bistros strömt der Duft von Baguettes, Erdbeeren und Kaffee. Sie stöbern in winzigen Geschäften, die in den kühlen Mauern der alten Weinkeller Schutz vor der Hitze bieten, die sich plötzlich in der Stadt breitgemacht hat.

Sie kauft einen kleinen Fächer, der mit kitschigen Pariser Motiven übersät ist, und Baptiste lacht, wenn sie sich damit Kühlung verschafft. Für Stacy ersteht sie eine Tube Jasminzahnpasta und eine Schokomühle in einem der kleinen Läden. Baptiste trägt galant die grüne Papiertüte, in der ihre Geschenke verpackt sind.

Dann führt er sie in ein altes Haus aus sandfarbenen Backsteinen. *Musée des Arts Forains*, steht über der Tür, und drinnen bleibt sie staunend im Foyer stehen, in dessen Wände ovale

Durchgänge gehauen sind, die von roten Samtvorhängen gerahmt werden. Über den Durchgängen blicken die Köpfe alter Holzpferde auf sie herab. Hinter den Türen erwartet sie ein Kinderparadies – uralte Karussells haben sich da versammelt, ein Panoptikum des Frohsinns aus vergangenen Zeiten. Sie bewundert die liebevoll geschnitzten Tiere, Pferde, Elefanten, Kutschen, die sich unter volantartigen Dächern langsam drehen. Sie sind die einzigen Gäste in dem Museum, und Baptiste erklärt, dass es sich um eine private Sammlung handelt, zu der man nach Reservierung jedoch Zutritt erhält, und der Besitzer ein Freund seines Vaters sei.

Ein Automatenorchester spielt französische Chansons, der scheppernde Klang hallt in den Steinwänden wider, die von zahlreichen Projektoren in eine blaue Unterwasserwelt verwandelt werden. Wie ein Kind starrt sie mit aufgerissenen Augen auf all die Schönheiten aus längst vergangenen Zeiten und kann dem Drang nicht widerstehen, sich auf eines der verzauberten Holzpferde zu setzen. Eng schmiegt sich die Stange zwischen ihre Beine, die sie spreizen muss, um auf dem schmalen Rücken Platz zu nehmen, und als das Pferd sich auf und ab wippend langsam im Kreis dreht, weiß sie wieder, warum sie als kleines Mädchen so gern Karussell gefahren ist.

Sie schließt die Augen und genießt das Schaukeln und die Stange, die sich fest gegen ihre Perle presst.

Baptiste klettert hinter ihr auf das Pferd. Er muss sich eng an sie drücken, damit er Platz findet, und sie spürt sein Glied an ihrem Po.

Feine Schweißperlen machen sich auf ihrem Nacken breit. Sie wird ihm nicht widerstehen können, aber sie darf sich ihm nicht mehr hingeben, Marc zuliebe. Er ist sein Freund, und vielleicht hat sie das Glück, dass er ihr bis zu ihrer Abreise noch einmal das Vergnügen mit ihm gönnt, aber sie darf es nicht mehr allein riskieren.

Sie drängt ihr Becken noch fester gegen die Stange vor sich, um seinem Schoß zu entkommen, doch das hat einen eher gegenteiligen Effekt auf ihren Unterleib, der von den schaukelnden Bewegungen des Pferdes und der Stange zwischen ihren Beinen schon lustvoll pocht. Der Automat plärrt »Je ne regrette rien«, und sie summt die Melodie des alten Chansons leise mit.

Baptiste legt die Hände um ihre Hüften und hält sich an ihr fest. »Wovon träumst du, Rebecca?«, flüstert er. Sein Atem ist heiß und riecht nach Weißwein und Käse.

Sie lehnt sich an ihn und vergisst ihren Widerstand. Dann lässt sie zu, dass seine Hände über ihr Kleid streichen und den gewickelten Schlitz vorn finden, um darunterzugleiten und ihre Brüste zu liebkosen. Sie trägt heute keinen BH wegen der Hitze, und ihre Brustwarzen richten sich bei seiner Berührung sofort willig auf. Sie antwortet nicht.

»Wer bist du, Rebecca?«, fragt er leise und knabbert an ihrem Hals.

»Ich könnte deine Mutter sein«, flüstert sie zurück und lehnt den Kopf gegen seine Schulter.

Er lacht. »Jamais«, *niemals*, antwortet er und zwirbelt ihre Brustwarzen zwischen zwei Fingern, während das alte Karussell sich weiter dreht und das Holzpferd unter ihr sich hebt und senkt, in einem kindlichen Rhythmus. Das Klopfen in ihrem Schoß wird lauter und heftiger, die Stange des Pferdes drückt unnachgiebig gegen ihre Lust. Sie kann nicht nach hinten rutschen, denn dann würde sie wieder seine Erektion zwischen ihren Pobacken merken, und das wäre alles andere als hilfreich in dieser Situation.

Als seine Hände über ihren Bauch nach unten rutschen und den Zugang zu ihrem Schoß suchen, wendet sie den Kopf, um ihn anzusehen. Die strahlenden Augen, die jugendliche Unbedarftheit, das Zahnlückenlächeln, die junge Haut, die noch keine Falte und kein störender Fleck verunstaltet – das alles ist zu viel. Die Musik wechselt, ein französischer Chanson erklingt, das Pferd unter ihr hebt und senkt sich zur Melodie. Sie schließt die Augen und lässt seine Zunge zwischen ihre Lippen gleiten, lässt zu, dass seine Hand sich unter ihren Slip schiebt und mit festem Druck an ihr reibt. Sie seufzt, als er sie endlich auf seinen Schoß zieht und nach vorn schiebt, sodass die Stange des Pferdes mit seinem harten Schwanz konkurriert, der jetzt in ihre Spalte eindringt. Rebecca stöhnt, ihr ist schwindelig, das Karussell dreht sich unnachgiebig weiter, und er hebt und senkt ihre Hüften im Rhythmus des Pferdes unter ihr, das plötzlich zu einem schwarzen Rappen wird. Sie hört sein lautes Atmen direkt an ihrem Ohr, spürt seine Lippen an ihrem Hals, er küsst und knabbert an der zarten Haut, seine Hände fest um ihre Hüften gelegt. Sie sind allein in dem alten Museum, auf dem alten Holzpferd, und die Stimme der Sängerin aus der Musikbox dröhnt in ihren Ohren, als sich ihre Möse um seinen Schwanz legt und sich verkrampft, lustvoll pulsiert und zuckt, bis auch er angesteckt wird von ihren Kontraktionen und sich laut aufstöhnend in ihr ergießt.

Er gönnt ihr ein paar einsame Runden, nachdem er abgestiegen ist, hilft ihr dann vom Pferd und legt einen Arm um sie.

Lächelnd, wissender, als ein Junge seines Alters das je dürfte, folgt er ihr durch die anderen Räume des Museums, die weitere Schätze verbergen. Rebecca ist noch berauscht von ihrem Höhepunkt. Den durchtränkten Slip, den er nur zur Seite geschoben hatte, zieht sie auf der Toilette aus und stopft ihn in ihre Handtasche. Sie wird ihn nicht waschen.

Als sie wieder in die Hitze auf der Straße zurückkehren, spürt sie, wie sein Saft an ihrem Oberschenkel herabläuft und auf der warmen Haut zu zähem Schleim erstarrt. Kichernd erzählt sie es ihm, und Baptiste lacht.

»Mon petit escargot«, sagt er und grinst. *Meine kleine Schnecke.* Er läuft hinter ihr her und behauptet, ihren Weg an der Spur, die sie hinterlässt, genau verfolgen zu können.

»Wir haben eine Aufgabe von Marc«, erklärt er später. »Wir sollen eine Abendkleid für dich kaufen, für heute Abend.«

Vorfreude lässt ihren Magen kribbeln. Marc wird sie heute Abend sehen und offenbar sogar mit ihr ausgehen. Das schlechte Gewissen kehrt zurück. Hoffentlich wird er nicht merken, dass sie den Verlockungen der Jugend nicht widerstehen konnte.

Baptiste fährt in die Stadt zurück und zeigt ihr teure Boutiquen, die in Frage kommen für das, was sie auf seinen Wunsch hin erwerben soll. In den ersten drei Geschäften werden sie freundlich und zuvorkommend bedient, die Verkäuferinnen sind beflissen und versuchen, ihren Wunsch zu erfüllen, doch das richtige Kleid ist nicht dabei.

Etwas frustriert verlassen sie das dritte Geschäft. »Hast du noch eine Idee?«, fragt sie Baptiste, der kurz stehenbleibt, nachdenkt und dann mit sich plötzlich erhellender Miene ruft:

»Bien sûr! Folge mir!«

Nichts lieber als das ... Sie verlässt sich ganz auf den jungen Franzosen, der die Stadt offenbar wie seine Westentasche kennt.

Sie gehen einige hundert Meter die prächtige Einkaufsstraße entlang. Dior, Prada, Gucci, Louis Vuitton – all die großen Namen, die sie kennt und liebt. Sie bleibt vor den Schaufenstern stehen und bewundert die Auslagen, die dezent und teuer wirken. Hier ist kein Fenster überfüllt oder vollgestopft, Preisschilder gibt es keine, sogar die Schaufensterpuppen haben den gleichen überheblichen und arroganten Gesichtsausdruck wie die Mitarbeiter, die in den klimatisierten, schicken Geschäften stehen und blasiert nach draußen schauen.

Eine kleine Boutique am Ende der Straße ist ihr Ziel. Baptiste öffnet die Tür und macht eine einladende Handbewegung. »Nur hinein, hier solltest du etwas finden«, sagt er lächelnd.

Sie geht durch die Tür in den kühlen, mit knarrendem Parkett ausgelegten Laden, an dessen Wänden nur wenige Kleider hängen.

Eine ältere Dame mit violetten Haaren, die sorgfältig hochgesteckt sind, kommt auf sie zu. Im Gehen nimmt sie ihre Brille ab, die an einer Perlenkette um ihren Hals baumelt.

»Bonjour, Madame«, sagt sie freundlich und nickt.

Rebecca nickt lächelnd zurück, ihre Augen sind gefesselt von den sündhaft teuren, luxuriösen Kleidern. Lange Abendkleider aus Satin und Seide, mit kostbaren Perlen und Edelsteinen bestickt, hängen hier. Baptiste spricht mit der Frau und zeigt auf Rebecca, die ein blaues langes Kleid berührt, ganz sanft nur, als hätte sie Angst, es zu ruinieren, so fein ist der Stoff.

Nach ein paar Minuten nickt die Frau, geht hinter eine Wand am Ende des Geschäftes und kehrt nach kurzer Zeit mit einem Traum aus roter Seide zurück. »S'il vous plaît«, sagt sie und bedeutet Rebecca, in die kleine gemauerte Umkleidekabine zu treten, die mit einem winzigen gepolsterten Hocker und einem sehr großen Spiegel ausgestattet ist. Sie hängt das lange Kleid an einen Haken in der Kabine und schließt die Tür.

Rebecca betrachtet das Kleid und gleitet mit den Fingern über den Stoff. Kühl und zart fühlt er sich an, es ist schlicht geschnitten, lang und eng, elegant. An der Seite hat es einen Schlitz, der fast bis zur Hüfte reicht. Ja, das wäre das richtige

Kleid, denkt sie, während sie aus dem Sommerkleidchen und den Sandalen schlüpft und den teuren Stoff über ihre warme Haut streift.

Das Kleid hat keine Ärmel und ist hoch geschlossen, der Schlitz aber reicht tatsächlich fast bis zu ihrem Schritt hinauf, ansonsten ist es eng und betont jede noch so feine Kurve ihres Körpers. Sie zieht den Bauch noch ein wenig mehr ein, über der üppigen Brust spannt es ein wenig, doch sie kann die Arme bewegen, ohne dass die Nähte ächzen.

Über der Brust ist das Kleid mit ganz winzigen, kleinen Edelsteinen bestickt, ein unregelmäßiges Muster, in dem sie kein Schema erkennen kann. Die glitzernden kleinen Steine haben exakt die gleiche Farbe wie der Stoff, sodass sie nur bei näherem Hinsehen auffallen.

Nervös tritt sie aus der Kabine heraus. Baptiste entfährt ein leiser Pfiff. »Mon dieu, *das* ist eine Robe für dich!«, ruft er und klatscht vor Freude in die Hände. Die ältere Dame schiebt die Hornbrille auf ihre Nase zurück und strahlt voller Stolz. Dann geht sie auf Rebecca zu, zupft hier und da ein wenig, streicht den Stoff am Unterteil glatt, tritt hinter sie und begutachtet das Werk von hinten, bevor sie anerkennend nickt.

»Grenat«, sagt sie, *Granat*, und deutet auf die kleinen roten Steinchen am Oberteil. Rebecca nickt und streicht vorsichtig mit den Fingern darüber. Das wird ein teurer Spaß, denkt sie, doch sie liebt dieses Kleid schon jetzt, es ist ihr Kleid, wie für sie gemacht. Sie fühlt sich wie eine Königin aus einer anderen Welt.

Sie streift die tiefrote Sünde von sich ab, schlüpft wieder in ihr leichtes Sommerkleid und erschauert kurz bei dem Gedanken an das, was Marc mit ihr heute Abend vorhat.

Als sie aus der Umkleidekabine tritt, das Kleid sorgfältig

aufgebügelt über dem Arm, sieht sie, wie Baptiste bereits mit einer Platin-Kreditkarte bezahlt.

Noch bevor sie fragen kann, nimmt die ältere Dame ihr das Kleid vorsichtig vom Arm und geht damit hinter die Wand, um es sorgfältig in Seidenpapier zu verpacken und ihr eine riesige schwarze Tüte aus festem Papier zu überreichen.

Kapitel 11

Am Abend steht sie mit klopfendem Herzen in der vornehmen Lobby und wartet. Die Menschen, die vorbeigehen, werfen ihr neugierige und bewundernde oder neidische Blicke zu. Sie ist wunderschön, das weiß sie, sie hat sich fast stundenlang selbst im Spiegel bewundert.

Das rote Kleid schmiegt sich perfekt an ihren Körper und betont die Rundungen an den richtigen Stellen. Die Brüste sehen durch die Perlenstickerei noch üppiger aus als sonst.

Sie versucht, in der Lobby nicht nervös zu wirken. Nur mühsam kann sie dem Drang widerstehen, auf und ab zu laufen, doch das würde nicht zu ihr passen, nicht in diesem sensationellen Outfit. Unauffällig wirft sie einen Blick auf die Uhr, die hinter der Rezeption hängt. Es ist fünf Minuten nach halb acht. Eigentlich müsste er doch längst hier sein.

Sie umklammert die kleine Handtasche und streckt die Zehen in den silbernen Sandalen aus, die sie heute gekauft hat. Baptiste hatte gemeint, Schmuck sei nicht nötig, das Kleid sei Schmuck genug. Und sie hatte ihm zugestimmt.

Nun fühlt sie sich plötzlich seltsam nackt und wünscht sich ein Paar Ohrringe, eine große Kette, irgendetwas, womit die nervösen Finger nun spielen könnten. Doch außer ihrer Handtasche bleibt ihr nicht viel.

Und dann, endlich, kommt er und erlöst sie. Er geht nur wenige Schritte auf sie zu und bleibt mitten auf dem langen, schmalen Teppich stehen, um sie zu betrachten. Mit heftig klopfendem Herzen und feuchten Fingern steht sie da, so kerzengerade wie möglich, den Kopf stolz erhoben, die volle Brust nach vorn gedrückt. Ja, er soll sie ansehen, er soll sie bewundern. Sie ist sein, und er soll sehen, was er an ihr hat. Stolz spürt sie die Blicke der anderen Gäste in ihrem Rücken, während sie seine aparte Erscheinung auf sich wirken lässt. Aufrecht und lässig steht er da in einem schwarzen, eleganten Smoking mit glänzendem Revers und einem roten Kummerbund unter der Jacke, dessen Farbe hervorragend mit ihrem Kleid harmoniert. Das Schönste an ihm aber ist sein Lächeln, dieses unnachahmliche, arrogante Lächeln, mit dem er Herzen zum Rasen bringt.

Beinahe katzenhaft kommt er auf sie zu, wie ein Panther schleicht er sich an seine Beute heran, umrundet sie einmal und mustert sie von oben bis unten. Sie spürt seine Lippen auf ihren, ganz kurz nur, wie ein warmer Windhauch.

»Mon dieu, Genevieve«, flüstert er in ihr Ohr, seine Stimme klingt beinahe ehrfürchtig. »Mon dieu, du bist so schön!«

Sie lächelt und genießt die Berührung, atmet seinen Duft ein wie eine Drogensüchtige den sehnlich erwarteten Stoff inhalieren würde, fühlt die warme Haut an ihrer, seinen Atem an ihrem Ohr, an ihrem Hals. Und schon zittern die Beine wieder, schon muss sie sich wieder zusammenreißen, um nicht hier in der Lobby einfach über ihn herzufallen, ihm den Smoking vom Leib zu reißen und sich sofort auf ihn zu setzen – sie trägt kein Höschen unter dem Kleid, das würde sich durch den dünnen Stoff abzeichnen.

Mit stolz geschwellter Brust reicht er ihr galant den Arm, den sie dankbar nimmt.

Sie fahren ein Stück mit dem Taxi, das er bestellt hat, und natürlich verrät er ihr nicht, wohin die Reise geht. Ab und zu beugt er sein Gesicht zu ihrem Kopf und flüstert Komplimente in ihr Ohr. »Très jolie«, murmelt er und küsst sie in die Halsbeuge, was ihr einen wohligen Schauer und Gänsehaut bereitet.

Sie wagt nicht, ihn zu fragen, was er geplant hat und wohin sie gehen. Doch da erblickt sie auch schon das prächtige, alte und strahlend erleuchtete Gebäude der Pariser Oper. Golden glänzen die Kuppeln und die großen Putten auf dem Dach. Viele elegant gekleidete Menschen steigen aus Taxis und flanieren gemächlich und hoch erhobenen Hauptes über die breite Treppe zum Eingang.

Voller Vorfreude umklammert sie seinen Arm noch fester und entdeckt die Banner, die vor der Oper aufgehängt sind. »L'Après-midi d'un faune« und »Shéhérazade« liest sie dort. Ballett. In der Pariser Oper.

»Danke«, sagt sie und lächelt, bevor sie ihm einen liebevollen Kuss auf die Wange gibt.

Er blickt sie an und lächelt zurück.

Über die breite Treppe betreten sie den prachtvollen Bau, durch die Menge der schönen Menschen hindurch.

Marc führt sie eine Treppe hinauf und öffnet eine kleine Tür in der Wand. Sie betritt eine winzig kleine Loge mit nur vier Sitzplätzen. Die Loge ist eng und die Sitze sind schmal und mit rotem Samt bezogen.

Die Sicht von hier oben ist atemberaubend. Geräuschvoll schnappt sie nach Luft, als sie den Blick durch den Saal, zur Bühne, in den Orchestergraben, in dem sich die Musiker gerade einspielen, und zur prächtig bemalten Kuppeldecke schweifen lässt. Atemlos sinkt sie auf einen der zwei kleinen Sitze, die vorn am Balkon angebracht sind.

Als sie sich umdreht und etwas sagen will, stellt sie fest, dass Marc verschwunden ist. Missmutig beißt sie auf ihre Lippen und den roten Lipgloss, der etwas bitter schmeckt. Wo ist er hin? Will er sie etwa allein hier sitzen lassen?

Rebecca beugt sich über den Rand der kleinen Loge und betrachtet die Menschen, die in den Saal strömen und ihre Plätze einnehmen. Die meisten sind älteren Semesters, junge Menschen kann sie kaum entdecken. Die Männer tragen Anzüge, Sakkos, nur wenige sind elegant in einen Smoking gekleidet. Die Frauen tragen kurze oder lange Röcke und Kleider, hochhackige Schuhe und flache Sandalen.

Minutenlang beobachtet sie die Menschenströme, die ihre Plätze suchen und sich darauf niederlassen, manche plaudernd, andere still und in sich gekehrt.

Plötzlich hört sie ein Geräusch hinter sich und dreht sich um. Marc steht hinter ihr, in der Hand eine Flasche Champagner und zwei langstielige Gläser. Er lässt sich auf dem Platz neben ihr nieder und schenkt Champagner ein, reicht ihr ein Glas und sieht ihr tief in die Augen. »Auf einen schönen Abend – was auch immer er bringen wird.« Sie ignoriert die Gänsehaut, die sich bei den Worten automatisch in ihrem Nacken gebildet hat, und stößt vorsichtig klingend mit ihrem Glas gegen seines, bevor sie einen viel zu hastigen Schluck trinkt. Sie kennt ihn doch zu lange und zu gut, um nicht zu wissen, dass dieser Abend mehr als nur einen Ballettbesuch bringen wird ...

Es sind zwei Stücke, die sie hier in dieser prachtvollen und geschichtsträchtigen Umgebung genießen darf. In »Shéhérazade« vereinigt sich ein Liebespaar. Der sinnliche Tanz wirkt durchaus anregend auf sie, die wunderschönen Körper der Tänzer und Tänzerinnen und die engen Kostüme, durch die man jede Muskelbewegung sehen kann, sind erotisch und sinnlich.

Es folgt das kurze Stück »L'Après-midi d'un faune«, in dem ein Faun mit Ziegenfuß einigen Nymphen nachstellt, die sich jedoch zieren und vor ihm fortlaufen. Eine besonders kecke Nymphe, eine zierliche, junge Tänzerin mit zu einem Kranz geflochtenen, blonden Haaren und so strahlend hellen Augen, dass Rebecca sie bis in die Loge hinauf sehen kann, verliert dabei ihren Schleier. Doch der Faun beginnt nun, mit dem Schleier das zu vollziehen, was er eigentlich mit der jungen, schönen Nymphe vorhatte.

Atemlos beobachtet Rebecca, wie der schlanke und sehnige Körper des Tänzers in dem engen Kostüm sinnliche Bewegungen mit dem Schleier vollführt. Unten im Publikum fächeln sich einige Damen vornehm kühle Luft zu, und auch ihr wird warm. Der Tänzer ist göttlich schön und grazil in seinen Bewegungen, doch zwischendurch wird er wild und wirkt wie ein Tier, roh und aufbrausend.

Marc rührt sich nicht neben ihr, interessiert und aufmerksam folgt er dem Geschehen auf der Bühne und gönnt ihr keine Aufmerksamkeit. Instinktiv greift sie nach seiner Hand und berührt dabei flüchtig den Schritt seiner Hose. Mit einem Seitenblick stellt sie fest, dass er eine leichte Erektion hat, die auch der Smoking nicht verbergen kann. Offenbar erregt ihn das Ballett. Sie dreht sich um, die Loge hinter ihnen ist leer, die Tür nach draußen auf den Flur verschlossen. Also gestattet sie ihrer Hand, in seinen Schritt zu greifen und fest und fordernd über den erigierten Schwanz zu streicheln. Marc reagiert nicht, sitzt weiterhin wie ungerührt da und sieht nach unten auf die Bühne, um dem Treiben des Tänzers weiter zuzuschauen.

Irritiert hält sie inne. Sie hatte erwartet, dass sie sich hier in der Loge, vor vielen möglichen Zuschauern, miteinander vergnügen würden, unter dem historischen Dach der Pariser Oper, der goldenen Kuppel. Doch er macht keine Anstalten und reagiert nicht auf ihre Bemühungen. Nur sein harter Schwanz unter ihrer Hand zeigt ihr, was in ihm vorgeht.

Verzweifelt nimmt sie seine Hand und legt sie auf ihr Kleid, schiebt es ein Stückchen zur Seite, damit er durch den langen Schlitz fassen und feststellen kann, dass sie kein Höschen trägt.

Ohne Reaktion lässt er zu, dass sie seine Hand nun in ihren Schoß schiebt, zwei Finger von ihm nimmt und diese in ihre feuchte, warme Möse steckt, die sich doch nach ihm sehnt und die ihn jetzt braucht, gleich hier. Monoton bewegen sich seine Finger in ihr und verreiben die Feuchtigkeit ein wenig, doch zu weiteren Aktivitäten scheint er nicht bereit.

Sie ist enttäuscht. Sie würde sich am liebsten auf seinen Schoß setzen und auf ihm ihrem Höhepunkt entgegenreiten, doch das traut sie sich nicht. Aus den Logen gegenüber würde man sie sehen können, und wer weiß, was das für einen Ärger gäbe. Aber ein bisschen mehr Einsatz könnte er schon zeigen, warum sonst hat er sie hierhergebracht? Sie kennt ihn zu gut, um nicht zu wissen, dass er sie nicht wegen des Balletts eingeladen hat.

Noch ehe sie den Gedanken zu Ende gedacht hat, hört sie den aufbrausenden Applaus unter sich und sieht, wie die Tänzer sich auf der Bühne versammeln und stolz verneigen. Irritiert sieht sie zu Marc, der seine Hand aus ihr zurückgezogen hat und mit feucht glänzenden Fingern nun ebenfalls applaudiert, den Blick starr und ungerührt nach unten auf die Bühne und die Tänzer gerichtet. Also klatscht sie mit, presst die Beine zusammen und hofft auf das Nachspiel, das er doch sicher vorbereitet hat.

Aber als sie sich nach einigen Minuten noch immer applaudierend zu ihm umdreht, ist er plötzlich verschwunden. Der Sitz neben ihr ist hochgeklappt, das halbvolle Champagnerglas steht darunter. Sie sieht sich um und blinzelt, als das Licht plötzlich angeht, von Marc ist nichts zu sehen. Hastig steht sie auf und verlässt die Loge durch die geöffnete Tür. Sie sieht den langen Gang mit den schönen Säulen entlang, doch auch hier kann sie ihn nicht entdecken. Einige Menschen kommen fröhlich plaudernd aus den umliegenden Logen, von unten hört sie das Murmeln des Publikums, das aus dem Parkett nach draußen strömt.

So schnell sie in dem engen Kleid und den hohen Schuhen kann, hastet sie die Treppe hinunter auf den Ausgang zu, aber auch unten in der großen Halle ist er nicht. Ihre Augen füllen sich mit Tränen. Warum lässt er sie jetzt ganz allein hier? Was soll das wieder bedeuten?

Sie bleibt in einer Nische vor dem Ausgang stehen, in der sie niemandem im Weg ist, und wartet. Menschen strömen an ihr vorüber, einige nicken freundlich, andere mustern sie neugierig. Sie versucht zu lächeln und die Tränen in den Augen zu unterdrücken, sie will nicht weinen, nicht hier.

Doch sie wartet vergeblich – Marc kommt nicht. Eine gute Viertelstunde, nachdem die letzten Zuschauer die Oper verlassen haben, spricht ein Ordner sie freundlich, aber bestimmt an und deutet auf den Ausgang. Sie nickt und tritt hinaus auf die breite Treppe, in die noch warme, stickige Nachtluft von Paris.

Todesmutig wirft sie sich auf die Straße und hält ein schwarzes, kleines Taxi an, das sie zum Hotel zurückbringt. Wieder funkeln Tränen der Wut in ihren Augen, doch sie kann sich beherrschen und hält sie zurück.

Erst als sie die großzügige und elegante Lobby durchschritten und ihre Zimmertür hinter sich geschlossen hat, lehnt sie sich gegen das kühle, lackierte Holz und erlaubt der Wut, sich aus ihren Augen zu lösen.

Und dann hört sie die Geräusche aus dem Nebenzimmer. Leise schleicht sie zur Tür und legt den Kopf dagegen. Sie hört Stimmen, sie reden französisch, sie lachen, es klingt wie nettes Plaudern. Sie hört eine Frau, aber auch andere Männer. Rasch wirft sie einen Blick in den Spiegel und wischt die Träne von der Wange, die dort nicht trocknen wollte.

Vorsichtig und verhalten klopft sie an die Tür. Sie ist nicht überrascht, als ihr nicht geantwortet wird. Langsam wird sie wütend und drückt die Klinke herunter, doch die Tür ist verschlossen. Wartend setzt sie sich auf ihr Bett, lauscht von Zeit zu Zeit nach nebenan auf die Geräusche und Stimmen, die noch immer plaudernd und fröhlich sind.

Nach einer halben Ewigkeit, so scheint es, öffnet sich die Tür zum Nebenzimmer und Marc steckt seinen Kopf hindurch.

»Chéri«, sagt er und lächelt. »Komm zu uns!«

»Wo warst du?«, fragt er, als sie stumm vor Wut sein Zimmer betritt.

»Ich habe dich gesucht.« Sie kann nicht erkennen, ob er sich über sie lustig macht oder ob er das ernst meint. Aber dann erkennt sie, wer die anderen Menschen in seinem Zimmer sind, und hält die Luft an.

Auf seinem Bett sitzt die blonde, grazile Frau aus der Oper. Sie trägt nicht mehr das Kostüm aus dem Ballett, sondern ein weißes, enges Schlauchkleid, das ihre leicht gebräunten und sehr trainierten, aber doch schlanken Beine enthüllt. Sie hat einen kleinen Busen, winzig ist er, kaum erkennbar unter dem engen Kleid. Alles an ihr ist fest und muskulös, ein perfekt trainierter Körper, der selbst jetzt im Sitzen so grazil und anmutig aussieht, dass sie sich daneben wie ein Bauerntrampel fühlt.

Rebecca schluckt und erwidert das freundliche Lächeln der jungen Frau.

»Bonsoir«, sagt diese und nickt ihr zu.

Auf einem Sessel sitzt der dunkelhaarige Faun, der eine enge Jeanshose trägt und ein schwarzes, kurzärmeliges Hemd, dessen obere drei Knöpfe aufgeknöpft sind. Das dunkle Haar ist leicht durcheinandergeraten, der Blick ist forsch und durchdringend, aber freundlich. Auch er lächelt sie an und nickt, bevor er wieder an dem Cognacglas nippt, das er lässig in der Hand hält. Unwillkürlich muss sie wieder an die Szene aus dem Ballett denken, an die wollüstigen und fast animalischen, aber doch eleganten Bewegungen, die er in dem engen Tänzerkostüm auf der Bühne vor so vielen Menschen vollzogen hat, als würde er tatsächlich mit dem Schleier verschmelzen, der ihm als Anregung diente.

Neben ihm steht noch ein Mann, auch er ist einer der Tänzer, sie erkennt das rotblonde Haar und das Kostüm aus dem ersten Stück, das er noch immer trägt. Er ist nicht mehr jung, sein Körper wirkt jedoch straff und prall und ist von Muskeln nahezu übersät.

Fragend sieht sie zu Marc, der zu dem schwarzen Sekretär gegangen ist und ein Glas Cognac für sie einschenkt. Er reicht es ihr lächelnd und streicht sacht mit einem Finger über ihre Wange.

»Chéri, ich möchte dir meine Freunde vorstellen – Claude, Anna und François!« Der Reihe nach zeigt er auf den dunklen Faun, die junge blonde Tänzerin und den blonden, muskulösen Mann. »Wir kennen uns schon lange, und ich habe befunden, dass du nun einige der Menschen kennenlernen sollst, die mir etwas bedeuten.«

Jetzt wird ihr ganz anders. Ihr Magen verkrampft sich vor Aufregung, damit hat sie nicht gerechnet.

Dies ist sicherlich eines der schönsten Geschenke, die er ihr machen konnte. Erleichtert setzt sie sich neben Anna auf das breite Bett. François ist der einzige, der nicht Englisch spricht, aber Marc übersetzt hin und wieder, um ihn am Gespräch zu beteiligen. Und so plaudern sie angeregt über Oper, Ballett und Kunst. Viel kann sie dazu nicht beitragen, sie war nie besonders kulturell interessiert gewesen und kennt nur ein paar Klassiker – Verdi, Wagner, ein bisschen Mozart, Beethoven, Tschaikowsky. Sie erfragt bei Anna die Hintergründe der beiden Stücke, die sie heute Abend gesehen hat, und begierig lauscht sie den Ausführungen der jungen Tänzerin, deren Haut zart und beinahe durchsichtig ist und die in ihrer ganzen Erscheinung wirkt wie eine exotische Elfe.

Dann steht Anna auf und tanzt in Marcs Hotelzimmer noch einmal die Szene aus dem Faun, in der sie den Schleier fallen lässt. Rebecca ist hingerissen von ihrer Anmut, sie scheint einfach so barfuß durch den Raum zu schweben. Auch Claude erhebt sich und vollendet das Stück, macht bei seinen wilden Verrenkungen auf dem Boden Grimassen in Françoises Richtung und wirft ihm lüsterne Blicke zu. Rebecca wird rot, sie fühlt sich körperlich seltsam hingezogen zu diesen schönen und eleganten Menschen.

Marc legt den Arm um ihre Schulter, und dann spürt sie seinen Atem am Hals, als er sie küsst, zärtlich die Lippen zu ihrem Ohrläppchen hinaufgleiten lässt, um kurz darauf mit dem Mund über ihren Nacken zu streifen. Sofort stellen sich ihre Körperhaare auf, eine Gänsehaut macht sich auf ihrem ganzen Rücken breit. Er legt ihre Hand auf seinen Schritt und lässt sie die Erektion fühlen, die sich hier halbstark abzeichnet.

Und schon ist sie wieder da, die Sehnsucht nach seiner Männlichkeit, und es ist ihr egal, ob fremde Menschen im Raum sind, sie will ihn jetzt spüren und will ihre Erregung gestillt wissen. Ungestüm presst sie die Lippen auf seinen Mund und küsst ihn.

Doch die Hände des frechen Fauns um ihre Hüften trennen sie von seinem Mund. Er tanzt hinter ihr und zieht sie langsam vom Bett zu sich hoch, bis Marcs Arme von ihr abgleiten. Claude fährt mit seinen Händen unter ihr Kleid und presst ihre Hüften fest gegen seinen Schwanz, der an ihrem Po langsam hart wird.

Sie versucht, einen Blick auf Marc zu erhaschen, aber der Tänzer zieht sie von ihm fort und dreht sich tänzelnd mit ihr durch den Raum zu der kleinen, schwarzen Chaiselongue, die unter dem Fenster steht. Dort setzt er sie vorsichtig ab und kniet sich vor sie.

Rebecca legt den Kopf auf die Rückenlehne und breitet die Arme darauf aus, der Champagner hat sie leicht und unbeschwert gemacht. Wie durch einen Schleier sieht sie, wie der wilde Faun ihr Kleid zur Seite schiebt, seinen Kopf durch den hohen Schlitz steckt und mit leise schmatzenden Geräuschen feststellt, dass sie kein Höschen trägt. Sie schließt einfach die Augen und genießt die spitze, warme Zunge, die so behände ist wie seine Beine, und ihre Spalte teilt, die prallen Schamlippen trennt und sich Zugang zu der harten, lüsternen Perle verschafft, die schon pocht und langsam weiter anschwillt.

Sie stöhnt auf und greift mit beiden Händen in sein volles Haar. Sie ist zu erregt, um sich jetzt noch wehren zu können, und zu geschickt bearbeitet der dunkelhaarige, attraktive Tänzer ihre pochende Klitoris. Flink und fordernd ist seine Zunge, gleitet in sie hinein und wieder heraus, umkreist spielerisch die kleine Kirsche, um kurz darauf ihre Labien zu bespielen, schiebt elegant und spielerisch das feine Häutchen über ihrer empfindlichsten Stelle nach oben und legt diese lustvoll frei.

Rebecca atmet tief ein, ihr Herz klopft immer schneller. Sie öffnet die Augen und will sehen, wie Marc auf das Schauspiel reagiert, ob er gutheißt, dass sein Freund ihre Säfte fließen lässt.

Er lehnt am Kopfteil des Bettes, auf seinem Schoß sitzt Anna, mit dem Rücken zu ihm und weit gespreizten Beinen, den Kopf lustvoll in den Nacken geworfen. Rebecca sieht seinen steifen Schwanz in ihr, die zart rosafarbenen Schamlippen, die winzig klein und kaum sichtbar sind, ebenso filigran wie der ganze Körper der Frau. Die Tänzerin bewegt sich nur langsam und sacht. Ganz behutsam hebt und senkt sie ihre weit gespreizten Hüften und wippt leicht auf seiner roten, geschwollenen Schwanzspitze.

Lust und Eifersucht mischen sich in ihr bei dem Anblick, doch die Versuchung, hinüberzugehen und diese zarte rosa Scham zu lecken, ist größer als jedes andere Verlangen.

Beherzt schiebt sie den Kopf des Fauns von sich, der etwas irritiert aufsieht, seine vollen Lippen glänzen noch von ihrer Lust.

Sie geht zum Bett, wortlos, kniet sich vor das vögelnde Paar und lässt ihre Zunge über die winzig kleine rosa Perle gleiten, die sich ihr so köstlich präsentiert. Anna stöhnt leise auf und bewegt sich noch immer vorsichtig und langsam auf dem harten Schwanz, den Rebecca so gut kennt und den sie gern selbst in sich spüren würde. Ihn in der Möse der zierlichen Frau zu sehen, erregt sie, ab und zu streift sie mit der Zunge seinen Schaft, wenn die andere Frau das Becken wieder hochgeschoben hat und fast der ganze Schwanz in seiner vollen Pracht vor ihr liegt. Sie sieht zu, wie die rote, glänzende Eichel zwischen den kleinen Labien verschwindet, die sich wie eine Calla öffnen, und lutscht abwechselnd an ihm und an Annas Scham.

Immer schneller und fordernder leckt sie die andere Frau und genießt die Macht, die sie auf sie ausüben kann. Wie im Wettbewerb, als müsse sie die Tänzerin jetzt zum Höhepunkt bringen, ihm zuvorkommen, schneller und besser sein als er. Ihre Zunge spielt mit der harten Knospe, die ungeschützt vor ihr liegt, sie spürt die Erregung und die Feuchtigkeit der anderen Frau, die an seinem Schwanz herabrinnt, und wieder einmal stellt sie fest, dass jede Frau einzigartig ist, dass jede Möse ihren eigenen Geschmack hat.

Diese hier ist eigentümlich süß, der Geschmack ebenso zart wie die kleinen Labien, er erinnert entfernt an Lakritze. Während sie weiter mit der Lust der anderen spielt, spürt sie, wie sich etwas gegen ihren Po drückt.

Claude drängt seinen harten Schwanz nachdrücklich zwischen Rebeccas Schamlippen und dringt ohne weitere Vorwarnung heftig und schnell von hinten in sie ein. Sie dreht sich nicht um, will nicht von dieser köstlichen kleinen Möse, in der Marcs Schwanz steckt, ablassen, und lässt ihn tief in sie hineinstoßen, bis sie laut aufstöhnt.

Wie im Fieber leckt sie hektisch und mechanisch weiter und lässt sich vom Rhythmus des Schwanzes in ihr anfeuern, leckt in seinem Tempo. Und nun beginnt auch Anna, schneller auf Marc zu reiten. Sie drückt ihre pochende und angeschwollene Lust fest gegen Rebeccas Mund und lässt den prallen Schwanz in sich immer rascher ein und aus gleiten. Sie stöhnt laut und stemmt die Arme fest gegen das Bett, um nicht den Halt zu verlieren.

»Baise-moi«, flüstert Anna heiser, Marc antwortet mit einem unterdrückten Stöhnen, die Enge der kleinen Möse über seinem Schwanz scheint ihn an den Rand der Beherrschung zu bringen. »Je veux ta bite.«

Plötzlich greifen Marcs Hände um die Hüften der Tänzerin herum und halten Rebeccas Kopf fest. Sie will sich aufrichten und ihn ansehen, doch er umklammert ihn, sodass sie gar nicht anders kann, als die zarte Tänzerin weiter zu lecken.

Sie spürt den Höhepunkt schon nahen, der Schwanz in ihr ist groß und füllt sie mächtig aus, seine Stöße werden härter, fester. Sie hört beide Männer hinter sich keuchen und kann nur erahnen, dass Françoise von hinten in den anderen Mann eingedrungen ist, um sie gemeinsam zu vögeln.

Beinahe schmerzhaft fest umklammert Claude ihre Hüften, sie kann nicht ausweichen und jeder kräftige Stoß der beiden Männer dringt zielstrebig ganz tief in sie ein.

Plötzlich zieht er sich aus ihr zurück und hinterlässt sie leer und unerfüllt. Wild greift sie mit den Fingern in ihren Schritt und reibt an der nassen und harten Perle, um sich selbst Erleichterung zu verschaffen, steckt zwei Finger in ihre plötzlich so schmerzhaft leere Möse, der Höhepunkt ist so nahe, sie kann ihn schon spüren, er schleicht sich an wie ein Gewittergrollen, das man lange vor dem ersten Ton in der Luft riechen kann.

Anna schreit leise. Rebecca versucht, noch schneller und kräftiger zu lecken, denn die junge Frau wird gleich kommen, das ahnt sie, die Nässe fließt geradezu aus der geschwollenen Blume heraus, und Marcs Schwanz in der engen Möse zuckt schon merklich.

Unter ihr auf dem Boden liegen die beiden Tänzer ineinander verkeilt, die sich jetzt gegenseitig blasen. Atemlos betrachtet sie die beiden prallen Schwänze, die in den männlichen Mündern verschwinden, ganz tief. Noch nie hat sie zwei Männern dabei zugesehen, und der Anblick erregt sie so sehr, dass sie ihre Hand noch fester gegen ihre Perle drückt und mit der ganzen Handfläche über die glitschige, nasse Haut reibt, bis es beinahe schmerzt. Françoise ergießt sich mit einem leisen Schrei in Claudes Mund und sie sieht, wie sein sämiger Saft aus dessen Mundwinkel heraustropft.

»Baises-moi«, *fickt mich*, ruft sie den Männern zu, atemlos, schwitzend. Die kleine Anna vor ihr windet sich stöhnend auf Marcs Schwanz und greift sich selbst zwischen die Beine, da Rebecca ihren Mund so plötzlich von ihr gelöst hat.

Dann spürt sie wieder einen Schwanz hinter sich, der ihre Pobacken teilt und an ihrer Pforte auf und ab fährt. Zwei Finger tauchen tief in ihre Spalte ein und verreiben die Nässe auf der zarten Rosette, und als der mächtige Prügel sie von hinten durchstößt, schreit sie kurz auf, bevor sie ihren Mund wieder auf der kleinen Perle versenkt, die vor ihrer Nase jetzt so heftig pulsiert, dass sie die Kontraktionen der anderen Frau sehen kann.

Claude vögelt sie mit energischer Vehemenz, während sie versucht, in Marcs Gesicht zu sehen, das jedoch hinter dem Mädchen verborgen ist. Aber sie kann ihn hören, sie sieht das Zucken seines Schaftes in der Spalte der Tänzerin, und während er in dem Mädchen kommt, leckt Rebecca deren Klit so grob, dass diese ihren ganzen Körper laut schreiend aufbäumt und auf Französisch wilde Flüche ausstößt.

Annas Möse zieht sich noch immer hektisch zuckend um Marcs Schwanz zusammen, als Rebecca ihren Oberkörper am Bett hochzieht, Claudes Schwanz noch immer in sich, der sie einfach weitervögelt und ihrer Bewegung folgt. Sie presst ihre Klit fest gegen die harte Perle des Mädchens und stützt die Arme neben ihr auf das Bett. Sie sucht sein Gesicht, seinen

Mund, der ihren endlich findet und sie küsst. Rebecca spürt die kleinen Brüste des Mädchens unter ihren, während seine Zunge in ihr wühlt und der große Schwanz des Tänzers sie weiter von hinten fickt. Sie reibt ihre pochende Klit so lange an dem Mädchen, bis sich Rebeccas ganzer Körper in minutenlangen Zuckungen ergeht, die nicht aufhören wollen.

***

Sie trinken Champagner, rauchen Zigaretten und plaudern, als sei nichts weiter passiert als eine Wiedervereinigung von Freunden, die sich lange nicht gesehen haben.

Rebecca versucht, dem französischen Gespräch zu folgen, doch ihr Kopf ist voll von Gedanken und Empfindungen und sie mag sich jetzt nicht konzentrieren. Irgendwann legt sie sich auf Marcs Schoß, kuschelt sich an ihn und schließt die Augen, um selig einzuschlafen.

Kapitel 12

Rebecca ist wütend, weil Marc sich zwei Tage lang nicht hat blicken lassen. Wenigstens eine Nachricht könnte er ihr hinterlassen, denn zu ihrer Enttäuschung hat auch Baptiste sich nicht bei ihr gemeldet.

So vertreibt sie sich die Tage allein in der fremden Stadt, besucht den Louvre und stöbert durch kleine Geschäfte weitab von den großen Einkaufsstraßen.

In einem Café in der Nähe ihres Hotels macht sie eine Pause, um einen Eiskaffee zu trinken und die Menschen zu beobachten, die über die Straße eilen. Marc hat ihr nicht gesagt, was genau er hier zu arbeiten hat. Sie erinnert sich dunkel an einen großen Auftrag, für den unter Umständen ein Unternehmen aus Frankreich in Frage gekommen wäre, aber die Ausschreibung war noch nicht so weit gewesen, als sie selbst das Projekt noch betreute. Nun war sie ja seit einigen Monaten krankgeschrieben, und es war gut möglich, dass Marc in der Zwischenzeit den Auftrag tatsächlich schon vergeben hatte und zu Vertragsverhandlungen hier war.

Sie ärgert sich ein wenig darüber, dass er sie nicht einbezieht in das Geschäftliche, immerhin ist sie noch immer seine Vorgesetzte und er alles andere als unschuldig daran, dass sie zurzeit nicht arbeiten kann.

»Ich werde nächste Woche wieder ins Büro zurückkehren«, denkt sie und genießt die Sonne, die ihre Haut streichelt und lustige Muster auf den Asphalt zeichnet.

»Rebecca?« Baptiste bleibt so unmittelbar vor ihr stehen, dass sein Schatten auf sie fällt und die Sonne plötzlich von ihrem Körper verschwindet.

»Hallo! Was tust du hier?«, fragt sie erstaunt und bedeutet ihm, sich zu ihr zu setzen, doch der Junge winkt ab.

»Wir haben ein Arrangement heute Abend«, sagt er und grinst.

Rebecca wischt ein paar Schweißperlen von der Stirn und pustet eine Locke aus ihrem Gesicht.

»Ich hole dich um sieben Uhr ab. Vorher muss ich noch etwas besorgen. Bis später!« Er küsst ihre Wange dreimal und lässt sie wieder allein.

Heute Abend? Was ist mit Marc? Warum treibt er sie denn so mutwillig in die Arme dieses Jungen? Will er sie etwa prüfen? Will er ihre Liebe zu ihm testen und sehen, ob sie es schafft, der enormen Anziehungskraft des Schönlings zu widerstehen? Er kann sie doch nicht tagelang sich selbst überlassen und dem Jungen sogar die Abendunterhaltung aufs Auge drücken. Außerdem sehnt sie sich nach ihm und hatte den ganzen Tag gehofft, er würde sich zumindest heute Zeit für sie nehmen. Wütend und traurig bezahlt sie den Eiskaffee und geht weiter.

Sie hat noch zwei Stunden Zeit, bis Baptiste sie abholen will, und die nutzt sie für einen letzten Bummel durch die umliegenden kleinen Straßen. Zwischendurch ruft sie Stacy an, die gerade aus dem Büro kommt und Details verlangt. Lachend erzählt sie von der Stadtrundfahrt in der alten Ente, von dem, was sie gesehen hat.

Stacy staunt. »Wow, ich bin ja so neidisch!«, sagt sie. »Ich wünschte, ich könnte nachkommen.«

Rebecca schmunzelt. »Ich bin doch am Samstag schon wieder in Seattle«, sagt sie und fügt stumm ein »leider« hinzu. »Dann erzähle ich dir alles in Ruhe.«

Natürlich lügt sie ihre Freundin an, denn alles wird sie ganz sicher nicht erzählen. Wobei sie ihre Amour Fou mit Baptiste durchaus erwähnen könnte. Woher sie ihn kennt, muss sie ja nun nicht gerade verraten.

Schon spinnt sie in Gedanken eine Geschichte, wie der junge, schöne Mann sie als Fremdenführer in seinem alten 2CV durch die Stadt kutschiert und plötzlich verführt hat. Stacy wird rote Ohren bekommen und sie mit offenem Mund anstarren. Ein schöner, junger Franzose mit Baskenmütze und einem Oldtimer – was kann es Kitschigeres, Schöneres geben?

»Bonjour, Madame«, sagt eine Stimme unmittelbar vor ihr und lässt sie aus ihren Gedanken aufschrecken. Der Mann, der ihr in der Brasserie neulich so deutliche Avancen gemacht hatte, grinst. Die Sonne hat sich gesenkt und steht hinter ihm, was ihm eine bedrohliche Ausstrahlung verleiht. Unwillkürlich macht sie einen Schritt zur Seite, um ihm aus dem Weg zu gehen. Sie erwidert seinen Gruß nicht, als sie rasch an ihm vorbeimarschiert, mit klopfendem Herzen. Sie wagt nicht, sich umzudrehen, doch sie hört seine Schritte dicht hinter sich, offenbar folgt er ihr.

Nervös sieht sie den entgegenkommenden Menschen ins Gesicht, doch niemand beachtet sie. Wer sie sieht, lässt den Blick aufmerksam über ihre Hüften und ihr Dekolleté schweifen, wenn er zu ihrem Gesicht kommt, das ängstlich und verwirrt aussieht, ist er aber schon an ihr vorbei. Die Menschen gehen schnell in Paris.

Zwei Straßen weiter dreht sie sich abrupt um und faucht: »Was wollen Sie von mir?«

Der Mann lächelt. Er trägt einen Hut, den er tief ins Gesicht gezogen hat, als wolle er nicht erkannt werden. Die kleine Seitenstraße ist belebt, und langsam beruhigt sie sich. Wenn er auch vielleicht verrückt ist, aber wer würde so irre sein und einer Frau mitten auf der Straße etwas antun? Sie kommt sich fast paranoid vor.

»Ich möchte mit Ihnen schlafen«, sagt er leise und macht einen Schritt auf sie zu.

Hektisch sieht sie sich um und tastet mit der Hand nach der Hauswand neben sich, um Schutz zu suchen.

»Sie sehen heute glücklich aus«, fährt er fort und nimmt den Hut vom Kopf. Das etwas licht gewordene Haar ist mit grauen Strähnen durchzogen, und seine Stirn erinnert sie plötzlich an einen Beagle. »Hat die Liebe Sie getroffen?«

Sie schnauft verärgert. »Ich wüsste nicht, was Sie das anginge«, antwortet sie schnippisch. »Und ich möchte Sie doch sehr bitten, mich in Ruhe zu lassen!«

Sie wendet sich zur Straße und winkt einem schwarzen Taxi, das sich durch den dichten Verkehr schlängelt. Der Fahrer hält mit quietschenden Reifen am Straßenrand und stößt von innen die Beifahrertür auf. Eilig lässt sie sich in den Sitz sinken und beobachtet stirnrunzelnd den seltsamen Mann, der seinen

Hut wieder aufsetzt und eine Verbeugung andeutet. Lächelnd.

»À bientôt, Rebecca«, sagt er leise, nachdem sie die Wagentür zugeschlagen hat, und geht langsam die Straße hinunter.

Ihr ist kalt geworden trotz der Hitze, und jetzt will sie ohne Umschweife ins Hotel zurück.

Oben klopft sie an Marcs Tür, doch der rührt sich noch immer nicht. In einer halben Stunde wird Baptiste kommen und sie abholen, vielleicht ins Theater, in die Oper? Sie weiß nicht, was sie erwartet, soll sie etwas Besonderes anziehen?

Sie entscheidet sich für ein elegantes, schwarzes Kleid, das eng ist und ihr Dekolleté aufreizend betont. Mit Hilfe eines Push-up-BHs rückt sie die üppigen Brüste in ein noch besseres Licht und verteilt ein wenig duftenden Körperpuder darauf, sodass sie verführerisch schimmern und glänzen.

Was tust du da? Du sollst ihm widerstehen, und jetzt machst du es ihm absichtlich schwer.

Sie ist sauer auf Marc, der wenigstens eine SMS hätte schreiben können. Sie ist kein Spielzeug mehr und überzeugt davon, ihm dies zu beweisen. Er wird schon sehen, was er davon hat.

Trotzig wirft sie das lange Haar zurück und fährt mit dem Lift hinab in die Lobby, um auf den Jungen zu warten. Wenn sie wüsste …

Kapitel 13

»Tu es trop belle, Rebecca«, sagt Baptiste, als er sie unten vor dem Hotel aufliest. Sie lächelt zufrieden, ihr Outfit verfehlt natürlich seine Wirkung nicht.

Bewundernd hängt sein Blick an ihrem Dekolleté, doch er hat sich rasch wieder im Griff und sieht ihr in die Augen. Die Zahnlücke blitzt zwischen seinen rosigen Lippen, wenn er lacht.

»Wohin gehen wir?«, fragt sie, denn der Junge trägt eine schwarze Cargohose mit vielen Taschen, dicke Springerstiefel und ein schwarzes, enges T-Shirt. Nicht gerade das passende Outfit für einen Abend im Theater oder in der Oper.

»Eine surprise«, antwortet er und geleitet sie am Arm zu der dunkelroten Ente, die mit geöffnetem Dach auf dem Bürgersteig auf sie wartet und einige Fußgänger dazu nötigt, über das Hindernis laut vor sich hin zu schimpfen.

Baptiste schert sich nicht um Regeln und Konventionen, das hat sie während ihrer Touren durch die Stadt ja schon häufig festgestellt. Parkplätze sind für Touristen, hatte er gesagt und sein Auto abgestellt, wo es ihm gerade beliebte. Erstaunlicherweise hatte er nie einen Strafzettel bekommen. In Seattle wäre er allein gestern mindestens fünfmal abgeschleppt worden.

Heute sitzt sie vorn, neben ihm.

»Hast du andere Schuhen dabei?«, fragt er und wirft einen besorgten Blick auf ihre Füße, die in zierlichen, schwarzen Sandalen stecken.

Sie schüttelt den Kopf. »Ich habe nur High Heels nach Paris mitgenommen«, sagt sie stolz und wackelt mit den Zehen, deren Nägel blutrot lackiert sind. »Ich bin das gewohnt, es macht mir nichts aus, darin zu laufen.«

»Gut, wir werden etwas finden für dich«, meint der Junge und startet den lauten, klappernden Motor des alten Autos, das sich ruckelnd in Bewegung setzt.

Rebecca setzt die Sonnenbrille auf und betrachtet die Umgebung, die sie zum Teil ja schon kennt. Doch die Fahrt geht in Vororte, die sie noch nicht gesehen hat, und sie staunt über die Schönheit der alten Häuser, die hier oft nicht restauriert sind und an denen der Putz abblättert. Dieser scheinbare Makel macht sie in ihren Augen besonders schön.

»Hast du heute von Marc gehört?«, fragt sie, doch Baptiste schüttelt den Kopf.

»Nein, nicht heute«, sagt er und lenkt das Auto ruhiger als sonst durch die Straßen. Er hält an und geht um den Wagen herum, um ihr die Tür zu öffnen.

»Hier sind wir«, sagt er und grinst verschmitzt.

Sie sieht sich suchend um. In dieser Gegend gibt es sicher keine Theater, und die Straße ist fast menschenleer. Wo sind sie hier?

Er nimmt ihre Hand und führt sie sicher über altes Kopfsteinpflaster, auf dem sie mehrfach umknickt. Ein großes Tor bildet den Eingang zu einem alten Friedhof. »Cimetière de Montparnasse«, steht auf einem antiken Schild über dem Torbogen, hinter dem sie Efeu, alte Steine und viele Blumen sehen kann.

Baptiste zieht einen Schlüssel aus der Tasche und öffnet die Tür zu einem kleinen, fensterlosen Haus, das wie ein Bunker aussieht. »Catacombes« steht auf einem alten Blechschild über der Metalltür, die er von innen wieder verschließt, nachdem er sie in den modrig riechenden, kahlen Flur geschoben hat.

Sie gehen eine kleine Treppe hinab in einen winzigen Raum, in dem ein Computer, ein Telefon und ein kleines Regal stehen. Baptiste geht zu einem Schrank in der Wand und öffnet ihn, und nach kurzem Zögern holt er ein Paar derbe Stiefel heraus. »Zieh diese an«, sagt er und hält ihr die alten, rissigen Lederstiefel vor die Nase.

Rebecca erschrickt. »Wirklich? Warum?«

Baptiste legt den Kopf auf die Seite. »Tu es einfach«, sagt er.

Es gibt keinen Zweifel, Marc war offenbar tatsächlich ein guter Lehrmeister. Sie lächelt bei dem Gedanken, was aus dem Jungen in ein paar Jahren werden wird. Hoffentlich nimmt er sich Marc nicht zu sehr zum Vorbild. Es wäre schön, wenn er der Junge bleiben könnte, der er ist, aber das ist eine vergebliche Hoffnung. Die Jahre werden auch ihn irgendwann zermürben und sarkastisch machen.

Rebecca schlüpft aus den Sandalen und schiebt die nackten Füße in die Stiefel, die mehrere Nummern zu groß sind und sich kalt anfühlen. Die raue Sohle reibt unangenehm an ihren Füßen.

»Geht es so?«, fragt Baptiste besorgt und betrachtet ihre schlanken Beine, die wie Stöcke aus dem Schaft herausragen.

Sie nickt.

Sie gehen eine lange Treppe hinunter, tief unter die Erde. Mehr als hundert Stufen zählt sie, dann hört sie auf. Unten ist es kalt, doch Baptiste hat eine Jacke mitgebracht und reicht sie ihr. Die Lederjacke ist ihr natürlich zu groß, trotzdem zieht sie sie dankbar über ihre nackten Schultern. »Ich sehe aus wie ein verhinderter Soldat«, sagt sie lachend, und Baptiste schüttelt den Kopf.

»Niemals«, sagt er und mustert sie von Kopf bis Fuß. »Du bist immer noch wunderschön.«

Sie errötet. »Wo sind wir hier?«, fragt sie und sieht sich um.

Es riecht muffig und modrig hier unten, feucht und kalt. Der Geruch ist so intensiv, dass sie versucht, nur durch den Mund zu atmen. Die Decke des Ganges, in den er sie jetzt führt, ist niedrig, und sie muss ab und zu den Kopf einziehen, um sich nicht zu stoßen. Der Flur ist schmal, sie spürt die kalten Mauern dicht an ihren Schultern. Unter der Decke flackern Neonlampen und tauchen die Umgebung in ein kaltes, totes Licht.

Baptiste bewegt sich geschickt, er scheint sich hier unten gut auszukennen. Sie fröstelt trotz der Lederjacke.

»Voilà«, sagt er, als sie um eine Ecke biegen, und Rebecca bleibt erstarrt stehen. »Die Katakomben von Paris«, erklärt er, als sie entsetzt auf die unzähligen, tausende von Knochen und Schädel blickt, die an den Wänden sorgfältig aufgeschichtet sind. Leere Augenhöhlen, von dem bläulichen Licht grausam erhellt, starren sie an, schwarze Münder sind zu stummen Schreien geöffnet.

»Um Himmels willen«, flüstert sie, und die klaustrophobische Enge inmitten all der Knochen droht sie zu erdrücken.

Unwillkürlich presst sie sich dicht an seinen Körper und ist dankbar für den Arm, den er um ihre Schultern legt.

»Viele Kilometer unter der Stadt ziehen sie ein Netz«, erzählt der Junge. »Ende des 18. Jahrhunderts wurden die Toten von Paris hier begraben. Viele Millionen Pariser liegen hier, zwanzig Meter unter dem Erde. Nur eine kleine Teil der Katakomben ist geöffnet und für Touristen begehbar, es gibt keine Karte, keine Plan des ganzen Tunnels.«

Sie atmet noch immer durch den Mund, der Geruch des Todes schüchtert sie ein, als sie stumm hinter ihm den Gang weiter entlanggeht, durch die Mauern von Toten, die einen schmalen Flur bilden. Sie versucht, nicht hinzusehen, die Millionen von Menschen nicht zu registrieren, die hier ruhen, nur gestört von den Schwärmen von Touristen, die am Tag schaurige Runden in der Tiefe drehen.

»Viele Menschen sind verschwunden in die Katakomben«, sagt Baptiste schmunzelnd und bleibt vor einem altarähnlichen Steinhaufen stehen, auf dem ein paar rote Grablichter brennen. »Wenn du dich hier unten verirrst, findest du allein nicht heraus. Und natürlich wohnt der Phantom der Oper hier.«

Jetzt lacht sie doch. *Das Phantom der Oper* kennt sie, sie hat das Musical vor Jahren im Theater gesehen und erinnert sich nun wieder an die düstere Geschichte des armen Mannes, der maskiert in den Katakomben unterhalb von Paris haust und sich in eine wunderschöne Schauspielerin verliebt.

»Ich verstehe, wie man sich hier zu so einer Geschichte inspirieren lassen kann«, sagt sie und betrachtet stumm die braunen, vergilbten Knochen, die schließlich Menschenreste sind, auch wenn sie das kaum glauben mag. Noch nie hat sie sich dem Tod so nahe gefühlt wie hier unten, in den dumpfen Mauern unter der Erde.

Sie folgt ihm weiter durch schmale Gänge, bis die Wände wieder zu Mauern werden. Hier brennen nur noch vereinzelte Neonröhren, die seinen Schatten auf dem Boden in ein Gespenst verwandeln.

»Können wir bitte wieder rauf?«, fragt sie nach einer Weile. Sie fühlt sich hier unten nicht wohl, allein der Gedanke, dass die ganze Stadt über ihr thront, die Erdmassen, die sich zwischen sie und das Leben gelegt haben, bedrückt sie.

»Später«, sagt Baptiste und klappert mit einer Tasche, die er mit nach unten genommen hat. »Ich möchte dich die alten Röhren zeigen, die wir durchlaufen können.«

Als er um eine Ecke biegt, hinter der der Gang schwarz und dunkel wird, bleibt sie abrupt stehen.

»Nein, das ist nicht dein Ernst«, sagt sie und schüttelt den Kopf. Ihre Fersen schmerzen von dem rauen Innenfutter der zu großen Stiefel, sie wird sich eine Blase laufen. Und unter keinen Umständen ist sie bereit, in diesen düsteren Gang hineinzugehen. Niemals!

Der Junge lacht leise und zieht eine große Taschenlampe aus seiner Tasche. Der Lichtstrahl erhellt den dunklen Gang, macht ihn aber alles andere als einladender.

Die Wände glänzen feucht, hier und da löst sich mit einem

leisen *Pling* ein Tropfen und fällt auf den Boden, in eine der vielen Pfützen, die im Lichtschein glitzern. Aus Versehen atmet sie durch die Nase ein, und der modrige, feuchte Geruch lässt ihr den Atem stocken. Baptiste spürt, dass er hier ein wenig Anreiz schaffen muss, damit sie ihm folgt, und bleibt dicht vor ihr stehen.

»Du musst keine Angst haben, Rebecca«, flüstert er und schiebt ihr Haar zur Seite, um ihren Nacken küssen zu können.

Ihre Hände sind eiskalt, sie presst sie ängstlich vor dem Körper zusammen.

»Was hast du vor, hier unten?«, fragt sie durch zusammengebissene Zähne, doch er antwortet nicht, sondern fährt mit einer Hand zielsicher unter ihr Kleid, während er ihre Lippen mit seinen umfängt und seine Zunge in ihren Mund drängt. Ihre Lippen führen ein Eigenleben, obwohl sie ihn von sich schieben will, öffnen sie sich und lassen ihn hinein, und sie zerfließt unter seinem Kuss. Er presst sein Becken eng gegen ihres und sie kann seine Erektion spüren, die sich langsam in der weiten Cargohose aufrichtet.

Hastig schnappt sie nach Luft und atmet die modrige Kälte ein, die sie umgibt. »Lass uns doch hier bleiben«, flüstert sie, bevor er erneut ihre Lippen versiegelt und seine Finger in ihre Feuchtigkeit gleiten lässt, die ihn herzlich willkommen heißt.

Er drückt sie mit dem Rücken gegen die feuchte, kalte Wand und lässt die Taschenlampe fallen, die auf dem Boden liegen bleibt und eine Leuchtspur wirft, weit in den schwarzen Gang hinein.

Sie schließt die Augen und atmet tief ein. Als er kurz den Mund von ihr löst, legt sie ein Bein um seine Hüfte und lässt zu, dass er ihren Slip herabzieht, um ihre Perle mit den Fingern zu liebkosen. Er schiebt ihr Kleid und den BH nach unten über ihre Brüste und saugt an ihren Nippeln, die schon hart und fest sind und vor Erregung zittern.

Sie hört ihr eigenes Keuchen, das von den nackten Steinwänden vielfach verstärkt wird und sie erregt. Der kleine Tod. Die Franzosen wissen, warum sie den Höhepunkt so nennen. *Le petit mort.* Ihre Beine beginnen zu zittern, als er immer rascher mit dem Daumen über ihre Klit fährt und gleichzeitig mit zwei Fingern in sie eindringt und sie fickt, im Stehen. Sie spürt seinen harten Schwanz, der sich aus der Hose zwängen will, und mit bebenden Fingern öffnet sie den Knopf, um ihn hinauszulassen.

»Baise-moi«, flüstert sie, und in der unglaublichen Stille klingt ihre eigene Stimme seltsam verzerrt in dem dunklen Kerker.

Baptiste zieht seine Hand zurück und tritt einen Schritt zurück, bevor er die Taschenlampe aufhebt. Enttäuscht, zitternd und kalt bleibt sie stehen, eng an die feuchte Wand gepresst. »Bitte«, sagt sie leise, fast weinerlich, und er lacht. Sein Lachen klingt erwachsen, grausam beinahe. Dann führt er sie an der Hand tiefer in den dunklen Gang hinein, dessen Wände den Strahl der Taschenlampe zu verschlucken scheinen.

Sie gibt den Widerstand auf. Ihr Schoß pocht heftig, und ihre Lust rinnt schon kalt die Schenkel hinab, so, wie das Kondenswasser von den schaurigen Mauern des schwarzen Ganges heruntertropft.

Sie folgt ihm schweigend, einige Minuten lang. Ihre Füße sind kalt und fühlen sich in den derben Stiefeln wie abgestorben an. In einer Mauernische bleibt er stehen und bedeutet ihr, sich hinzusetzen.

»Wir machen ein Pause«, sagt er und lächelt.

Sie versucht zu erkennen, ob er noch immer erregt ist, aber

durch die weite Hose kann sie nicht sehen, ob seine Erektion der Anstrengung des Weges getrotzt hat.

Rebecca setzt sich auf die kalten Steine und lehnt sich erschöpft mit dem Rücken gegen die Mauer. Er reicht ihr eine Flasche Wasser und sie trinkt gierig, ihre Kehle ist wie ausgetrocknet von ihren Bemühungen, nur durch den Mund zu atmen, um den modrigen Geruch des Todes nicht hineinzulassen.

Dann entfernt er sich ein paar Schritte und geht tiefer in den Gang hinein. Einige Meter weiter bleibt er stehen und lauscht.

»Wo gehst du hin?« Sie hört die Panik in ihrer Stimme und will aufspringen, aber ihre Beine gehorchen ihr nicht, ihre Füße schmerzen und der kalte Stein hält sie gefangen. Der Schein der Taschenlampe wird immer kleiner, um sie herum wird es schwarz.

»Baptiste!«, ruft sie panisch und klammert die Hände in den Stein unter sich, um sich festzuhalten. »Baptiste! Bleib hier!« Doch schon kann sie ihn nicht mehr sehen, hört nur sehr leise, sehr weit entfernt das Knirschen seiner Stiefel auf den Steinen, und dann erlischt das letzte Glimmen der Lampe, und sie bleibt wie erblindet in vollkommener Finsternis zurück.

Oh Gott! Das kann nur Marcs Idee gewesen sein, das ist seine Rache für ihr Verhalten, ihre Untreue ihm gegenüber. Niemals würde der Junge, der so nett zu ihr ist, ihr so etwas antun. Das hat nichts von dem kindlichen Versteckspiel im Park, das geht eindeutig zu weit.

Sie zieht die Lederjacke über der Brust zusammen und verharrt laut atmend in ihrer Nische. Jetzt, da sie hier unten allein ist und nichts sehen kann, noch nie hat sie eine so perfekte Dunkelheit erlebt, nimmt sie jedes kleine Geräusch übermäßig laut war. Das leise Tropfen des Wassers, wenn es auf den Boden fällt, wird unerträglich laut und schmerzt in den Ohren. Sie versucht, nicht zu atmen, denn auch ihre eigenen Geräusche verstärken sich mehrfach zwischen den engen Wänden.

Ein leises Rascheln lässt sie zusammenzucken. Ratten! Bestimmt gibt es doch Ratten hier unten.

»Baptiste!«, schreit sie erneut, während eine Träne sich auf den Weg aus ihren Augenwinkeln macht, und ihre Stimme bricht, heiser wird und krächzt. Sie weint hemmungslos und steht auf, bleibt aber dicht an der Wand stehen. Nur nicht die Orientierung verlieren. Sie kann nicht weg, sie kennt sich nicht aus, wenn sie sich auf den Weg macht durch die schwarzen Gänge wird sie sich verirren, sie wird hier unten sterben, elendig verrecken.

Wütend presst sie die Zähne aufeinander und schnieft. Wieder hört sie ein Rascheln, lauter diesmal, es scheint näher zu kommen. Jemand hustet.

»Baptiste!«, ruft sie noch einmal. »Ballot! Beauf!« *Blödmann!* Die Schimpfworte klingen zu niedlich auf Französisch, also schickt sie sämtliche englischen Flüche hinterher, die ihr gerade einfallen.

Jemand lacht leise, nur wenige Schritte weiter, und sie sieht den winzigen Schein eines sehr kleinen Lichtes, das sich durch den Gang vor ihr schlängelt.

»Baptiste, komm sofort her! Ich werde dich umbringen, wenn ich wieder oben bin, hörst du? Umbringen werde ich dich!« Sie weint und schreit und erschrickt nicht mehr über das Echo, das ihre Worte hin und her wirft.

Plötzlich spürt sie, dass jemand vor ihr steht. Das kleine Licht leuchtet noch immer hinten im Gang, doch durch die Schwärze hat sich jemand einen Weg gebahnt. Sie schnieft wieder und atmet einen Schwall der modrigen Luft ein, die sich mit einem ihr fremden Rasierwasser gemischt hat.

»Baptiste?« Sie flüstert, mit unnatürlich hoher Stimme, piepsig wie eine Maus, und greift mit den Händen nach vorn, um zu fühlen, ob tatsächlich jemand da steht.

Sie greift ins Leere, hört aber einen Schritt, der laut und bedrohlich in der Dunkelheit klingt. Als sie nach dem Geräusch tastet, erfühlt sie plötzlich ein Hemd, ein Kleidungsstück, einen Körper.

Wütend ballt sie die Hände zu Fäusten und trommelt auf den Oberkörper ein, der sich nicht zurückzieht, sondern ihren Schlägen standhält.

»Du blöder, kleiner Spinner!«, ruft sie trotzig und versucht, nach ihm zu treten, doch ihr Fuß trifft nur Luft.

Zwei Hände greifen nach ihr und finden ihre Handgelenke, ziehen sie mit festem Druck hinter ihren Rücken. Ein Gesicht nähert sich ihrem Kopf, und sie riecht den Atem, Pfefferminz und Wein in all dem Moder, eindeutig männlich, aber ihr fremd. Wer ist da?

Sie versucht, nach ihm zu greifen, aber der Klammergriff hält sie weiter fest und drückt die Hände hinter ihrem Rücken zusammen. Jetzt spürt sie den warmen Atem an ihrem Hals, an ihrem Ohr, und als sie das Kratzen des Bartes auf ihrer Haut fühlt, weiß sie, dass es nicht der Junge ist, der sie hier im Griff hat.

»Baptiste!«, schreit sie noch einmal panisch, bevor sich von der Seite eine weitere Hand auf ihre Lippen legt und eine männliche Stimme leise »Chute!« flüstert. *Still.*

Ihr Herz rast, sie spürt es bis in den Kopf schlagen, und ihr Blut rauscht so laut in ihren Ohren, dass sie keine anderen Töne mehr wahrnimmt. Sie wird gegen die Wand gedrückt, jemand schiebt ihr Kleid zur Seite und macht sich an ihr zu schaffen, steckt einen Finger zielsicher in ihre noch immer feuchte, warme Spalte. Lippen schließen sich um ihre Brustwarzen, und sie kneift die Augen zu, obwohl das nicht nötig ist, sie kann sowieso nichts sehen, die Schwärze hier unten ist perfekt, sie ist blind.

»Non!«, versucht sie zu flüstern, aber die Hand raubt ihr nicht nur den Atem, den sie nun doch durch die Nase einsaugen muss, sondern auch die Worte. Ihr Körper reagiert auf seine Art auf die heftigen Zärtlichkeiten. Zähne beißen in ihre Nippel, der plötzliche Schmerz lässt sie aufschreien und schickt gleichzeitig einen Stoß in ihren Unterleib, der sich unwillkürlich aufbäumt.

Eine weitere Hand gesellt sich zu den Fingern zwischen ihren Beinen, fährt über ihre Klit und ihren Venushügel bis zu ihrem Bauchnabel hinauf und wieder hinunter.

Neben ihr raschelt es, ein Reißverschluss wird geöffnet, sie hört Atmen und unterdrücktes Keuchen. Wie viele sind das? Wer ist es? Wo ist Baptiste?

Sie hat sich in eine Falle locken lassen und ist wütend auf sich selbst. Sie hätte wissen sollen, dass Marc Besonderheiten für Paris geplant hat, dass er sie nicht einfach so davonkommen lassen würde, dass er weiter mit ihr spielen wollte, und wenn sie sich nicht wehrte, würde er die Lust auf sie verlieren. Sie kannte doch das Spiel, und sie konnte nicht verleugnen, dass die klaustrophobische, bedrohliche Situation sie erregte.

Ihr würde nichts passieren, er war bestimmt hier, der Regisseur seines eigenen Filmes. Als die Hand sich kurz von ihrem Mund löst, holt sie tief Luft.

»Marc? Marc, bist du da?«, ruft sie ängstlich und lauscht auf die Geräusche um sich herum, die immer lauter werden. Dann spürt sie Lippen auf ihren, eine Zunge, die sich in ihren

Mund drängt, und Tränen der Erleichterung rinnen über ihre Wange, als sie ihn erkennt. Sie will nach vorn greifen und ihn berühren, sich trösten lassen, bevor sie das Spiel mitmacht, das er inszeniert hat, doch ihre Hände werden von den Schraubstöcken noch immer fest gegen die Wand gedrückt, und so sehr sie auch zerrt, sie kann sich nicht befreien.

»Lèche«, *leck sie*, befiehlt eine männliche Stimme, die leise spricht, aber von den Wänden unheimlich widerhallt und ihr bekannt vorkommt, doch es war nicht Marc, der diesen Befehl ausgestoßen hat.

Jemand reagiert auf die Stimme und spreizt ihre Beine mit zwei Händen. Ihre Knie zittern unkontrolliert und sie ist sicher, dass sie gleich zusammenbrechen wird, auf dem nassen Steinboden. Eine Hand schiebt sie von der Wand fort in die Mitte des schmalen Ganges, dessen Umriss sie nicht erkennen kann, und sie sehnt sich nach der Stütze im Rücken zurück.

Ich werde fallen, denkt sie, während sich eine Zunge an ihr zu schaffen macht und ihre Labien teilt, ihre Feuchtigkeit überall verteilt und kurz und heftig in sie eindringt. Sie stöhnt auf, und als sie nach hinten sinkt, wird sie von zwei starken Armen aufgefangen. Zu der Zunge gesellt sich eine Hand, auf ihren Brüsten tasten sich suchend zwei Lippen voran, auf dem Weg zu ihren Nippeln. Der BH schmerzt, der jetzt unter ihren Busen geschoben ist und ihre Brüste seltsam verzerrt nach oben presst, aber sie lehnt sich an die Brust hinter sich, von der sie nicht weiß, wem sie gehört, und vertraut darauf, dass er sie festhalten wird.

Nicht fallen!

Finger, Zungen und Münder machen sich an ihr zu schaffen, dann drängt etwas Hartes, Feuchtes von hinten zwischen ihre Pobacken, die sich davon öffnen lassen wie eine Tür. Ihr Schrei, als der Schwanz sie von hinten heftig durchstößt, wird von einer rauen Männerhand gebremst, die sich rasch auf ihren Mund gelegt hat, und ohne zu atmen reißt sie die Augen auf und starrt in die unergründliche Schwärze vor sich.

Das Tropfen des Wassers hört sie nicht mehr. Das Schmatzen und Keuchen wird lauter und erfüllt den schmalen Gang wie zu laute Musik.

Der Mann, der in ihr steckt und sie kräftig stößt, senkt sich jetzt mit ihr langsam auf den Boden. In einer halb sitzenden Stellung hält er sie auf sich fest und hebt ihr Becken mit zwei Händen, um sie weiter von hinten zu nehmen. Schmerz durchzuckt sie, als er bis zum Schaft in sie eindringt und ihre Hüften wieder anhebt, jeder Stoß fährt durch sie hindurch und findet eine geheime Verbindung zu ihrem Unterleib, der lustvoll zuckt.

Ein zweiter Schwanz drängt von vorn zwischen ihre Beine, schiebt sich in ihre feuchte Spalte, und tief in ihr treffen sich die beiden Männer, nur getrennt von wenigen Zentimetern. Sie stöhnt laut in die Hand, die noch immer auf ihrem Mund liegt und ihre Schreie verschluckt, und auch die Männer unter und über ihr keuchen immer lauter.

Der Schwanz in ihrer Möse ist hart und sehr groß. Die beiden füllen sie aus, und plötzlich wird ihr Kopf zur Seite gedreht, jemand schiebt die Hand von ihrem Mund und einen steifen Penis zwischen ihre Lippen.

Sie will sie nicht öffnen, aber der Druck ist zu stark, er dringt von vorn in sie ein und stößt so tief in ihre Kehle, dass es in ihren Augen brennt und sie um Luft ringt. Finger kneifen in ihre Nippel und schieben sich zwischen den oberen Mann und ihre Möse, um ihre zum Bersten geschwollene Perle zu reiben, und dann schreit sie doch, den unbekannten Schwanz noch in ihrem Mund, als ihr ganzer Unterleib explodiert und sich minutenlang in einem heftigen Orgasmus um beide Schwänze zusammenzieht. Die Konvulsionen schütteln ihren ganzen Körper, sie spürt, wie ihre Muskeln tief in ihr die beiden Schwänze melken, deren Besitzer nun laut aufstöhnen, aber keiner von beiden zieht sich aus ihr zurück, als sie heftig stöhnend noch immer die Wehen dieses langen Höhepunktes genießt.

»Le petit mort«, flüstert eine Stimme, die ihr bekannt vorkommt. Sie gehört dem Mann, der hinten in ihr steckt und sie ist jetzt sicher, dass sie zu Baptiste gehört. Der Schwanz in ihrem Mund zuckt, bevor er seinen heißen Saft in sie hineinschießt, und sie schluckt mit brennenden Augen die salzige und bittere, sämige Flüssigkeit, die sich auf ihrer Zunge sammelt. Der Erguss wird begleitet von einem lauten Aufröhren, dessen Stimme älter klingt. Es muss John sein, der sich hier mit den beiden Männern getroffen hat, aber da ist doch noch jemand, ein vierter Mann ...

Wieder werden ihre Hüften angehoben, und in schnellem Stakkato lässt sie der Mann hinter sich auf seinem Schwanz auf und ab reiten, bis ihre empfindliche Pforte schmerzt von seiner Vehemenz.

»Ç'est étroit«, *das ist eng*, stöhnt er laut und verrät eindeutig den Jungen, als er ein letztes Mal seinen Schaft in ihrer Hintertür versenkt und sich zuckend in sie ergießt. Als der Mann über ihr sie plötzlich von dem Jungen herunterzieht und auf seinen Schoß setzt, bewegt sie wie von selbst ihr Becken und reitet auf ihm, heftig und wild, laut keuchend, die Schwärze und die Enge um sich herum vergessend. Sie weiß, dass er es ist, sie presst das Gesicht an seinen Hals und kann ihn atmen, riechen, und sein vertrauter Duft vertreibt den Hauch des Todes, der hier unten modrig weht. Dann kommt sie erneut, klammert die Hände in das Tuch seines Hemdes, und lässt zu, dass er ihren Oberkörper auf seine Brust zieht, ihre Pobacken mit zwei Händen spreizt und der vierte Mann seinen Schwanz von hinten dazwischen schiebt, um sie in dieser unwürdigen Position, noch immer von ihrem Höhepunkt geschüttelt, von hinten zu vögeln.

Sie schreit auf, als er in sie hineinstößt, und nach ein paar Minuten pulsieren die beiden Schwänze gleichzeitig in ihr, in abwechselndem Takt. Sie spürt die Kontraktionen im ganzen Unterleib, sie wälzt sich in ihrem Stöhnen und Keuchen und genießt das Gefühl, als ihr Körper sich in das Spiel der beiden einfügt und sich so krampfartig zusammenzieht, dass sie glaubt, ohnmächtig zu werden.

Keuchend und am ganzen Körper zitternd bleibt sie auf dem Stein sitzen und lauscht den raschelnden Geräuschen und dem leisen Flüstern der Männer, die auf Französisch miteinander murmeln. Jemand entfernt sich vorsichtig, weit hinten blitzt eine Lampe auf. Schemenhaft erkennt sie die Rücken der Männer, die sich im Schein des Lichtkegels durch die Schwärze ihren Weg bahnen und sich noch immer tuschelnd von ihr entfernen. Der vierte von ihnen bleibt plötzlich stehen und dreht sich zu ihr um. Sie erkennt sein Gesicht nicht, aber seine Stimme, die schnarrt und durch das Echo geisterhaft nachhallt.

»Wie ich schon sagte – ich möchte mit Ihnen schlafen ...«

Sie zuckt zusammen, nun weiß sie, wer der vierte Mann war. Wie kommt er hierher? Woher kennt er Marc, der doch offenbar das Ganze inszeniert hat? Oder war es John?

Die Männer entfernen sich, biegen um eine Ecke des Ganges und werden vom Dunkel verschluckt, das sie jetzt wieder umgibt.

Sie ist zu schwach, um zu rufen. Ihr Körper schmerzt und sie kann sich keinen Zentimeter bewegen. Die Stiefel sind verrutscht und die Lederjacke ist längst von ihren Schultern gefallen, aber ihr ist heiß hier unten, trotz der Kühle.

Sie wartet geduldig. Er wird kommen. Einer von ihnen wird kommen und sie mitnehmen. Niemand wird sie hier unten zurücklassen, das ist sicher.

Es dauert eine halbe Ewigkeit, als sie den Schein der Taschenlampe aufblitzen sieht. Sie springt auf und ruft. »Baptiste! Ich bin hier!« Tränen der Erleichterung rinnen über ihre Wangen, als sie sein Gesicht hinter dem Lichtkegel erkennt. Er wirkt erschöpft und lächelt vorsichtig.

Wortlos hilft er ihr in die Jacke, hält die Wasserflasche an ihre Lippen, damit sie trinken kann, legt einen Arm um ihre Schulter und führt sie durch den dunklen Gang einige Meter weiter um ein paar Ecken, bis sie an einem weiteren Aufgang stehen.

Er geht hinter ihr die schmale, rutschige Treppe hinauf, um sie zu schützen, ihre Beine sind weich wie gekochte Nudeln, und gierig atmet sie tief ein, als sie das Licht sieht und mit dem Kopf aus dem dunklen Schoß unter der Erde wieder an die Luft stößt.

***

»Wovon träumst du, Rebecca?«, fragt der Junge neckend, als sie sich laut ausatmend auf den Beifahrersitz der alten Ente fallen lässt. Sie lächelt und streicht vorsichtig mit der Hand über seine Wange. »Ich habe keine Träume mehr«, sagt sie, lehnt den Kopf zurück und schließt die Augen.

Kapitel 14

Sie sitzt allein im Flieger nach Seattle. Marc hatte sie zum Flughafen gebracht und sich von ihr verabschiedet. »Wir sehen uns bald«, hatte er gesagt und sie zum Abschied sehr lange geküsst. Er fliegt noch nicht mit zurück, und die Enttäuschung darüber hatte ihr beinahe ein Magengeschwür bereitet. Er habe noch private Dinge zu erledigen, hatte er gesagt, und ihr Herz hatte sich schmerzhaft zusammengezogen. Sie glaubte zu wissen, was er zu erledigen hatte, und sie war sich nicht sicher, ob sie Eifersucht oder einfach nur Neid verspürte auf die anderen Frauen, mit denen er sich sicher in Paris treffen würde.

Seufzend lehnt sie sich zurück und schließt die Augen. Sie hat keinen Grund zur Klage. Der Trip war atemberaubend gewesen, voller Überraschungen, und noch immer hat sie das Gefühl, dass ihre Beziehung zu Marc hier eine neue Dimension bekommen hat. In der letzten Nacht hat sie wieder bei ihm geschlafen, nachdem sie den ganzen Tag lang die Stadt durchforstet und in winzigen, ausgefallenen Boutiquen gestöbert hatten. Eng aneinandergekuschelt hatten sie in seinem großen Bett gelegen, dessen Laken feucht waren von ihrer Lust, und er hatte die rothaarige Hure bezahlt und nach Hause geschickt, die sie sich geteilt hatten.

Es war seine Idee gewesen, den einschlägigen Etablissements in Clichy einen Besuch abzustatten, und sie zeigte sich einverstanden. In einem Striplokal waren sie sich wortlos einig.

Die Frau war nicht mehr ganz jung, aber von einer bedrückenden Schönheit. Lange, rote Locken umrahmten ein blasses Gesicht, und er hatte ihr gezeigt, wie sehr er es genoss, sie zu dominieren. Rebecca hatte zugesehen, von einem Sessel am Ende seines Zimmers aus, wie er die Frau gefesselt und mit der Gerte an den Rand des Wahnsinns getrieben hatte. Sie hatten einen Joint geteilt und sich kichernd abwechselnd an ihr vergangen, bis Rebecca sich über ihren Kopf kniete und sich von ihr lecken ließ, während Marc sich zwischen ihre Pobacken schob und den engen Hintereingang durchstieß.

Sie hatte gewimmert und sich in einem nicht enden wollenden Höhepunkt gewunden, als die Frau ihre Klit so kunstvoll bearbeitete, dass ihr schwindelig wurde, und Marc die Enge mit seinem pulsierenden Schwanz füllte, der nicht aufhören wollte in ihr zu zucken.

Die Erinnerung an den letzten Abend jagt einen Stromstoß direkt zwischen ihre Schenkel, und sie ist froh, kein Mann zu sein, denn sonst hätte ihr durchaus netter Sitznachbar deutlich gesehen, wie erregt sie war.

Sie schließt die Augen und schwelgt in Erinnerungen. Erinnerungen an Paris, an Marc, an Baptiste und John, die sie nach dem Erlebnis in den Katakomben noch einmal getroffen hatte, allerdings war Marc an jenem Abend nicht danach gewesen, sie zu teilen. Auch der seltsame Mann war an diesem Abend bei John gewesen, er entpuppte sich als ein Freund, der im Übrigen die Idee gehabt hatte, nachdem er sich ein Bild von Rebecca verschaffen konnte. Marc hatte gelacht und gemeint, er sei ein guter Frauenkenner, und Rebecca war ihm nicht länger böse gewesen.

Dann hatte sie sich etwas traurig von Baptiste verabschiedet, der sie bat, bald wieder nach Paris zu kommen, und sie kleine Schnecke nannte.

»Komm mich doch in Seattle besuchen«, hatte sie unbefangen gesagt, und die Augen des Jungen hatten geleuchtet, während Marc sie stirnrunzelnd beobachtete. Sie würde ihn Stacy vorstellen, die hätte sicher ihre Freude an dem schönen Jungen. Kichernd stellt sie sich vor, wie ihre beste Freundin atemlos angesichts dieser jugendlichen Perfektion vor ihm stehen und starren würde.

Dank einiger gnädiger Tabletten, die sie sich vor der Reise besorgt hatte, kann sie einige Stunden später im Flugzeug die Augen schließen und tatsächlich einschlafen.

***

Am Flughafen in Seattle wird sie von einer freudestrahlenden und aufgeregten Stacy erwartet, die sie so fest umarmt, dass ihr fast die Luft wegbleibt.

»Mein Gott, wie hab ich dich vermisst!«, ruft die Freundin und küsst sie schmatzend auf den Mund.

»Ich dich auch«, erwidert Rebecca, und die beiden Frauen feiern die Rückkehr mit einem Glas Prosecco in einem kleinen Café am Flughafen.

»Nun erzähl schon! Wie war es? Was hast du getrieben? Was hast du gesehen?« Stacy platzt geradezu vor Neugier und zappelt unruhig auf ihrem Stuhl umher.

Rebecca muss lachen und erzählt bereitwillig. Natürlich nicht alles. Sie berichtet von der Stadtrundfahrt, von Baptiste, und am Ende kann sie es sich nicht verkneifen und plaudert ihr Erlebnis im Park aus, vor der großen, weißen Marmorstatue, deren Bild sich tief in ihre Erinnerung eingebrannt hat.

Stacy holt seufzend Luft. »Ist nicht dein Ernst!«, ruft sie, und ihre Ohren werden tatsächlich rot. »Hast du ein Foto von ihm gemacht? Kann ich ihn sehen? Ich bin so neugierig nach deiner Beschreibung ...«

Rebecca grinst und zieht ein kleines Foto im Passbildformat aus ihrem Portemonnaie. Neben ihrem breiten Lächeln wirkt der Junge mit dem schmunzelnden Mund seltsam reif und erwachsen. Sie haben das Bild in einem Fotoautomaten am Montmartre gemacht, und natürlich muss sie es vor Marc verstecken, aber Stacy darf sie es zeigen, um ihre Geschichten noch eindringlicher zu machen.

Die Freundin pfeift durch die Zähne. »Wow!«, ruft sie. »Du hast nicht übertrieben, der Junge ist ja wirklich ...«

Stolz steckt sie das Bild zurück hinter einige Kreditkarten in ihre Börse und hängt kurz ihren Erinnerungen nach.

Nachdem Stacy sich ausreichend aufgeklärt fühlt, steigen sie in ihr Auto und fahren zu Rebeccas Penthouse. Stacy hat sich während ihrer Abwesenheit darum gekümmert, die Post reingeholt und nach dem Rechten gesehen. Die Putzfrau hat zwischendurch sauber gemacht.

So betritt Rebecca eine perfekt aufgeräumte, saubere Wohnung, die hell und freundlich ist und durch deren Fenster sie die hohen, modernen Gebäude der Stadt überblicken kann.

Sie sehnt sich zurück nach Paris, die Depression der Rückkehr nach einer schönen Zeit wird immer ungewohnt für sie bleiben, aber Stacy hat eine Flasche Champagner, französischen Brie und ein Baguette in den Kühlschrank gelegt, zusammen mit einer Postkarte mit Eiffelturmmotiv auf der »Bienvenue« steht. Sie lächelt, öffnet den Champagner und geht mit einem Glas in der Hand auf den Balkon, um den Blick über die nächtliche Stadt zu genießen.

Es ist nicht mehr warm draußen, aber mit einer dünnen Jacke ist es durchaus noch angenehm, sie friert nicht. So lehnt sie an der Balkonbrüstung, trinkt Champagner und sucht über den Dächern von Seattle den Eiffelturm, das Savoir-vivre der Franzosen, den Wein – und natürlich Marc.

Sie vermisst ihn schon jetzt. Schmerzhaft wird ihr die Entfernung bewusst, die nun zwischen ihnen liegt. 5000 Meilen. Und obwohl sie sich auch im Hotelzimmer direkt neben ihm oft nach ihm gesehnt hatte, raubt ihr der Gedanke daran, dass sie ihn nun für einige Zeit wieder einmal gar nicht sehen wird, fast den Atem.

Lustlos knabbert sie an dem hellen Brot und dem Käse aus dem Kühlschrank und geht danach ins Bett, obwohl es erst früher Abend ist. Aber die Zeitumstellung macht ihr zu schaffen. In Paris ist es gerade mitten in der Nacht, und sie fragt sich, was Marc in diesem Moment tut. Vielleicht schläft er in seinem Hotelzimmer? Vielleicht hat er eine andere Frau bei sich, denkt an sie?

Auf dem Kalender entdeckt sie den Termin bei Dr. Sterling, den sie vor ihrer Abreise mit ihm verabredet hat.

Sie wird wieder arbeiten, das ist beschlossen. Sie hat Marc noch nichts davon gesagt, aber er wird sich sicher freuen, wenn sie wieder da ist. Die Zeit in Paris hat ihr neuen Auftrieb gegeben, und langsam macht sie sich mit dem Gedanken vertraut, Stacy reinen Wein einzuschenken und ihr zu sagen, dass sie wieder mit Marc zusammen ist.

Diesmal ist alles anders, denkt sie, als sie im Bett liegt und durch die Vorhänge in den dämmrigen Abendhimmel blickt. Diesmal ist alles gut.

Kapitel 15

»Der Urlaub hat Ihnen offenbar gutgetan.« Dr. Sterling lächelt erfreut und mustert sie neugierig.

Sie ist prall und strahlt voller Lebensfreude, das hat sie selbst heute Morgen im Spiegel bewundern dürfen. »Oh ja«, sagt sie seufzend und lacht.

»Das war eine sehr gute Idee von Ihnen.«

Sie erzählt ein wenig von Paris. Dass Marc sie zu diesem Ausflug eingeladen hat, verschweigt sie ihm allerdings weiterhin.

»Ich fühle mich wirklich viel besser und bin bereit, meine Arbeit wieder aufzunehmen«, sagt sie und beobachtet die Reaktion des Arztes neugierig.

Er runzelt besorgt die Stirn und wackelt mit dem Kopf hin und her wie ein Wellensittich. »Ich weiß nicht, Rebecca, ich weiß nicht ...«

»Ich bin kein Kind und muss mir von Ihnen nichts verbieten lassen«, faucht sie entschlossen. »Ich sage Ihnen, es geht mir gut und ich habe keine Probleme damit, an meinen Arbeitsplatz zurückzukehren, und ich erwarte, dass sie diesem Wunsch stattgeben.« Sie ist in Form, und das bestätigt ihr doch nur, wie gut es ihr geht. Sie ist wieder da, Rebecca Moon, die ehrgeizige Karrierefrau, die alle Steine aus dem Weg räumt, wenn es nötig ist.

»Aber wie sieht es mit Ihrem Problem aus? Mit Marc Lavie? Er ist doch noch dort, oder?« Dr. Sterling ist noch nicht überzeugt, und Rebecca seufzt.

Kurz denkt sie darüber nach, ihm zu erzählen, mit wem sie in Paris war und warum, und wie sich ihre Beziehung entwickelt hat.

Er wird es nicht verstehen. Er wird wütend auf sie sein, wird ihr sagen, dass sie doch wieder auf ihn reingefallen ist, dass sie sich weiter von ihm quälen lassen wird, dass sie sich selbst Schaden zufügt. Dass er klüger ist als sie, stärker und mächtiger als sie. Dass er doch gefährlich ist, ein schlimmer Narzisst, der zur Liebe nicht fähig ist und schon gar nicht der Liebe zu ihr.

»La mienne, toujours«. *Die Meine, für immer.* Das prangt auf ihrem Steiß, für jeden lesbar, und sie fährt unwillkürlich mit den Fingern über die Tätowierung, die so schmerzhaft war und die sie jetzt plötzlich stolz macht.

Sie kann mit ihm umgehen. Sie kann ihm gegenüberstehen, ohne sich selbst zu vergessen, und sie wird es schaffen, wieder seine Vorgesetzte zu sein.

»Was soll mit ihm sein?« Ihre Stimme klingt zickiger als geplant, und Dr. Sterling reagiert darauf mit hochgezogener Augenbraue.

»Rebecca, Sie wissen doch, dass Sie noch längst nicht über

den Berg sind, was ihn betrifft.« Er beugt sich zu ihr vor und schiebt die Brille auf seine Nasenspitze, um sie über den Rand der Gläser hinweg ansehen zu können.

Sie schluckt, als sein Blick sie trifft. Er ist nur Psychologe, kein Gedankenleser! Er muss gar nicht erfahren, was los ist.

»Sie müssen vernünftig sein«, sagt er leise und streicht sanft mit der Hand über ihren Arm. »Geben Sie sich Zeit. Das Beste für Sie wäre, wenn Sie sich eine Beziehung suchen würden. Eine richtige, eine echte Beziehung. Voller Liebe und Fürsorge füreinander. Sie sollten einen Mann finden, der Sie schätzt, der Sie für das liebt, was Sie sind und Sie nicht als Spielball seiner Machtgelüste ausnutzt.«

Sie zieht ihren Arm zurück und seine Hand fällt ins Leere.

Seufzend lehnt er sich wieder gegen die Rückenlehne des Stuhls und schlägt die Beine übereinander. »Glauben Sie mir ...«

Rebecca schüttelt den Kopf und steht entschlossen von dem Sofa auf, das nun seit einigen Monaten ihre zweite Heimat geworden war. »Ich habe das Problem schon für mich gelöst«, sagt sie kalt. »Und ich erwarte von Ihnen, dass Sie meinem Vorgesetzten morgen mitteilen, dass ich wieder arbeitsfähig bin und ins Büro zurückkommen werde.«

Sie ignoriert seine Hand, die er ihr wie immer zum Abschied hinhält, und verlässt die Praxis.

Die Luft ist kühl und frisch, aber sie will jetzt nicht ins Auto steigen und nach Hause fahren. Also bahnt sie sich einen Weg zu Fuß durch die belebten Straßen. Die Stadt ist voll. Menschen irren umher, hektisch, auf der Jagd nach den letzten Schnäppchen in den Boutiquen oder auf dem Heimweg von der Arbeit. Schon sind die Lager aufgefüllt mit Mänteln, Jacken, Wollpullovern und Stiefeln und es gibt keinen Platz mehr für leichte Kleider und Bikinis.

In ihrer Lieblingsboutique wird Rebecca wie immer freundlich begrüßt. Hier kauft sie schon seit Jahren ein, man kennt sie und die Verkäuferinnen wissen, was sie mag und was ihr steht. Sie lässt sich winzige, enge Kleidchen bringen und schlüpft in eine der geräumigen Umkleidekabinen. Skeptisch betrachtet sie ihr Spiegelbild in der vorteilhaften Beleuchtung, dann entscheidet sie sich für zwei bunt gemusterte, taillierte Kleider mit schönem Dekolleté. Die werden Marc gefallen, schießt es ihr in den Kopf. Sie sind so leicht, dass ein Windstoß sie hochfliegen lassen würde. Sie würde keinen Slip tragen und er würde sich an ihrer Bloßstellung in der Öffentlichkeit ergötzen. Ich werde ihn damit überraschen, wenn er zurück ist, denkt sie, während sie der Verkäuferin beim vorsichtigen Einpacken der Kleidchen in eine schicke große Papiertragetasche zusieht.

***

»Einen Coffee Caramel Frappuccino, bitte«, teilt sie dem blutjungen Verkäufer bei Starbucks mit, der eine lustige Mütze trägt und ansonsten ebenso beflissen ist, wie es nur die Verkäufer bei Starbucks sind. Freundlich winkt er ihr nach dem Bezahlen zu. Am Ende der Theke nimmt sie das eiskalte Koffeingetränk entgegen. Mit Sahne.

Gemütlich schlendert sie weiter die Einkaufsstraße entlang, die große Tüte mit den Kleidern darin in der einen, den kalten Drink mit Strohhalm in der anderen Hand. Sie beobachtet die Menschen, die an ihr vorbeilaufen, sieht streitende Pärchen, genervte Mütter mit ihren Kindern, laut mit dem Handy telefonierende junge Menschen, die die ganze Welt an ihren intimen Gesprächen teilhaben lassen. Wie sie diese Unart hasst!

Plötzlich fällt ihr Blick auf eine junge, blonde Frau mit langen Haaren. Sie steht vor einem Schaufenster und betrachtet interessiert die Auslage. Sie trägt ein altmodisches Kleid, eng in der Taille, mit einem sehr weit fallenden Rock, der die Knie umspielt, dazu hohe Schuhe mit breitem Absatz, die vorn ganz rund sind, sodass ihre Füße beinahe absurd klein aussehen. Die langen blonden Haare fallen wie Wellen den Rücken hinab und kringeln sich in der Taille zu verspielten Locken.

Mit klopfendem Herzen bleibt Rebecca stehen, saugt nervös am Strohhalm des Eisgetränkes in der Hand, dann fasst sie sich ein Herz und geht auf die junge Frau zu, stellt sich neben sie und betrachtet ebenfalls das Fenster.

Die Frau dreht den Kopf in ihre Richtung und mustert sie. Das Aufblitzen in den Augen zeigt ihr, dass sie sie erkannt hat.

Rebecca lächelt. »Hallo!«, sagt sie freundlich und dreht sich zu der jungen blonden Frau um.

»Hallo«, erwidert Angelique lächelnd. »Lust auf Tee?«

Schon beim ersten Anblick der jungen Frau war die Erinnerung über sie geschwappt wie ein Tsunami. Der grüne, süßliche Tee, der so intensive und wohlige Gefühle weckte, die Sahnetörtchen, die junge Frau in Dienerkluft, die sie so hingebungsvoll geleckt hatte, während Marc ihnen genüsslich Tee trinkend dabei zugesehen hatte. Beim Gedanken an die Begebenheit zieht sich ihr Unterleib sofort lustvoll zusammen.

Natürlich hat sie Lust auf Tee. Noch weiß sie nicht, wohin das führen wird, sie kennt die Frau kaum, hat sie nur zweimal gesehen, und sie weiß, dass sie eine ganz besondere Beziehung zu Marc pflegen muss.

Sie ist neugierig. Noch nie hat sie mit einer seiner Gespielinnen gesprochen, nie hat sie eine Gleichgesinnte getroffen, mit der sie sich austauschen konnte. Das wird sich nun heute ändern.

Schweigend geht sie neben Angelique, wie Marc sie nennt, her. Ihre Wohnung ist ein paar Straßen von hier entfernt. Sie biegen von der modernen Hauptstraße mit ihren schicken Geschäften ab und betreten eine düstere Nebenstraßen voller alter Häuser, von denen viele arg baufällig aussehen. Graffiti an den Hauswänden, und Fenster, die mit Brettern anstatt mit Glasscheiben verschlossen sind, erzeugen nicht gerade Wohlfühlstimmung.

Dann stehen sie vor dem großen, alten Haus, das Rebecca schon kennt. Angelique öffnet die schwere, alte Tür, die knarrend den Blick in einen düsteren und modrig riechenden Hausflur freigibt.

Kurz darauf findet sie sich in ihrer merkwürdig altmodischen, kitschigen Wohnung mit den hohen Zimmerdecken, dem Stuck und den schweren, düsteren Vorhängen an den Fenstern wieder. Der alte Samowar prangt auf dem großen Tisch in der Mitte des Zimmers, noch ist er kalt und leer.

»Setz dich.« Angelique deutet auf einen Stuhl. »Ich mache uns einen Tee.« Sie verschwindet mitsamt dem großen Samowar in der Küche.

Rebecca setzt sich seufzend und lässt ihre Einkaufstaschen auf den Boden fallen. Die heimelige Atmosphäre der Wohnung lullt sie ein, sie fühlt sich wohl hier, entspannt. Lässig kickt sie die Ballerinas von den Füßen und streckt die Beine unter dem großen Tisch aus. Die alten Mauern schützen die Wohnung vor der Hitze draußen, hier ist es angenehm kühl, ein Refugium vor dem Sommer. Auch der alte Holzboden unter ihren nackten Füßen ist kalt.

Angelique kommt mit dem großen Samowar zurück und stellt ihn auf den Tisch. »Ein paar Minuten noch«, sagt sie lächelnd und setzt sich neben Rebecca. Sie ist jetzt barfuß, die High Heels hat sie ausgezogen. Das Kleid betont ihr Dekolleté, deutlich kann Rebecca die zarten Rundungen erkennen.

Angelique ist noch jung, einen BH trägt sie nicht. Zwei oder drei kleine Schweißtropfen glitzern auf dem feinen blonden Flaum zwischen den kleinen Brüsten.

Ihr selbst ist noch immer warm, die Sommerhitze scheint tief im Körper zu stecken. Eine kalte Dusche wäre jetzt gut, durchfährt es sie, doch stattdessen presst sie nur die vom Schweiß feuchten Oberschenkel gegeneinander und drückt die Fußsohlen fest gegen den kalten Boden.

»Siehst du Marc noch?«, fragt Angelique beinahe beiläufig und sieht sie neugierig an. Rebecca errötet. Darf sie es überhaupt erzählen? Würde Marc es gutheißen, wenn er wüsste, dass sie sich mit einer seiner Frauen getroffen hat? Sicher nicht. Doch in diesem Augenblick ist es egal, sie kann ihn fast am Tisch sitzen sehen, das Kinn mit dem zitternden Grübchen in die Hand gestützt, mit diesem verschmitzten, fordernden und unnachgiebigen Blick. Er beobachtet sie, er weiß, dass hier gleich etwas passieren wird, das sie nicht unter Kontrolle hat. Der Gedanke an ihn führt zu der bekannten Reaktion ihres Körpers. Unkontrollierbar.

Scharf zieht sie die Luft durch die Lippen ein. »Ja«, antwortet sie vorsichtig und sieht die junge Frau fragend an.

»Natürlich«, lächelt diese. »Ich wusste schon damals, dass du etwas ganz Besonderes für ihn bist.«

Rebecca erwidert das Lächeln. Ihr ist warm, Magen und Herz scheinen deutlich mehr Blut zu transportieren als sonst. Etwas Besonderes. Sie!

»Und du?« Sie hat es getan. Sie hat gefragt. Will sie die Antwort überhaupt hören? Nun gibt es kein Zurück mehr, die Frage ist schon heraus.

Angelique nickt. »Ja, natürlich. Wir sehen uns regelmäßig. Aber wir haben eine ... andere Beziehung als ihr.« Sie lacht verstohlen und beugt sich näher zu Rebecca herüber. »Ich weiß nicht, ob es dir entgangen ist, aber ich kann mit Männern nicht viel anfangen.«

Rebecca zieht erstaunt eine Braue hoch und spürt zarte, kleine Finger auf ihrem Unterarm, dessen Haare sich sofort bei der sachten Berührung aufstellen, wie ein warmer Windhauch, nur ganz leicht.

»Aber ...«, kann sie noch sagen, bevor sie die weichen, warmen Lippen der blonden jungen Frau auf ihren fühlt und die vorwitzige kleine Zunge, die so weiblich und spitz in ihrem Mund ist, verspielt wie ein kleines Kätzchen, aufreizend und neckisch.

Sie schließt die Augen und lässt sich treiben, lässt sich von dem neugierigen Kätzchen in ihrem Mund verführen, und ehe sie sich versieht, findet sie sich auf dem kalten, harten Holzboden wieder, leidenschaftlich verkeilt in den zarten, weißen Körper der jungen Frau, die sie so schnell entkleidet, dass sie sich kaum wehren kann.

Wenn sie die Augen öffnet, während sie die kleine flinke Zunge der jungen Frau zwischen den Schenkeln spürt, die sie zum Höhepunkt jagen will, gleichzeitig einfühlsam und doch fordernd, sieht sie Marc am Tisch sitzen. Amüsiert und verschmitzt beobachtet er die zwei Frauen, die sich zu seinen Füßen lieben, die Sommerhitze noch im Leib, die Erinnerung an ihn noch frisch.

Sie weiß nicht, wie lange sie sich lieben, sie hat jedes Zeitgefühl verloren. Sie vergräbt ihre Zunge in der rosigen und zarten Spalte der jungen Frau, teilt die hellen Lippen, die völlig ohne Haare sind, und dringt mit der Zungenspitze in sie ein, um wieder hinauszugleiten und die kleine hart gewordene Knospe, die so ganz anders aussieht als ihre eigene, zu liebkosen.

Sie mag den Geschmack von Angelique, mag ihre weiche, zarte Haut. Sie riecht nach Butter und Vanille, das Aroma mischt sich mit dem durchdringenden Duft des Tees, der auf dem Tisch im Samowar vor sich hin dampft und den Raum mit diesem süßen, herben und exotischen Geruch erfüllt, der ihre Sinne verstärkt und jede Berührung intensiver macht.

Sie kniet zwischen den schlanken, langen Beinen, das schwarze Kleid zur Seite geschoben, und nun reibt sie vorsichtig mit den Fingern, ganz sacht, reibt die harte Knospe zwischen Daumen und Zeigefinger, während sie mit zwei Fingern der anderen Hand in die feuchte und warme Spalte eindringt. Neugierig beobachtet sie das Gesicht der blonden Frau, die mit geschlossenen Augen und geöffneten rosigen Lippen daliegt, auf dem harten Holzboden, die Hände neben dem Körper in merkwürdiger Stellung verkrampft.

Sie reibt schneller, taucht zwischendurch immer mal wieder mit den Fingern in sie ein, um die Feuchtigkeit auf der kleinen, angeschwollenen Knospe wirken zu lassen. Und dann sieht sie zu, wie sich ihr Gesicht wie im Schmerz verzerrt, das Keuchen schneller, der Atem flacher wird. Das Becken bäumt sich ihr entgegen, eine zarte Hand greift nach ihrer, umklammert ihr Handgelenk, während sie unnachgiebig weitermacht und die Macht genießt, die sie in diesem Moment über die doch fast fremde, jetzt leise wimmernde Frau hat.

Sie versteht.

Kapitel 16

»Wir sind sehr froh, Rebecca, dass es Ihnen wieder gutgeht!« Dr. Johnson, ihr direkter Vorgesetzter, lächelt, als er ihr die Hand zum Abschied reicht. Sie erwidert seine Geste freundlich.

»Glauben Sie mir, das wird nicht wieder vorkommen«, sagt sie. »Ich werde Ihr Vertrauen in mich nicht enttäuschen.«

»Na, lassen Sie mal gut sein«, sagt er väterlich und tätschelt ihre Schulter. »So eine kleine Schwäche, das kann ja jedem von uns mal passieren. Hauptsache, Sie sind wieder fit und können frisch gestärkt zur Tat schreiten. Marc ist noch in Paris, ich weiß nicht, ob Ihnen das bekannt ist, daher ist Ihre Stelle in dieser Woche sowieso vakant. Vielleicht nutzen Sie die Tage, um sich wieder einzuarbeiten, nächste Woche können Sie gemeinsam wieder das Unternehmen nach vorn bringen.« Er lacht dröhnend und sieht dabei aus wie ein Adler mit seiner langen, gebogenen Nase.

Nächste Woche wird er zurück sein. Das ist mehr Information, als sie bis jetzt hatte, und sie freut sich sehr darüber. Er hat ihr nicht verraten, wie lange er noch fortbleiben würde, und sie grinst in sich hinein. Wenn er wüsste!

»Becca!« Natalie wirft ihren Stuhl um, als sie das Vorzimmer zu ihrem Büro betritt, und fällt ihr in die Arme. »Kommst du bald wieder? Geht es dir wieder gut? Bist du wieder bei uns?«

Rebecca schiebt ihre Sekretärin lächelnd auf eine Armeslänge von sich und betrachtet sie. Sie trägt wie immer ein viel zu kurzes Kleidchen und hat stark gebräunte Beine. Offenbar benutzt sie Selbstbräuner, denn ihre Arme sind im Gegensatz zu den unteren Extremitäten auffallend blass.

»Ich bin wieder da«, sagt sie freudestrahlend und wirft einen Blick auf ihre Bürotür. »Da Marc erst nächste Woche zurückkommt, werde ich solange mein Büro wieder einnehmen.«

Natalie grinst frech.»Das wird dem Herrn nicht gefallen«, sagt sie, und Rebecca bleibt irritiert stehen.

»Warum glaubst du das?«, fragt sie, und Natalie hebt die Schultern. »Ach, nur so. Er hat sich hier in der Zwischenzeit ganz schön aufgespielt, und nur wenige Tage nach deiner ersten Krankmeldung direkt dein Büro in Beschlag genommen. Ich hatte den Verdacht, dass er darauf spekuliert, deinen Job zu übernehmen.«

Rebecca öffnet wortlos die Tür und bleibt im Rahmen stehen. Ihr Büro sieht aus wie immer, nur der Schreibtisch ist nahezu leer und absonderlich ordentlich, hier liegen keine Unterlagen herum wie sonst. »Wow. Hast du hier aufgeräumt, oder sieht das hier immer so aus?«

Natalie lacht. »Marc ist sehr ordentlich. Er hinterlässt das Büro immer so akkurat, ich habe darin fast nichts zu tun.«

Rebecca errötet, als sie an die unzähligen leeren Kaffeebecher denkt, die sie abends meistens achtlos auf dem Schreibtisch hat stehen lassen und die Natalie morgens immer als erste Handlung des Tages weggeräumt hat.

»Es ist okay«, sagt die junge Frau, als hätte sie ihre Gedanken gelesen. »Ich mag dich lieber so, wie du bist, und ich räume leidenschaftlich gern deine Pappbecher weg!«

Rebecca lacht und kneift Natalie sanft in den Oberarm. Dann klatscht sie in die Hände und legt ihre Laptoptasche auf den Schreibtisch. »Also, los«, sagt sie. »Es gibt viel zu tun.«

Der Tag ist geprägt von zahlreichen E-Mails, die während ihrer Abwesenheit geschrieben und bearbeitet wurden, und vom Studium diverser Präsentationen und Zahlenkalkulationen. Sie gönnt sich keine Pause, auf der Suche nach seiner Arbeit und vielleicht dem ein oder anderen Geheimnis, das sich während ihrer Abwesenheit hier abgespielt hat, aber sein Laptop ist nicht hier und so hat sie keinen Zugriff auf Privates oder auf die Dinge, die er allein erledigt hat, während sie krankgemeldet war.

Stacy ruft gegen Mittag an und fragt, ob sie in die Kantine

mitkommt, aber Rebecca lehnt dankend ab. Sie will sich so schnell wie möglich wieder einarbeiten in die für sie wichtigen Themen, vor allem aber will sie Marc nächste Woche nach seiner Rückkehr beweisen, dass sie wieder voll da ist und er mit ihr rechnen kann.

Sie macht Termine mit den Kollegen für die nächsten Tage, um sich von ihnen auf den neusten Stand bringen zu lassen, und studiert sorgfältig die aktuellen Projektpläne der anstehenden Aufgaben, die im Intranet hinterlegt und zugreifbar sind. Sie arbeitet fieberhaft und eifrig wie am Anfang ihrer Karriere, denn das Gefühl, dass sie sich wieder von Neuem beweisen muss, ist groß.

Am Freitagabend, als es draußen schon dunkel ist, ihre Augen brennen und ihr Nacken steif geworden ist, steht sie auf und streckt sich. Sie gähnt einmal herzhaft, bevor sie das Büro verlässt, das um diese Uhrzeit natürlich schon leer ist, die Kollegen sind längst ins Wochenende verschwunden.

Sie fühlt sich gut. Wie sehr sie die Arbeit vermisst hat, ist ihr erst in dieser Woche klar geworden. Jetzt ist sie wieder stark und wird Marc am Montag mit ihrem Auftritt überraschen können.

Falls er sich am Wochenende meldet, wird sie ihm nicht verraten, dass sie wieder angefangen hat zu arbeiten. Er wird staunen!

Sie hat nur wenige Kurznachrichten in den letzten Tagen von ihm erhalten, in denen er mitteilte, dass es ihm gut ginge und dass seine Mutter sie grüßen lasse. Ihr Herz raste, als sie diese Nachricht las. Auch wenn er sie ihr nicht vorgestellt hatte, obwohl sie offenbar ja noch immer in Paris lebte, war sie ihm doch wichtig genug, um sie ihr gegenüber zu erwähnen.

Und schon träumt sie von ihrer nächsten Reise nach Paris

mit ihm, bei der sie nicht nur John und Baptiste wiedersehen, sondern endlich seine Mutter treffen würde. Und Marc würde sie vorstellen als »Maman, das ist Rebecca. Ich nenne sie Genevieve, und sie ist etwas ganz Besonderes.« Sie beschließt, ihre Französischkenntnisse aufzufrischen und im Internet einen Französischkurs zu buchen. Auch das würde sie ihm nicht erzählen, er sollte staunen, wie gut sie seine Sprache beherrschte und wie wichtig er für sie war, dass sie für ihn sogar diese Tortur auf sich nahm.

Die Tiefgarage ist dunkel. Die Bewegungsmelder lassen die bläulichen Lichter langsam aufflackern, als sich der schwarze Mercedes seinen Weg durch die schmalen Gassen zwischen den Autos bahnt. Erschöpft von dem langen Tag und der arbeitsreichen Woche steigt sie aus dem großen Auto aus, drückt auf den Knopf an der Fernbedienung, um die Türen zu schließen, und fährt mit dem Fahrstuhl hinauf zu ihrem Appartement.

Die Wohnung ist dunkel. Im Flur macht sie Licht und schließt die Wohnungstür. Der Anrufbeantworter blinkt, es gibt eine neue Nachricht. Ohne die Schuhe auszuziehen oder die Taschen abzustellen, drückt sie nervös auf den Knopf. Doch es ist nur ihre Mutter, die sich mal wieder beklagt, dass sie sich so selten meldet.

Sie holt eine Flasche Wasser aus dem Kühlschrank, gießt das kalte, sprudelnde Getränk in ein hohes Glas und schluckt gierig.

Plötzlich hört sie ein Geräusch hinter sich. Sie fährt herum, doch das Wohnzimmer hinter ihr ist leer. Draußen in der Dunkelheit flackern die Lichter der Stadt, auf die sie von ihrem Penthouse hinabschaut. Kopfschüttelnd wendet sie sich wieder um und öffnet erneut die Kühlschranktür, um vielleicht etwas Essbares darin zu finden. Ihr Magen knurrt leise und bedeutet ihr, dass die anstrengende Arbeit durchaus Energie braucht, die Wasser und Kaffee allein nicht ausreichend liefern können.

Etwas Käse, Weintrauben und eine Gurke kann sie finden, sie ist in diser Woche nicht zum Einkaufen gekommen. Das muss nun eben reichen, für den Pizzaservice ist es schon zu spät. Mit ihrer Ausbeute geht sie zum Sofa und schaltet den Fernseher ein. Als sie sich gerade zurücklehnt, den Teller auf dem Schoß und die Füße auf dem kleinen Glastisch ausgebreitet, hört sie wieder ein Geräusch. Diesmal scheint es aus dem Flur zu kommen. War das ein Türschloss? Sie bleibt still sitzen und lauscht, doch der Fernseher ist zu laut, eine hysterische Frau und ein dröhnend lachender Mann giften sich in einer dämlichen Talkshow gegenseitig an.

Sie wagt nicht, sich zu bewegen oder den Fernseher wieder auszuschalten. Unbeweglich sitzt sie da, die Augen zum Fernseher gerichtet, die Ohren gespitzt wie ein Luchs. Da, wieder! Eindeutig hat jemand eine Tür ins Schloss gezogen, ganz leise nur, kaum wahrnehmbar. Eiskalt läuft es ihr den Rücken hinunter. Zu ihrem Geburtstag im letzten Jahr hatte Marc sie auf eine ganz besondere Weise »überrascht«. Mit lustvollem Schaudern denkt sie an die gespielte Vergewaltigung zurück, die er ihr in ihrem eigenen Flur angetan hat. Es hatte Minuten gedauert, bis sie bemerkte, dass er es war, der sich maskiert im Dunkeln unerwartet über sie hergemacht hatte.

Sollte er etwa wieder ...? Kribbelnde Vorfreude mischt sich zu ihrer Sorge und lässt ihr Herz schneller schlagen. Jetzt stellt sie entschlossen den Teller zur Seite, schaltet den Fernseher aus und steht auf. Niemand ist zu sehen, der Flur ist leer. Sie öffnet die Wohnungstür, doch um sie herum ist es still und dunkel. Sie schließt die Wohnungstür wieder und bleibt davor stehen, lauscht. Minutenlang herrscht Stille. Als sie kopfschüttelnd über ihre eigene Paranoia wieder ins Wohnzimmer zurückgehen will, hört sie ein leises, unterdrücktes Wimmern aus dem Schlafzimmer.

Wie ein Messer dringt der Ton in sie ein, fährt durch sie hindurch bis in die tiefsten Eingeweide. Wer ist das? Es war eindeutig eine Frau, die sie aus ihrem Schlafzimmer gehört hat.

Langsam geht sie auf die geschlossene Tür zu, barfuß und auf Zehenspitzen. Dann legt sie mit pochendem Herzen das Ohr gegen die Tür, um zu lauschen. Stille. Doch plötzlich hört sie es wieder, ein unterdrücktes Schluchzen, Jammern. Nur ganz leise, kaum wahrnehmbar. Und da hört sie ihn. Seine Stimme schlägt wie ein Blitz in sie ein, sie hat heute nicht mit ihm gerechnet. Zitternd lauscht sie ihm, wie er mit einer ihr unbekannten Person in ihrem eigenen Schlafzimmer flüstert. Rebecca kann das Blut in ihren Ohren hören, das wummernde Pochen ihres eigenen Herzens.

Sie will weg, sie will nicht sehen, was er ihr zu präsentieren gedenkt, sie will nicht mehr hören, will nicht wissen ... Für den Bruchteil einer Sekunde überlegt sie, die Wohnung auf dem schnellsten Weg zu verlassen und bei Stacy zu übernachten. Doch die Sehnsucht, die Neugier und die aufkeimende Lust sind stärker als die Angst. Sie zweifelt nicht daran, dass er aus Paris zurück ist und eine ganz besondere Begrüßung für sie vorbereitet hat. Immerhin hat er einen Schlüssel zu ihrem Appartement, und da er sie ja häufig hierher begleitet hat, wird er ohne Probleme an dem Portier unten vorbeigekommen sein. Aber was hat er vor? Was erwartet sie, wenn sie die Tür öffnet?

Sie kann nicht verstehen, was er sagt, aber sie erkennt ihn deutlich. Er flüstert, etwas heiser klingt die vertraute Stimme, gedämpft durch die Tür und das rauschende Blut in ihrem Kopf. Er spricht französisch. Ein leises Schluchzen erinnert sie wieder daran, dass noch jemand bei ihm ist. In ihrem Schlafzimmer.

Die Versuchung ist zu groß, und mit zitternden Händen greift sie an die Türklinke, hinterlässt eine schweißnasse Spur auf dem matten Edelstahl, und drückt sie langsam, viel zu langsam, herunter.

Nur wenige Zentimeter schiebt sie die Tür so geräuschlos wie möglich auf. Ihr ganzer Körper zittert, aber warum? Lust? Oder Angst? Freudige Erregung oder doch aufkeimende Panik? Sie hört ihre eigene Stimme, leise und gebrochen, ganz fremd klingt sie. »Marc? Bist du da?«

Wie von unsichtbaren Fäden gezogen öffnet sich die Tür nach innen.

Da steht er, natürlich, sie hat seine Stimme doch erkannt. Das volle, dunkle Haar wirkt zerstrubbelt, ein paar kurze Strähnen fallen ihm ins Gesicht. Der sinnliche Mund ist zu einem ironischen, spöttischen Lächeln verzogen. Er hat sich heute Morgen nicht rasiert, winzig kleine dunkle Bartstoppeln zieren das Kinn, das hat sie noch nie an ihm gesehen. Fasziniert will sie sie anfassen, fühlen, darüber streichen und spüren, ob sie rau und hart sind wie eine Küchenreibe oder weich und sanft wie ein Pinsel. Doch das wagt sie nicht. Immer kleiner wird sie ihm gegenüber, versinkt beinahe im Erdboden. Lass mich.

»Bonsoir, Genevieve«, sagt er und umfasst mit einer Hand ihren Hinterkopf, zieht ihr Gesicht zu seinem und presst seine Lippen fest auf ihre. Tonlos lässt sie zu, dass seine Zunge ihre Lippen durchstößt und fordernd und hart in sie eindringt. Das hat nichts Katzenhaftes, das ist beinahe brutal und lässt keine Zweifel zu, dass sie heute nicht Rebecca ist.

Das Blut verlässt ihren Kopf und scheint innerhalb weniger Sekunden in die Füße zu fallen. Sie fühlt sich schwindelig, möchte sich an ihn anlehnen, greift nach ihm, doch er hat sich schon von ihr gelöst und einen Schritt zurück in das Schlafzimmer gemacht.

»Wir haben Besuch«, sagt er schmunzelnd und geht zur Seite, damit sie ihr eigenes Bett sehen kann.

Der Anblick stockt ihr den Atem.

Angelique liegt da, den Mund mit einem schwarzen Seidentuch verschlossen, die Augen ängstlich geöffnet. Das lange, blonde Haar fällt vorn an ihr herab und umspielt ihre kleinen Brüste, sie ist vollständig nackt. Die Hände und Füße sind mit Seidentüchern an den Bettpfosten angebunden, die Beine sind gespreizt, sodass sie die kleine, rosa Scham deutlich sehen kann, die so unschuldig und jung wirkt, winzig klein. Der Schoß, den sie hingebungsvoll geleckt hat.

Der Anblick der hilflosen jungen Frau schockiert und erregt sie gleichzeitig. Schon spürt sie, wie sich ihr Unterleib lustvoll verkrampft und Wärme und Feuchtigkeit in ihn hineinschießen. Er wird sie quälen, das ist sicher, und noch ahnt sie nicht, was er vorhat, aber gerade diese Unsicherheit ist es, die sie in seiner Gegenwart beben lässt. Marc nimmt ihre Hand und zieht sie zum Bett, setzt sie auf die Kante, mit dem Rücken zu Angelique, zwischen deren weit geöffnete, nackte Beine, und stellt sich vor sie.

»Ich habe gehört, dass ihr zwei nähere Bekanntschaft geschlossen habt«, stellt er nüchtern fest. Doch an dem kalten Ton in seiner Stimme erkennt sie seinen Ärger. Sie hätte es wissen müssen. Sie weiß doch, dass er es unter keinen Umständen dulden würde, dass sie mit seiner Freundin ...

»Worüber haben die Damen sich denn unterhalten?«, fragt er, während er mit leicht gespreizten Beinen vor ihr steht. Seine Erektion zeichnet sich deutlich unter dem schwarzen, rauen

Stoff der Hose ab, sie hat sie direkt vor den Augen, könnte hinfassen, könnte ihn anfassen, könnte ...

Sie will sich umdrehen und Angelique ansehen, doch er greift mit beiden Händen an ihr Gesicht, hält ihren Kopf fest umklammert und zwingt ihren Blick nach oben. In dieser Position wirkt er noch größer als sonst, wie eine riesige Marmorstatue, die die Sonne verdunkelt und einen immensen Schatten wirft, in dem sie sich kühlen kann.

»Ich ... wir ...« Sie stottert. Was soll sie ihm sagen? »Woher ...?« Warum kann sie keinen vernünftigen Satz rausbringen? Sie ärgert sich über sich selbst, gleichwohl weiß sie, wohin diese Situation führen wird, das Bild der nackten und gefesselten jungen Frau auf ihrem Bett hat sich auf ihre Netzhaut gebrannt. Doch was hat er mit ihr vor?

Du weißt, dass ich mit Männern nichts anfangen kann, hatte die junge Frau ihr gesagt. Und dass sie mit Frauen dafür umso mehr anzufangen wusste, hatte Rebecca am eigenen Leib zu spüren bekommen.

»Ich wünsche nicht, dass ihr über mich sprecht«, sagt er nun mit harter Stimme und öffnet mit einer Hand langsam den Reißverschluss seiner Hose. »Ich habe dich vermisst, Genevieve. Aber du musst hier nach meinen Regeln spielen. Ich dachte, das wäre klar.«

Sie atmet schwer. Jetzt muss sie ihn doch anfassen, muss ihn sehen, das Objekt ihrer Begierde. Hektisch zerrt sie an seinem Gürtel und an dem Knopf, der die Hose verschließt, sodass ihr das harte und pralle Gemächt beinahe entgegenspringt. Sie öffnet die Lippen, will ihn in ihrem Mund aufnehmen. Die junge Frau, die hinter ihr liegt und keinen Ton mehr von sich gibt, ist ihr egal. Sie will ihn in sich spüren, will jetzt ihre unbändige Lust gestillt wissen, von ihm.

Doch noch bevor sie die Lippen um ihn schließen kann, schiebt er sie von sich, geht zum Bett und zwischen die Beine der blonden, gefesselten Frau, die wieder unterdrückte Geräusche von sich gibt, die sie nicht einordnen kann, eine Mischung aus Entsetzen und Lust.

Schmerzhaft erregt dreht sie sich um, und sie sieht seinen Rücken, sieht, wie er sich auf die blonde Frau legt, die schwarze Hose umspannt noch seine straffen Pobacken, bevor er sie ein wenig herunterschiebt. Dann muss sie zusehen, wie sie sich langsam und genüsslich auf und ab bewegen, während sie das leise schmatzende Geräusch hört, wenn sein Schwanz in die junge Frau eindringt. Sie hört das unterdrückte Stöhnen der anderen, die nun von ihm bekommt, wonach sie selbst sich doch so wahnsinnig sehnt.

Ein eifersüchtiger Schmerz durchzuckt sie. Sie will nach ihm greifen und ihn von der Frau herunterziehen, sich auf seinen Schwanz setzen und auf ihm reiten, in seine schwarzen Augen sehen, in denen sich ihre eigene Lust widerspiegelt. Unwillkürlich greifen ihre Finger zwischen die Beine, bahnen sich einen Weg und versuchen, der Erregung Raum zu verschaffen, die sie erfüllt.

Sie kann sein Gesicht nicht sehen, nicht die lustvoll geschlossenen Augen der Frau, die keucht unter dem schwarzen Tuch, das sie am Sprechen hindern soll.

Immer schneller reiben ihre Finger in ihrem eigenen Schoß, jetzt kann sie sich nicht mehr beherrschen und nähert sich ihm doch, kriecht wie eine Raubkatze auf allen vieren über das Bett, den Rock hochgezogen bis über die Hüften, sodass ihr Po nackt und verletzlich frei liegt. Sie legt sich auf ihn, auf seinen Rücken. Die junge Frau wimmert leise, nun kann sie die Lust der anderen nicht nur riechen, sondern auch hören, und sie blickt an seinem Hinterkopf vorbei in das Gesicht der Frau, die den Kopf lustvoll hin und wer wirft, die blonden langen Haare umspielen ihre Brüste, kitzeln die harten und rot gewordenen Brustwarzen.

Sie drückt sich eng an seinen Rücken, spreizt die Beine ein wenig und presst die eigene Scham fest gegen seinen Hintern. Sie spürt den rauen Hosenstoff, einen Knopf an einer Tasche hinten, und mit langsamen Bewegungen reibt sie ihre schmerzhaft angeschwollene Klit an ihm, benässt ihn mit ihrem Saft, und folgt seinen Bewegungen, die nun durch ihr Gewicht verstärkt werden und tief und langsam in die blonde Frau eindringen.

Er gibt keinen Ton von sich, doch sie spürt den eigenen Höhepunkt nahen, gleich wird sie kommen und sich auf dem Stoff seiner Hose ergießen. Immer schneller reibt sie sich auf ihm, bis sie laut aufstöhnt. Plötzlich hören seine Bewegungen auf. Er dreht den Kopf ein wenig zur Seite, und sie kann für einen Bruchteil sein Gesicht sehen, aber noch deutlicher ist die Erregung in seiner Stimme, die beinahe zittert.

»Lass sie dich lecken«, sagt er fordernd und deutet mit dem Kopf auf das Gesicht der jungen Frau, die an den Handfesseln zerrt und sich erlösen will von der Lust, die sie doch gar nicht spüren wollte.

Vorsichtig kriecht Rebecca weiter über das breite Bett, an den beiden vorbei bis zum Kopfende. Sie löst das Seidentuch von Angeliques Mund, sieht die verzweifelte Lust in den Augen der anderen. Rebecca klettert über das Kopfteil und hockt sich hin, mit weit gespreizten Beinen, zwischen denen die Nässe der Erregung fließen muss, lässt sich vorsichtig hinabgleiten, bis sie den Mund der jungen Frau zwischen den Schenkeln spürt. Diese zögert nicht lange, schon schnellt die kleine, spitze Zunge hervor und dringt in sie ein.

Marc hat sich aufgerichtet, sitzt zwischen den Beinen der blonden Frau und umfasst ihre Hüften, lässt sie in einem monotonen Tempo auf seinen Schwanz gleiten und wieder hinaus, quälend langsam. Nun kann sie ihn ansehen. Sie hat ihren Körper ihm zugewandt und trägt noch immer Rock und Bluse. Den Rock hat sie hochgezogen und hält ihn fest, damit er zusehen kann, wie die kleine, flinke Zunge der blonden Frau an ihrer heißen Klit spielt. Er beobachtet und lächelt.

Fasziniert und eifersüchtig zugleich sieht sie zu, wie er in das feste und zarte Fleisch der anderen eindringt, wie sein gerader, harter Schwanz die Labien teilt und zwischen ihnen verschwindet, um kurz danach wieder aufzutauchen, steif und glänzend von der Feuchtigkeit der anderen. Dann blickt sie in sein Gesicht. Als sie das feine, kaum merkliche Zucken seines Grübchens sieht und er die Augen schließt, weiß sie, was passieren wird. Sie kann den Blick nicht abwenden. Das ist ihr Moment, für diesen winzigen Augenblick der Verletzbarkeit lebt sie, und während sie zusieht, wie er sich mit einem leisen Aufstöhnen in der jungen Frau ergießt, wird sie von ihrem eigenen Höhepunkt geschüttelt. Laut stöhnend bäumt sie sich ein letztes Mal über der anderen auf und ergibt sich in ihren heftigen Kontraktionen, die sich in einem seltsam gleichartigen Rhythmus mit den Zuckungen der Frau unter ihr vereinen.

Kapitel 17

Er kommt ohne das Mädchen zurück. Nachdenklich und irritiert hat sie im Bett gelegen und schlaflos auf ihn gewartet. Er würde zurückkommen, das hatte er gesagt, nachdem er Angelique nach Hause gebracht hatte.

Als die Tür sich öffnet und sie seine Schritte im Flur hört, springt sie vor Freude aus dem Bett.

»Ich bin enttäuscht«, sagt er leise und schiebt sie von sich, dirigiert sie zurück zum Bett, auf dem sie mit gesenktem Kopf Platz nimmt. »Ich dachte, du hättest mich verstanden.«

Ihre Wangen röten sich, und sie sieht ihn von unten herauf an, sieht in die dunklen Augen, die trotz seines vermeintlichen Ärgers blitzen und ihr verraten, dass er mehr ist als nur böse auf sie.

»Es tut mir leid«, sagt sie leise. »Wir haben uns zufällig getroffen und ich wollte ... Ich weiß nicht, warum es passiert ist, es kam einfach so über uns.« Sie stockt und beißt sich auf die Unterlippe. Sie hat keine Erklärung, und eigentlich will sie sich auch nicht erklären. Sie ist doch frei, und ebenso frei ist Angelique. Mit welchem Recht will er ihnen eigentlich verbieten, sich zu sehen?

Trotzig hebt sie den Kopf wieder und sieht ihn mit funkelnden Augen an. Sein Schmunzeln verrät ihr, dass er den Widerstand in ihrem Gesicht deutlich erkannt hat. Die Maus zappelt wieder.

Und schon hebt er die Tatze und schlägt seine Krallen in sie hinein. »Ich war nicht allein in Paris«, sagt er und setzt sich neben sie auf die Bettkante. »Aber das wirst du dir gedacht haben, Chéri.«

Sic nickt stumm.

»Ich habe dich vermisst. Baptiste hat dich vermisst, ich soll dich von ihm grüßen. Natürlich hat es mir nicht gefallen, dass du dich von ihm hast verführen lassen, aber ich mache dir keinen Vorwurf. Er hat viel von seinem Vater gelernt und wird ihn einmal sehr stolz machen.«

Sie lacht leise. »Oh ja, das steht wohl außer Frage«, sagt sie. »Bleib heute bei mir«, fügt sie hinzu und sieht ihn bittend an.

Doch er schüttelt den Kopf. »Nein«, sagt er. »Du musst lernen, dass du meinen Regeln gehorchen musst. Anders geht es nicht, Rebecca. Du weißt, dass ich dir mehr Freiheiten zugestehe als allen anderen, und ich leugne nicht, dass du etwas Besonderes für mich bist. Du bist anders, und das ist gut so. Trotzdem gibt es Grenzen, auch für dich.«

Rebecca schluckt. »Aber es hat mir gefallen«, erklärt sie. »Es hat mir gefallen, mit dir gemeinsam eine andere Frau zu benutzen. Schon in Paris. Es gefällt mir sogar, dir dabei nur zuzusehen. Ich möchte dabei sein, Marc, ich möchte mit dir genießen, deine Lust verstehen, die du dabei empfindest. Ich verspreche dir, nicht eifersüchtig zu sein, aber ich will es teilen, das Gefühl. Ich verstehe dich.« Sie greift nach seiner Hand und drückt sie zwischen ihren, die Worte purzeln immer schneller aus ihr heraus, unüberlegt, als habe sie Angst, ihre Stimme könnte ihr den Dienst versagen, wenn sie zu lange darüber nachdenkt.

»Du weißt, dass ich anders bin. Du hast es nicht geschafft, mich zu brechen, nicht vollständig. Ja, ich bin Genevieve, aber ich bin jetzt mehr als das. Ich bin auch Rebecca, und ich will dir zeigen, dass ich dir ebenbürtig bin, dass ich neben dir bestehen kann. Wir könnten doch zusammen ...« Sein Lachen unterbricht sie.

»Ebenbürtig ... Was weißt du davon, was mich umtreibt? Hast du diese Schwärze in dir, die mich dazu bringt, gewisse Dinge zu tun? Kennst du die düsteren Gedanken, die mich beinahe täglich begleiten?«

Rebecca kaut auf der Oberlippe und schüttelt den Kopf. »Aber ich habe sie gesehen«, sagt sie leise. »Ich kann sie spüren. Warum schlägst du mich nie?«

Er zuckt irritiert zurück. »Was meinst du damit?« Sein Akzent wird plötzlich weicher als sonst, das passiert ihm häufig, wenn er die Beherrschung verliert, das kennt sie schon. Gleich wird er anfangen, französisch zu sprechen.

»Ich weiß, dass du andere Frauen züchtigst, dass du sie schlägst. Auch ich habe ab und zu deine sadistische Ader kennengelernt.« Sie ist mutig, sie traut sich, es auszusprechen und ihn zu fragen, und sie hat Angst vor seiner Reaktion. Sie haben nie darüber gesprochen, und er hat nie erzählt, dass er es tut. Er hat es sie hören lassen, spüren lassen, aber sie kennt die Faszination nicht, die das Spiel auf ihn ausübt und sie ist eifersüchtig auf die anderen Frauen, denen er das Vergnügen doch gönnt.

»Aber du hast mich nie deine Gerte spüren lassen, nie das ganze Ausmaß deiner sadistischen Lust fühlen lassen. Warum nicht?«

Er sieht seltsam betreten aus, das passt nicht zu ihm. Er nimmt ihren Kopf in beide Hände und küsst sie, lange und zärtlich, ohne jedes Fordern, ohne jede Wut, die er noch wenige Stunden zuvor an den Tag gelegt hat.

»Ich kann nicht«, sagt er leise, das Gesicht in ihrer Halsbeuge vergraben. »Rebecca …«

Und dann lieben sie sich. Vorsichtig dringt er in sie ein, stößt nicht zu, sondern küsst sie wild und heftig, während er sich quälend langsam in ihr bewegt, sie massiert. Er küsst ihren Hals, ihr Ohr, ihre Brüste, ihren Mund, ihre Augen. Streichelt ihr Haar, flüstert französische Verzückungen in ihr Ohr, hält sie ganz fest, eng an sich gepresst, und liebt sie in einen langen, tiefen Höhepunkt, der sie noch minutenlang erschauern lässt.

Danach geht er und lässt sie allein, schlaflos und nachdenklich.

KAPITEL 18

»Guten Morgen!«, ruft sie betont fröhlich, als er das Büro betritt. Und amüsiert sich über sein erstauntes Zurückzucken, als er für eine Sekunde sogar hier, im Büro, die Contenance verliert.

»Rebecca! Was tust du hier?« Er schließt die Tür geräuschvoll hinter sich und stellt die Tasche mit dem Laptop auf dem Boden neben einem der kleinen Cocktailsessel ab.

»Ich bin wieder da«, sagt sie und steht auf, um um den Schreibtisch herum auf ihn zuzugehen. Er zieht die Nase kraus und lächelt gequält.

»Wirklich? Meinst du, dass das richtig ist?«

Sie nickt überzeugt. »Ja, auch mein Arzt war der Meinung ...« Unwillkürlich verstummt sie und beißt sich auf die Unterlippe.

»Dein Arzt? Du gehst zu einem Arzt?« Er klingt nicht besorgt, sondern verärgert. »Was ist das für ein Arzt? Ein Arzt für Erschöpfungszustände?« Er geht auf sie zu und bleibt unmittelbar vor ihr stehen.

Sie atmet tief ein, bevor sie antwortet. »Ein Psychiater. Ich gehe zu einem Psychologen, seit einigen Monaten schon. Seitdem du ... Du weißt schon.« Sie schweigt wieder, aber sie hält seinem Blick stand, der kalt geworden ist.

»Was hast du ihm erzählt?«, fragt er leise, und sie zieht die Schultern hoch. Plötzlich ist die Klimaanlage zu kalt eingestellt.

»Nicht viel«, murmelt sie. »Aber ich musste ja einen Grund haben, warum ich so lange krank war und nicht arbeiten konnte. Ich kann doch meine Arbeit nicht aufgeben, das hast du doch nicht gedacht, oder?«

Er schüttelt den Kopf, aber sie sieht, dass er genau das gedacht hat. Wut steigt in ihr auf. »Marc, du weißt am besten von allen, was wir beide gehabt haben. Was wir jetzt haben. Aber ich lebe für diesen Beruf, ich habe hier viele Jahre damit verbracht und dafür gekämpft, so weit zu kommen. Ich kann nicht zulassen, dass du mir das kaputt machst. Das musst du verstehen, bitte.«

Sie greift nach seinem Arm und will ihn festhalten, aber er windet sich heraus und macht ein paar Schritte rückwärts auf die Tür zu.

»Wie du meinst«, sagt er frostig. »Ich bin an meinem Platz. Wenn du mich brauchst, weißt du, wo du mich findest.« Dann nimmt er die schwere, schwarze Tasche vom Boden auf und zieht die Tür hinter sich zu.

Aufatmend lässt sie sich auf einen der kleinen Sessel fallen und legt den Kopf auf die Knie. Was hatte sie erwartet? Dass er glücklich wäre, sie hier wiederzusehen? Er hatte doch beruflich erreicht, was er wollte. Innerhalb nur weniger Monate hatte er es geschafft, sie zu ersetzen, ihre Position einzunehmen, für die sie jahrelang gekämpft hatte.

Sie hatte ja schon befürchtet, dass er die ganze Zeit nur darauf aus gewesen war, doch die Tatsache, dass er sie nach Paris eingeladen hatte, als sie sich ihm vorsichtig näherte, hatte diese Bedenken wieder ausgelöscht.

Er hatte wohl nicht damit gerechnet, dass sie zurückkäme. Ganz offenbar war er sich seiner Sache sehr sicher gewesen. Und was soll sie nun tun?

Entschlossen steht sie auf und ruft Natalie zu sich.

Sie wird kämpfen, diesmal.

Um sich, um ihren Job, und um ihn. Sie wird heute Nachmittag mit Dr. Sterling reden und ihm alles erzählen, und er wird wissen, was zu tun ist.

***

»Danke, dass Sie sich so kurzfristig Zeit für mich genommen haben«, sagt sie lächelnd und beobachtet seine Reaktion auf ihre Erzählung.

Er schluckt und nickt, aber sie sieht Ärger in seinen Augen. »Rebecca, es ist gut, dass Sie sich so rasch an mich gewendet haben, aber was Sie mir da gerade erzählt haben, lässt mich wirklich verzweifeln.«

»Wieso?« Empört schiebt sie eine Locke hinter die Ohren und schlägt die Beine aufreizend übereinander. Ihre Erzählung von Paris hat ihn erregt, das hat sie genau beobachtet und das kann er nicht leugnen. Er ist kein besserer Mensch als sie, nur weil er Psychologe ist und angeblich so ein guter Menschenkenner.

»Ich habe Ihnen erklärt, dass ich alles im Griff habe. Es wird mir nicht mehr passieren, mich so von ihm erniedrigen zu lassen. Im Gegenteil, ich bin durch die ganzen Geschehnisse stärker geworden, und was wir in Paris erlebt haben, sollte Ihnen doch Beweis genug sein, dass wir durchaus eine normale Beziehung führen können.«

Dr. Sterling lacht laut. »Rebecca, Sie sollten sich selbst hören! In welcher normalen Beziehung kommt eine organisierte Vergewaltigung der Partnerin durch so genannte Freunde vor? In welcher normalen Beziehung lässt der Mann es zu, dass seine Freundin von anderen Männern vor seinen Augen geliebt wird? In welcher normalen Beziehung hört die Partnerin durch eine verschlossene Zimmertür, wie sich der geliebte Mann mit zwei anderen Frauen vergnügt und diese offenbar auch noch körperlich züchtigt? In welcher normalen Beziehung kann eine Frau ihren Partner nicht einmal besuchen, wenn ihr danach ist, sich an ihn kuscheln, wenn sie ihn braucht, weil er ihr den Zutritt zu seinem Leben, seiner Wohnung, verwehrt und sie nur dann zu sich ruft, wenn ihm danach ist?« Er redet sich regelrecht in Rage. Gleich fallen ihm die Augen aus dem Kopf.

»Sie sind doch nur neidisch«, antwortet sie empört und funkelt ihn mit sadistischem Leuchten in den Augen an. »Sie sind doch nur neidisch, weil Ihr eintöniges Leben mit ein bisschen Chichi hier und ein bisschen Chichi da sie anödet! Geben Sie ruhig zu, dass meine Erzählungen Sie erregt haben, ich habe es sowieso genau gesehen. Wahrscheinlich träumen Sie doch nur davon, mich einmal genauso ranzunehmen wie nur Marc es darf, mich über ihr Sofa zu werfen, meinen Rock hochzuschieben und mich hemmungslos in den Arsch zu ficken, weil ihre brave Ehefrau das sowieso nicht zulässt.«

Es ist endgültig vorbei mit seiner Beherrschung. Die schwarze Kladde fällt polternd auf den Boden, als er von seinem Stuhl aufspringt und sie vom Sofa hochreißt, mit den Händen um ihre Pobacken fasst und seine Lippen auf ihre presst, fest und hart, den Widerstand mit der Zunge zielstrebig durchstoßend.

Sie windet sich in seinen Armen und stößt ihn weg, aber er ist stärker als sie und umklammert ihre Hüften, ohne von ihr abzulassen.

»Dr. Sterling«, ruft sie konsterniert, als seine Hände unter ihren Rock greifen und grob über ihre Spalte streichen. Natürlich kann er Feuchtigkeit entdecken, denn die Schilderungen von ihrem Ausflug nach Paris haben auch sie erregt. Aber dass er sich einfach so an ihr zu schaffen macht, schlägt dem Fass den Boden aus.

Als er von ihr ablässt und hastig an seiner Hose nestelt, kann sie sich aus seinem Griff befreien und läuft wütend aus dem Haus auf die Straße.

Sie weint nicht. Dazu gibt es ja keinen Grund. Nur ein beklommenes Gefühl macht sich in ihrer Brust breit, das eher einem Abschiedsschmerz gleicht. Sie wird nie wieder mit Dr. Sterling sprechen können, und damit ist der einzige Mensch aus ihrem Leben verschwunden, dem sie beinahe alles anvertraut hat. Der einzige Ratgeber, der ihr helfen konnte.

Jetzt war sie wieder allein und auf sich gestellt, und bevor sie die Beziehung mit Marc nicht auf eine vernünftige Ebene gebracht hatte, konnte sie auch mit Stacy nicht über ihn sprechen. Die Freundin würde nicht verstehen, wie sie sich wieder auf ihn einlassen konnte.

Doch etwas war ihr klar geworden, und schweren Herzens traf sie eine einsame Entscheidung, die ihr Leben verändern sollte.

KAPITEL 19

Stacy schiebt ihre neue Brille auf die Nase und zwinkert. »Blödes Ding. Ich kann mich nicht dran gewöhnen. Und Altersweitsichtigkeit klingt ja nun ziemlich uncharmant.«

Rebecca lacht. »Damit musst du dich wohl abfinden. Aber ich finde, sie steht dir gut.«

»Wie geht es dir mit Marc in einem Büro?«, fragt die Freundin besorgt und blinzelt durch die Gläser.

Rebecca seufzt. »Eigentlich besser als befürchtet«, sagt sie und spürt, dass sie rot wird. Sie lügt ihre Freundin nicht gern an, aber sie kann ihr unmöglich erzählen, was sie in den letzten Wochen getan hat, sie hätte kein Verständnis dafür.

»Er ist nicht gerade begeistert davon, dass ich wieder da bin, aber er hat sich rasch gefügt und arbeitet mir gut zu.« Das stimmt nicht, denn er verschwindet gern zwischendurch zu angeblichen Terminen oder lehnt Gespräche mit ihr aus angeblichem Zeitmangel ab.

»Ich bin gespannt, ob er freiwillig hier im Unternehmen bleibt. Er hat doch bestimmt nicht damit gerechnet, dass du wirklich zurückkommst, ich glaube, er war sich seiner Sache sehr sicher.« Stacy ist offenbar noch immer davon überzeugt, dass er es nur auf ihren Job abgesehen hatte.

Rebecca schnaubt. Wenn Stacy wüsste, was sie in Paris alles mit ihm erlebt hatte, wie liebevoll und zärtlich er zu ihr gewesen war, würde sie das sicherlich nicht denken.

Sie glaubt nicht daran, und es würde ihr gelingen, ihre berufliche Verbindung wieder in normale Fahrwasser zu bringen. Warum sollten sie nicht Beruf und Privatleben trennen können? Viele Paare taten das doch, arbeiteten zusammen und liebten sich privat, es könnte auch ihnen möglich sein.

Sie träumt von einem gemeinsamen Leben mit Marc. Noch nie hat ein Mensch sie emotional so aufgewühlt wie er, und sie liebt ihn für seine Leidenschaft ebenso wie für die Härte, die er sie immer wieder spüren lässt.

Sie kann damit leben, nicht die Einzige zu sein. Was bedeutet es schon, in einer monogamen Beziehung zu leben? Lebenslange Entbehrungen, ein Leben jenseits der Natur, die das doch gar nicht vorgesehen hat. Sie ist nicht religiös, und gesellschaftliche Konventionen sind dazu da, sie zu durchbrechen. Oder nicht?

***

Er sitzt vor ihrer Tür und wartet auf sie. Natalie verdreht die Augen, als sie das Vorzimmer betritt, und deutet auf ihn. »Er wartet«, sagt sie und rümpft die Nase.

Rebecca begrüßt ihn höflich und lässt ihn eintreten.

Wortlos geht er zu einem der kleinen Sessel und setzt sich darauf, die Beine leicht gespreizt vor sich auf den Boden gestellt.

»Chéri«, sagt er und lächelt. »Geht es dir gut?«

Sie nickt, ihr Herz pocht bis zum Hals. Er ist nett, beinahe normal, obwohl sie ihn die ganze Woche nur im Büro gesehen hat und er keine Anstalten machte, sie zu sich einzuladen oder sie zu Hause aufzusuchen.

»Ich habe Sehnsucht nach dir«, flüstert sie und legt das Gesicht in sein Haar, das nach herbem Shampoo und Zigaretten riecht. Tief atmet sie seinen Geruch ein und fasst vorsichtig mit einer Hand in seinen Nacken.

Er hebt den Kopf und sieht sie an. »Ich meinte, wie es dir hier im Büro geht«, sagt er etwas schroff. Er verzieht keine Miene, undurchschaubar wie ein perfekter Pokerspieler.

Enttäuscht zieht sie sich zurück und setzt sich ihm gegenüber.

»Brauchst du meine Hilfe? Du wirst eine Zeit benötigen, um wieder in die Arbeit zu finden«, sagt er weiter. »Das aktuelle Projekt ist sehr umfangreich, wie du sicherlich gesehen hast. Meinst du, dass du es allein schaffen wirst?« Er sieht sie herausfordernd an, die schwarzen Augen blitzen.

Natürlich wird sie das schaffen, sie hat jahrelange Erfahrung mit solchen Projekten, so umfassend sie sein mochten. Aber sie wird es nicht mehr lange schaffen, ihn hier im Büro zu sehen und ihn nicht anfassen zu dürfen, ihn nicht zu küssen. Sehnsüchtig zieht sich ihr Unterleib bei seinem Anblick zusammen. Wie ein pawlowscher Hund reagiert ihr Körper noch immer auf ihn.

»Er hat sie konditioniert«, hatte Dr. Sterling gesagt.

Die Hormone. Drogen.

Seufzend schüttelt sie den Kopf. »Ich mache mir keine Sorgen um den Job«, sagt sie und sieht ihn fest an. »Ich bin gut darin, und das weißt du. Ich mache mir Sorgen um uns. Ich dachte, nach Paris sei alles anders. Aber seitdem ich wieder hier bin, ignorierst du mich, rufst mich nicht an, willst mich nicht sehen ... Warum machst du es mir so schwer?« Sie will aufstehen und sich an ihn drücken, sich auf seinen Schoß setzen und seinen Schwanz an ihren Pobacken spüren, aber er verschränkt die Arme vor der Brust und lächelt spöttisch.

»Ich kann dir eine andere Stelle besorgen«, sagt sie leise und beobachtet seine Reaktion. »Eine bessere Stelle. Du hast dich hier ja sehr gut bewährt, und ich weiß, dass in der Nachbarabteilung bald eine Stelle frei wird. Jeanny ist schwanger.« Sie lacht triumphierend. »Sie hat es mir heute Morgen erzählt, und du könntest dort als Abteilungsleiter arbeiten. Ich würde dich empfehlen und ich bin mir sicher, dass du die Stelle kriegen wirst. Wäre das nicht ein Kompromiss?«

Er runzelt die Stirn und beugt sich auf dem Stuhl vor, stützt die Ellbogen auf die Knie und legt das sorgfältig rasierte Kinn hinein. »Du weißt, dass ich nicht der Richtige bin für Kompromisse«, antwortet er, und seine Augen wirken kälter als das Eis, das Stacy zum Nachtisch gegessen hat.

Sie fröstelt plötzlich und zieht unwillkürlich die Schultern zusammen. »Was willst du?«, ruft sie, beinahe verzweifelt. »Wir müssen doch eine Lösung finden! Ich gebe mir Mühe, aber du ignorierst mich einfach. Ich kann so nicht weitermachen, Marc! Ich bin nicht mehr die willenlose Rebecca, mit der du machen konntest, was du wolltest. Ich bin stark und ich werde es dir beweisen. Ich liebe dich.« Tränen schießen in ihre Augen, als er aufsteht und sich zur Tür wendet. »Ich liebe dich!«, wiederholt sie flehend und will ihn festhalten, greift nach seinem Arm, um ihn zu sich heranzuziehen und ihn zu küssen

»Rebecca«, sagt er zum Abschied, »du irrst dich.« Dann verlässt er ihr Büro.

Weinend bleibt sie vor der Tür stehen und starrt auf das graue Resopal, das noch nie so trostlos gewirkt hat wie in diesem Moment. Nein, sie irrt sich nicht. Er kann sie nicht weiter von sich stoßen, sie ist stark und sie wird ihm die Stirn zeigen. Und wenn er sich nicht auf ihre Vorschläge einlassen will, wird er damit leben müssen, dass sie ihre ganze Macht ihm gegenüber ausspielt. Sie ist seine Vorgesetzte, solange sie das so will, und offenbar ist jetzt der Zeitpunkt gekommen, ihre Entscheidung in die Tat umzusetzen. Morgen wird sie es ihm sagen. Morgen würde sie ihn vor vollendete Tatsachen stellen. Die Angst vor seiner Reaktion lässt sie erschauern, aber sie widmet sich trotzig wieder der Arbeit und fährt am Abend allein nach Hause, einer unruhigen, schlaflosen Nacht entgegen.

Kapitel 20

»Wie bitte?« Seine Augenbrauen sind fast bis zu den Haarwurzeln hochgezogen, als er sie mit kühlem Blick mustert.

Sie steht auf, um größer zu erscheinen, und versucht, ihre zitternden, eiskalten Hände zu verbergen und den Schmerz zwischen ihren Beinen zu ignorieren.

»Du hast mich schon verstanden«, sagt sie leise und sieht ihm fest in die Augen. »Ich werde dich entlassen«, wiederholt sie. Sie hat es gesagt.

»Es ist sicher besser für uns«, versucht sie einzulenken und geht nervös auf ihn zu. Sie kann die Wut in seinem Hirn förmlich knirschen hören, seine Augen sind starr und kalt auf sie gerichtet, die Hände hat er in den Hosentaschen zu Fäusten geballt.

»Marc, bitte, wir können so nicht weitermachen, und der Job ist mir wichtig, das weißt du! Ich werde ihn nicht für dich aufgeben, aber ich bin auch nicht bereit, dich aufzugeben!« Ihre Hände machen eine verzweifelte Geste, für die sie sich gerade selbst ohrfeigen könnte. Wie autoritär, bitte sehr, wirkt das wohl auf ihn?

Und natürlich hat er diese kleine unbewusste Regung genau gesehen und richtig interpretiert. Er ist ein guter Beobachter, vor dem sie nur wenig verbergen kann. Schon ist das genussvolle, siegessichere Lächeln wieder da, blitzen die dunklen Augen und verursachen ihr weiche Knie.

»Chéri«, sagt er leise und geht langsam auf sie zu, streckt die Hände nach ihren aus, die sie willenlos und tonlos in seine legt, wo er fühlen muss, wie kalt und schweißnass sie sind. Er ist wie ein Hund, der ihre Angst riecht, denkt sie, sie hat keine Chance, ihm zu entkommen oder ihm etwas vorzumachen. Er nimmt ihre Witterung auf und stürzt sich auf sie, um sie zu erlegen. Verzweifelt versucht sie, ihre Haltung zu wahren, aber ihre Knie werden weich und die eiskalten Hände klammern sich fest an seine.

»Es ehrt dich, dass du so einen Bluff versuchst. Aber du weißt doch ebenso gut wie ich, dass das so nicht funktioniert. Wenn du mich im Büro nicht mehr täglich siehst, werde ich doch aus deinem Leben fort sein. Wie willst du mich kriegen? Ich könnte dich verlassen, die Stadt verlassen, zurückgehen nach Paris ... Willst du das wirklich?« Er streicht mit seiner Hand über ihren Nacken, fährt durch ihr Haar, und die Liebkosung hat sofort die gewünschte Reaktion ihres Körpers zur Folge, der sich nun prickelnd gegen die aufsteigende Panik auflehnt, die seine Drohung in ihr ausgelöst hat, und sich an ihn drängt.

»Wir werden eine Lösung finden, Chéri«, murmelt er in ihr Haar und küsst sie wieder. Und natürlich weiß er, wie er sie beruhigt, ihre Aufregung stillt, die sie einige Nächte nicht hat schlafen lassen.

Behutsam hebt er sie empor, setzt sie auf ihren Schreibtisch, und noch ehe sie protestieren kann, kniet er zwischen ihren Schenkeln, schiebt den Slip zur Seite und lässt auf diese unnachahmlich freche und direkte Art seine Zunge auf ihrem Lustzentrum spielen, bis sie sich ergibt, den Oberkörper entspannt, die Augen schließt und das Büro vergisst, das um sie herum ist. Seine Finger gleiten in sie hinein und wieder heraus. Mit zwei Fingern reibt er an Klitoris und Schamlippen, während seine Zunge blitzschnelle Schläge ausführt, und es dauert nicht lange, da ist sie nur noch ein wimmerndes Etwas auf ihrem eigenen Schreibtisch, auf den ihr Lustsaft tropft. Keuchend umklammert sie seinen Kopf, als sich ihr ganzer Körper in einem einzigen Krampf schüttelt.

Er hält sie lange im Arm und sie lehnt sich an ihn, beschützt und geborgen. Kann der Job ihr nicht eigentlich egal sein? Würde sie nicht auch woanders beruflich erfolgreich sein können? Müsste sie das überhaupt? Würde er sie noch lieben, wenn sie nur noch seine Geliebte wäre, die zu Hause auf ihn wartete und jeden Abend ihre ganze Lust über ihn ausschütten würde?

Nein, sie weiß, dass es nicht egal ist. Ihre Macht und Stärke sind es doch, die ihn so gereizt haben. Würde sie diese verlieren, wäre sie nur noch ein weiteres seiner Spielzeuge, das ihm sehr schnell langweilig würde. Wie ein Kind erscheint ihm ein Spielzeug nur so lange interessant, wie es sich verändert, auf ihn reagiert, ihm widerstrebt. Dann will er es erkunden, auseinandernehmen und sezieren, bis er in das Innerste gesehen und es zerstört hat. Nur, um es danach wegzuwerfen und sich dem nächsten zuzuwenden.

Madonna und Hure. Er braucht keine Madonna, das weiß sie. Und sie will nicht die Madonna sein, die in einen goldenen Käfig darauf lauert, dass ein Gotteslästerer kommt und sie daraus befreit, sie fliegen lässt.

Sie denkt an Stacy, die wilden, leidenschaftlichen Sex gegen ein gemütliches, aber langweiliges Leben als Ehefrau und

Mutter eingetauscht hat. Die zufrieden war mit den wenigen Malen im Monat, in denen sich der Mann auf sie legte und sie lust- und leidenschaftslos fickte, und die das als Liebe bezeichnete, als Vertrautheit.

Nein, Rebecca ist keine Madonna, aber sie kann auch nicht ohne ihn die Hure sein, denn er war es, der diese Bedürfnisse in ihr geweckt hatte, und nur er kann sie jetzt noch stillen. *La mienne, toujours ...*

Kapitel 21

Sie hatte ihn gestern nicht mehr im Büro gesehen, nachdem er den Zwischenfall einfach weggeküsst hatte. Und es ist ihr egal. Sie werden eine Lösung finden, hat er gesagt. Er wird sich doch bemühen, ganz sicher. Und sie wird ihn heute Abend einfach zu Hause besuchen, ohne auf ein Zeichen von ihm zu warten. Die schnelle Nummer im Büro hat ihre Sehnsucht nur verstärkt, sie will sich nicht länger von ihm benutzen lassen. Sie will ihn benutzen, sie braucht ihn doch.

Sie betritt ihr Vorzimmer, in dem die junge Sekretärin schon dabei ist, frischen Kaffee zu kochen. »Hey, guten Morgen! Ist Marc schon da?«, fragt Rebecca, und Natalie greift sofort zum Telefonhörer, um seine Nummer zu wählen.

»Geht nicht ran«, sagt sie nach einer Weile achselzuckend und legt auf. »Soll ich ihn suchen?«

Rebecca nickt. »Das wäre lieb von dir.«

»Ach, und du sollst zu Dr. Johnson rauf, wenn du hier bist. Er hat vorhin angerufen und klang etwas aufgeregt. Keine Ahnung, was er hat, aber besser, du gehst gleich mal nach oben. Die haben ja immer ihre Wehwehchen, die Vorstände.« Natalie grinst und verlässt das Zimmer.

Rebecca legt ihren Laptop auf dem Schreibtisch ab und überfliegt kurz ihre E-Mails. Keine Nachricht von Marc, auch hier nicht. Sie sieht auf ihre Uhr. Schon halb zehn, normalerweise ist er ja immer früh hier. Sie muss die Sache mit ihm regeln, sonst findet sie keine Ruhe.

Nachdenklich geht sie durch den Flur zum Aufzug, um in die 25. Etage hinaufzufahren, in der ihr höchster Chef auf sie wartet. Auf dem Weg begegnet ihr Natalie, die mit dem Kopf schüttelt.

»In seinem Büro ist er nicht«, sagt sie und hebt bedauernd die Hände.

Rebecca seufzt. »Schon gut. Er wird irgendwann kommen.«

***

Der Vorstandsvorsitzende ist allein in seinem Büro. »Setzen Sie sich«, befiehlt er in ungewöhnlich unfreundlichem Ton, als sie durch die Tür hereinkommt. Sie gehorcht und nimmt auf einem Stuhl vor seinem Schreibtisch Platz. Das Büro ist groß und bedeutend schöner als ihres. Die hintere Wand besteht komplett aus Glas und gibt einen atemberaubenden Blick über die Silhouette der Stadt frei. An den Wänden hängen teure Kunstwerke von modernen Künstlern, drei große exotische Pflanzen in hochwertigen Marmortöpfen sorgen für etwas Grün.

Nun sitzt sie da und kommt sich plötzlich klein vor im Angesicht der Macht.

Das ist neu, bisher hatte sie keinerlei Autoritätshörigkeit und selbst vor den obersten Vorgesetzten keine Scheu gehabt. Der grauhaarige Herr blickt sie durch seine Brille scharf an, dann steht er auf, geht um den Schreibtisch herum, bleibt vor ihr stehen und reicht ihr wortlos einen breiten, braunen Briefumschlag.

»Was …?«, fragt sie verdutzt und streckt die Hand aus, um den Umschlag entgegenzunehmen und zu öffnen. Als sie die Fotos erkennt, steigt hitzige Röte in ihr auf. Sie will gar nicht näher hinsehen, sie erkennt sofort, was darauf ist, erkennt sich selbst, ihren Körper, ihre Wollust, und dazwischen seine dunklen Haare, doch sein Gesicht ist zwischen ihren Schenkeln vergraben und auf den Fotos nicht zu identifizieren.

Ihr Gesicht brennt, die Augen fangen an zu tränen, was soll sie nun sagen, antworten, erklären?

»Ich … Woher …«, beginnt sie stotternd, doch der Vorstandsvorsitzende schneidet ihr mit einer Handbewegung die Worte ab.

»Rebecca, diese Bilder haben heute Morgen auf meinem Schreibtisch gelegen. Ist Ihnen klar, dass ich ein solches Verhalten nicht dulden kann? Was ist Ihnen eingefallen, Ihre Liebschaften ausgerechnet hier im Büro auszuleben?« Seine Stimme wird lauter und höher, er ist deutlich nervös. Sie sieht Schweißperlen auf seiner Stirn, als er ihr die Fotos aus der zitternden Hand nimmt. Er betrachtet sie nicht näher, sondern legt sie schnell auf den Schreibtisch zurück. Dann rückt er seine Brille gerade. »So etwas kenne ich nur aus schlechten Filmen und von den männlichen Mitgliedern der so genannten besseren Gesellschaft«, sagt er leise. »Dass auch unsere weiblichen Führungskräfte ihre Macht ausnutzen und sich im Büro sexueller Freuden hingeben, ist neu für mich. Ist das eine Folge der Emanzipation?« Er schüttelt den Kopf und sieht sie traurig an. »Gehen Sie nach Hause. Wir werden in der Vorstandssitzung morgen besprechen, wie wir mit Ihnen umgehen.« Sie schluckt und nickt, den Kopf demütig gesenkt. Bei dem Gedanken, dass der gesamte Vorstand diese Bilder sehen wird, wird ihr übel. Sie würde ihr Ansehen in dieser

Firma verlieren, und sie weiß, dass solche Geschichten ganz schnell die Runde machen. Sie würde sogar in Seattle nie wieder einen Job finden, so eine Geschichte hinterlässt dicke, braune Flecken in der Personalakte.

Bedrückt verlässt sie das Büro, fährt mit dem Aufzug in die Tiefgarage, steigt in ihren Mercedes, und als sie den Motor anlässt und die Scheinwerfer aufflackern, löst sich endlich eine Träne aus ihrem Augenwinkel und rinnt unendlich langsam ihre Wange hinab.

Sie hält es zu Hause nicht aus. Sie muss sehen, ob er da ist. Nur er kann die Fotos auf den Schreibtisch gelegt haben, aber warum? Sie weint und zittert, als sie das Auto verlässt und die Straße überquert, um das kleine Tor zu öffnen, das offen steht. Doch ihr Klingeln wird nicht beantwortet.

Sie bleibt im Auto sitzen und fixiert den Hauseingang. Irgendwann wird er kommen, und dann wird sie ihn zur Rede stellen. Sie hat Hunger und Durst, aber sie ignoriert die Gefühle, nimmt die Schachtel Zigaretten aus dem Handschuhfach, die er dort deponiert hat, und raucht. Lässt sich von dem stinkenden Qualm, der sich rasch im Innenraum des Autos sammelt und in ihren Augen brennt, einhüllen. Den ganzen Nachmittag verharrt sie auf dem Fahrersitz, das Handy auf dem Schoß, um keinen Anruf, keine Nachricht zu verpassen.

Erst am Abend fährt ein Auto, das sie nicht kennt, vor und hält direkt vor dem Tor. Eine brünette Frau um die dreißig sitzt darin. Marc steigt auf der Beifahrerseite aus und hält der Frau die Tür auf.

Rebecca versteckt sich hinter dem Lenkrad, obwohl er natürlich ihr Auto sofort erkennen würde, das er ja gut kennt. Aber sie will ihn jetzt nicht ansehen müssen, sie will das mit ihm allein klären, nicht im Beisein einer seiner anderen Frauen.

Nach ein paar Minuten wagt sie es, langsam wieder aufzutauchen und durch das Fenster zu schauen. Das fremde Auto steht auf der anderen Straßenseite, es ist leer. In seinem Wohnzimmer brennt Licht.

Entschlossen steigt sie aus, öffnet das kleine Tor und ist nicht erstaunt, dass die schwere, alte Haustür nicht verschlossen ist.

Natürlich hat er ihren Wagen gesehen, und natürlich wird er auf sie warten, um sie mit der anderen Frau zu demütigen. Es ist ihr egal. Sie muss ihn zur Rede stellen, muss wissen, warum er ihr das angetan hat.

Wut und Angst mischen sich in ihrem Bauch und machen ihre Schritte entschlossen, als sie bewusst laut die breite Treppe emporsteigt, die nur angelehnte Wohnungstür aufdrückt und ein lautes »Hallo?« in den dunklen Flur ruft.

Sie schließt die Tür hinter sich und geht zur Wohnzimmertür, die nur angelehnt ist. Durch einen Spalt kann sie hindurchsehen.

Die fremde Frau liegt auf der Chaiselongue. Sie trägt ein enges, schwarzes Kleid und hohe Schuhe ohne Strümpfe. Die langen Haare hat sie kokett über die Schulter geworfen, und jetzt taucht Marc von der Seite auf, reicht der Frau ein Glas Champagner und küsst sie in den Nacken, hebt die schweren Haare an und taucht sein Gesicht hinein, atmet ihren Duft ein.

»Chéri, du bist wunderschön«, hört sie ihn flüstern, dann lässt er seine Lippen wandern, küsst ihren Hals, und die Frau macht ein glucksendes, gurrendes Geräusch.

Ihr Magen verkrampft sich schmerzhaft. Sie kann nicht wegsehen, kann ihren Blick nicht von den beiden lösen, muss zusehen, wie er die Frau weiter liebkost, wie seine Hand unter ihr Kleid fährt, wie sie seufzend die Augen verdreht und sich nach hinten fallen lässt, das Champagnerglas auf dem Boden abstellt und ihn weiter küsst.

Er weiß, dass sie da ist, das ist ihr klar, die offenen Türen waren ihre Einladung gewesen. Und sie weiß, dass er sie mit diesem Anblick demütigen will. Sie soll gefügig sein, soll wissen, dass er ihr jederzeit alles nehmen kann, dass er es ist, der die Regeln in diesem Spiel bestimmt.

Sie weint leise und stumm, während sie mit zitternden Knien hinter der Tür stehenbleibt und zusieht, wie er die fremde Frau liebt, wie sie seufzt und stöhnt, wie er sie lange und heftig vögelt.

Das Gefühl für die Zeit hat sie verloren, und trotz der Eifersucht und Trauer um ihn ist Erregung in ihr hochgekrochen. Aber sie weiß, dass es heute keine Erfüllung für sie geben wird.

Als er endlich nach viel zu langer Zeit von der Frau ablässt, weicht sie hinter der Tür in den Flur zurück und überlegt, ob sie einfach gehen soll. Sie muss eine Antwort haben, sie kann jetzt nicht gehen und riskieren, nicht zu wissen, was er mit ihr vorhat.

Aber er schickt die andere Frau nicht nach Hause. Diese Erkenntnis schneidet wie ein Schwert tief in sie hinein. Sie sitzt im Flur auf dem Boden, die Knie wie ein ängstliches Kind angezogen, und lauscht den Stimmen und Geräuschen aus dem Wohnzimmer. Er spielt Klavier, die Frau lacht glockenhell, und er summt die Melodie mit, die er auch ihr so oft vorgespielt hat.

Ihr Magen knurrt so laut, dass sie sicher ist, die beiden im Wohnzimmer müssten ihn hören können. Ihre Kehle ist ausgedörrt, ihre Lippen trocken.

Leise weinend verlässt sie die Wohnung und fährt geschlagen nach Hause.

Kapitel 22

Marc taucht am nächsten Tag nicht im Büro auf.

»Er hat sich krank gemeldet«, sagt Natalie. »Allerdings auf eine höchst merkwürdige Art.« Die junge Sekretärin runzelt die Stirn und tut damit ihr Missfallen kund.

»Was hat er gesagt?« Natalie tippt sich an die Stirn. »Er hat gesagt, er habe ein persönliches Problem zu klären und könne daher heute nicht hier erscheinen. Und dann habe ich eine Frau kichern hören. Ehrlich, der wird immer frecher, dabei hatte er sich ganz gut im Griff, als du nicht da warst. Vielleicht fehlt ihm die Verantwortung?«

Rebecca seufzt leise und zieht ihre Bürotür hinter sich zu. Natürlich war diese Botschaft für sie gewesen, und sie war so klar und deutlich wie die gestrige. Mit feuchten Fingern starrt sie auf das Telefon auf ihrem Schreibtisch und sieht auf die Uhr. Gleich ist die Vorstandssitzung vorbei, und sicher würde Dr. Johnson sie sofort anrufen und ihr die Entscheidung mitteilen.

Der Gedanke, dass der gesamte Vorstand sich gerade über die verhängnisvollen Bilder hermacht und in ihr lustverzerrtes Gesicht sieht, jagt ihr einen Schauer der Scham über den Rücken. Und dann kommt die Wut zurück.

Entschlossen greift sie zum Hörer und ruft Stacy an.

»Hey, Süße! Alles fit?«, fragt die Freundin gut gelaunt, und Rebecca bittet sie, sofort zu ihr hochzukommen.

»Es ist superwichtig«, sagt sie leise. »Ich habe eine Beichte abzulegen und bete inständig, dass du mir verzeihen wirst.« *Und mir helfen kannst*, denkt sie stumm.

***

Nur wenige Minuten später steht die blonde Frau atemlos in ihrem Büro.

»Ich hab die Treppe genommen«, keucht sie und schließt die Tür hinter sich. »Um Himmels willen, Becca, was hast du ausgefressen?«

Sie braucht eine ganze Stunde, um der wortlos starrenden Stacy die letzten Ereignisse zu schildern. Sie erzählt von Marc, von ihrem ersten Treffen, von Paris, und von seinem Erstaunen, als er sie im Büro entdeckte. Am Ende berichtet sie von den Fotos, die Dr. Johnson ihr brüskiert unter die Nase gehalten hatte.

Stacy lässt sich stöhnend in den Stuhl sinken und schließt die Augen. »Meinst du, Natalie kann uns einen Schnaps besorgen?«, fragt sie und sieht Rebecca an, die schuldbewusst ihrem Blick ausweicht.

»Mensch, Becca, wie konnte dir das passieren? Ich dachte, du hast aus der ganzen Geschichte gelernt. Du weißt doch, wie er ist! Und mir war sowieso klar, dass er nur deinen Job wollte.« Stacy schüttelt den Kopf, dass die langen Locken fliegen.

Rebecca seufzt. »Das glaube ich nicht. Das ist doch nur wieder einer seiner Tricks, mich gefügig zu machen. Er will mir zeigen, wer der Herr im Hause ist, das tut er doch immer. Und dann ergötzt er sich daran, wenn ich mich in meinem Leid suhle.«

»Ehrlich, aber das ist doch wirklich die Höhe. Du solltest mit einem Anwalt sprechen. Feuern können sie dich nicht wegen so was, das ist höchstens eine Abmahnung wert. Da bin ich mir ganz sicher! Schließlich kann er nicht beweisen, dass er das auf den Bildern ist, oder? Mit einem Mitarbeiter, erst recht mit einem Assistenten, in deinem Büro Sex zu haben, ist sicherlich schlimm, damit handelst du dir eine Anzeige wegen sexueller Nötigung ein. Aber es weiß ja niemand, wer der Typ ist, und es kann sich doch um deinen Lover handeln, der dich abholen wollte und dich gleich hier und jetzt vernascht hat. Das ist zwar vielleicht nicht ganz okay, aber keine Straftat. Ich such dir die Nummer von meinem Anwalt raus, der ist prima und kann dir ganz sicher helfen. Sprich mit ihm, wenn du vom Vorstand gehört hast. Bitte, Becca. Gib nicht einfach auf!«

Stacys Augen glitzern vor Tränen, und Rebecca schämt sich dafür, dass ihre Freundin sich solche Sorgen um sie machen muss.

Sie ist ja selbst schuld an ihrer Misere. Sie hat ihn herausgefordert und versucht, eine ebenbürtige Partnerin zu sein, ihn in seine Schranken zu verweisen. Und nun will er ihr eben zeigen, dass sie das nicht ist, dass er immer besser ist als sie, dass er sie gar nicht braucht, im Gegensatz zu ihr, die ohne ihn so schlecht leben kann.

Stacy geht zurück in ihr Büro und lässt sie mit dem Telefon allein zurück, dessen gefährliche Stille sie in den Wahnsinn treibt.

»Natalie? Hat Dr. Johnson sich zufällig schon bei dir gemeldet?«, fragt sie, aber die Sekretärin schüttelt den Kopf.

»Nein, hat er nicht. Ich würde ihn ja durchstellen, wenn er anruft«, sagt sie und zwinkert ihr zu. »Ist irgendwas los? Du wirkst so aufgelöst heute.«

Rebecca schüttelt den Kopf und versucht zu lächeln. »Alles klar. Ich warte nur auf einen sehr wichtigen Anruf.«

Erst gegen Mittag wird sie erlöst. »Rebecca? Wir haben beschlossen, Sie erst einmal für eine Woche von der Arbeit freizustellen. Der Vorstand ist sich nicht sicher, wie wir mit Ihnen umzugehen haben, ein Teil der Herren ist der Meinung, es sei sozusagen nicht schlimm, der andere Teil, zu dem leider auch ich gehöre, ist sehr entgeistert von Ihnen. Wir brauchen also ein paar Tage, um uns einig zu werden. Bis dahin muss ich Sie bitten, die Arbeit niederzulegen, solange wir nicht wissen, wie wir das Problem handhaben.«

Stöhnend legt sie auf und packt ihren Laptop in die große Tasche zurück. Dann verlässt sie das Büro und meldet sich bei Natalie krank, die irritiert unter dem blonden Pony hindurchblinzelt.

»Was ist denn so plötzlich?«, fragt sie besorgt, und Rebecca winkt ab.

»Mir ist nur übel, sicher habe ich mir gestern Abend irgendwo den Magen verdorben. Ich bin bestimmt bald zurück.«

Sie verlässt das Büro und steigt in der Tiefgarage in ihren Mercedes. Dort sitzt sie und überlegt, welchen Weg sie einschlagen soll. Doch bevor sie losfährt, wählt sie die Nummer des Anwaltes, die Stacy ihr per E-Mail geschickt hat, auf ihrem Handy.

***

Amüsiert lächelt der attraktive Franzose sie an, und Stacy schluckt unwillkürlich. Sie richtet sich wieder zu ganzer Größe auf und nimmt die Schultern zurück. »Wenn du es nicht warst, wer soll es denn gewesen sein? Du musst Rebecca helfen, das kann für sie ein böses Ende nehmen.« Stacy ist aufgeregt, aber Marc zeigt sich höchst unbeeindruckt, und sie ist fast sicher, dass tatsächlich er hinter der perfiden Attacke steckt.

»Marc, bitte ... Rebecca zuliebe.« Sie muss sich sehr im Zaum halten, um so freundlich mit ihm zu sprechen. Sie kann sich gar nicht mehr vorstellen, dass sie diesem Luftikus auf den Leim gegangen ist und mit ihm geschlafen hat. Allerdings war es tatsächlich sehr gut, und die plötzlich aufkeimende Erinnerung an ihre Nummer in Rebeccas Büro treibt ihr die Röte in die Wangen.

Marc steckt die Hände in die Hosentaschen und lehnt sich mit überkreuzten Beinen an die Wand des Hauses, vor dem sie stehen.

»Ich weiß nicht, wie ich ihr helfen kann«, sagt er und seine Lippen zucken kaum merklich. »Ich fühle mich nicht dafür verantwortlich. Außerdem würde ich mir ja selbst damit schaden.«

Stacy schüttelt den Kopf. »Du bist nicht zu erkennen auf den Fotos, sagt Rebecca. Aber ich werde ihr raten, wenn du ihr nicht helfen willst, dass sie deinen Namen rausrücken soll. Wenn sie geht, gehst du mit. Das schwöre ich dir!« Drohend streckt sie den Zeigefinger in die Luft, bevor sie sich umdreht und gehen will.

Marc greift nach ihrem Arm und zieht sie sanft zurück. »Ich kann ihr nicht helfen«, sagt er wieder, leise. »Sie muss sich selbst helfen.«

Stacy ist wütend. Dieser Typ vögelt sich durchs Leben und lehnt jede Verantwortung für sein Tun einfach ab. Und er verletzt ihre beste Freundin. Am liebsten würde sie ihm hier sofort eine saftige Ohrfeige verpassen. Blödmann!

»Du kannst zum Vorstand gehen und erklären, dass du der Mann auf dem Foto bist, dass euer Verhalten unprofessionell, aber ein einmaliger Ausrutscher war. Das würde ihr doch helfen!« Ihre Augen funkeln böse.

Marc seufzt. »Das hätte doch nur zur Folge, dass wir beide unsere Jobs verlieren. Und das wäre doch sinnlos. Es tut mir leid um Rebecca, aber vielleicht ist es besser so. Für alle.« Er wendet sich ab und geht auf die Haustür zu.

Stacy schnaubt empört. »Das könnte dir so passen!«, ruft sie wütend hinter ihm her. »Das war doch von Anfang an dein Plan, oder?«

Vor seiner Tür bleibt er stehen und dreht sich zu ihr um. Seine Augen sehen noch dunkler aus als sonst, seine Haut ist blasser als gewöhnlich, und die gepflegten Brauen sind wütend zusammengezogen.

Unbewusst weicht sie zwei Schritte zurück und stolpert über einen Stein.

»Mein Plan? Wenn das mein Plan gewesen wäre, hätte ich ihn schon vor einem Jahr durchgeführt«, sagt er leise und lächelt böse. »Nein, hier geht es um etwas ganz Anderes, etwas zwischen Rebecca und mir. Aber du bist doch klug und wirst es sicher herausfinden.« Jetzt lacht er spöttisch und verschwindet im Hauseingang. Die schwere Tür fällt geräuschvoll hinter ihm ins Schloss.

Stacy läuft zu ihrem Auto zurück und macht sich auf den Weg. Sie muss Rebecca warnen, der Typ ist ein gefährlicher Psychopath, das hat sie nun endgültig in seinen Augen gesehen. Und dies wäre sicherlich nicht sein letzter Streich, sollte er damit einfach so durchkommen.

Kapitel 23

Rebecca parkt einen Häuserblock weiter, nur keine Aufmerksamkeit erregen. Mit geducktem Kopf geht sie die Straße entlang, es ist dunkel, aber noch warm genug, um nicht frieren zu müssen. Trotzdem ist ihr kalt.

Als sie vor dem Haus steht und hinaufblickt, macht ihr Herz einen Sprung vor Aufregung. Hinter den Vorhängen ist eindeutig Licht, er ist tatsächlich zu Hause.

Mit zitternden Händen schiebt sie das kleine Tor auf, es ist geöffnet. Sie geht hinein und drückt beide Hände gegen die Haustür, die sofort dem Druck nachgibt und sich langsam aufschiebt.

Damit hat sie nicht gerechnet, offenbar erwartet er jemanden. Oder ahnte er, dass sie kommen würde? Nervös sieht sie sich um, doch hinter ihr ist niemand, die Straße ist leer, die meisten Häuser in der Nachbarschaft schon dunkel.

Das Büro unten im Haus ist natürlich verlassen, am Wochenende und erst recht um diese Uhrzeit arbeitet hier niemand mehr.

Sie tastet im dunklen Treppenhaus nach dem Lichtschalter, und als die Lampe langsam aufflackert, geht sie die breiten Stufen hinauf zu seiner Wohnung.

Oben angekommen, bleibt sie stehen und atmet tief ein. Sie ist vorbereitet, sie hat einen Plan. Sie wird ihm heute nicht waffenlos gegenüberstehen.

Dann hebt sie die Hand, die Finger legen sich auf den Knopf neben der Tür, um zu klingeln, doch bevor sie ihn hineindrücken können, spürt sie, wie die Tür dem leichten Druck ihrer Hand nachgibt und sich nach innen leise knarrend aufschiebt. Der Flur der Wohnung ist dunkel. Sie zwinkert, doch niemand ist zu sehen.

»Marc?«, ruft sie in den Flur hinein und setzt einen Fuß vor den anderen, ganz langsam, vorsichtig wie ein Jäger auf der Pirsch. »Ich bin es, Rebecca!« Sie ist ängstlich, sie weiß nicht, wie er darauf reagieren wird, dass sie einfach so unangekündigt und ohne seine Einladung in seiner Wohnung steht. Doch die Aufregung ist stärker als die Angst, und was auch immer er heute Abend tut, sie wird es ertragen. Sie schließt die Tür hinter sich und geht langsam und wankend auf das Licht am Ende des Flures zu, das durch die geschlossene Wohnzimmertür dringt. Mit beiden Händen tastet sie sich vorsichtig durch den düsteren Flur.

Wo ist er? Vorsichtig schiebt sie die Wohnzimmertür auf und drückt nervös ihren ganzen Oberkörper dagegen, bis das schwere Holz nachgibt.

Mit klopfendem Herzen geht sie langsam vorwärts, sieht auf den Kamin, der kalt und schmutzig ist, den kleinen Tisch, die leere Chaiselongue. Doch Marc ist nicht im Zimmer.

»Marc?«, ruft sie wieder, noch immer nervös, aber auch ein wenig verärgert. Sie weiß ja, dass er da ist, und auf Katz-und-Maus-Spiel hat sie jetzt keine Lust.

Mit sicherem Schritt geht sie in das Schlafzimmer, dort muss er sein und auf sie warten – oder auf jemand anderen. Vielleicht ist jemand bei ihm? Der Gedanke durchzuckt sie wie ein Stromschlag, doch energisch zwingt sie ihre rechte Hand dazu, die Klinke herunterzudrücken und die Tür zu öffnen. Sie ist bereit, was auch immer sie sehen wird, sie wird es hinnehmen.

Er sitzt auf dem Bett in einem schwarzen, engen Hemd und einer Hose aus rauem Stoff, seine Füße sind nackt. Er wirkt müde und ein wenig ungepflegt, feine und kaum sichtbare Bartstoppeln umrahmen die sinnlichen Lippen und lassen sein sonst so feines Gesicht härter wirken.

»Marc!«, ruft sie ein letztes Mal, erleichtert und erschöpft. »Was hast du getan?« Ihre Stimme ist anklagend, und der Zorn in seinen Augen verwirrt sie.

»Du hast die Regeln gebrochen, Genevieve«, sagt er bedrohlich leise und kommt näher.

Sie atmet schwer, stützt sich an der Wand ab und versucht, sich zu schützen, aber sie weiß, dass sie keine Chance hat gegen ihn. »Warum hast du das getan?« Ihre Stimme klingt flehend, weinerlich, wie ein Opfer.

Er lacht heiser. »Du glaubst also, du bist stärker als ich«, sagt er, als er dicht vor ihr steht. Sie spürt seinen Atem in ihrem Gesicht, warm und nach Zigaretten und Wein riechend. »Du meinst, du kannst mich einfach entlassen, weil du meine Vorgesetzte bist und darüber entscheiden kannst. Du willst unser Spiel umkehren und mich degradieren, aber ich werde dir zeigen, wer von uns hier das Sagen hat.« Mit einer raschen Bewegung greift er nach ihren Armen und zieht sie zu sich heran, presst seine Lippen auf ihre, bis sie den Widerstand aufgibt und sich wieder verführen lässt.

»Wir finden eine Lösung«, keucht sie zwischen zwei Küssen, atemlos. »Du hast gesagt, dass wir eine Lösung finden.«

Er zieht sie zum Bett und wirft sie auf die Matratze. »Oh ja, Chéri«, sagt er, als er die Seidentücher unter dem Bett hervorzieht und zwischen seinen Händen durchzieht. »Wir finden sicher eine Lösung.«

***

Er hat ihre Hände mit Handschellen gefesselt und dabei immer wieder betont, wie ungezogen ihr Verhalten gewesen war, und dass er ihr das natürlich nicht nachsehen würde. Sie schluckt und schließt die Augen, die er mit einem schwarzen Tuch verbindet, sodass sie in Dunkelheit gefangen, wehrlos daliegt. Lass die Spiele beginnen!

Sie erwartet seine Strafe, sie hat sie ja selbst provoziert mit ihrer Kündigung, wenn er auch das Spiel anders fortgeführt hat als sie erwartet hatte.

Doch sie war hier, hatte sich ergeben und sich von ihm fesseln lassen, bereit, seine Bestrafung zu empfangen.

Sie liegt auf dem Rücken, blind, und hört nur seine Schritte, die im Raum umhergehen. Er raucht. Ab und zu öffnet er eine Schublade und stößt leise Flüche auf Französisch aus. Dann riecht sie seinen Atem, Zigaretten und Cognac, so vertraut.

»Genevieve«, flüstert er in ihr Gesicht, und sie kann die erbarmungslos schwarzen Augen vor sich sehen, obwohl ihre Augen nichts wahrnehmen. Doch das Tuch verhindert, dass er das Flackern in ihrer Iris sehen kann, voller Erwartung dessen, was nun kommen wird.

»Du warst mein liebstes Spielzeug, bis du ungehorsam wurdest. Warum hast du das getan?«

Sie schnieft kurz, dann antwortet sie trotzig. »Ich liebe dich.«

Er zuckt kaum merklich zurück, sie weiß, wie sehr ihn diese Worte treffen.

»Ich will dich nicht aufgeben. Aber es muss aufhören. Du musst aufhören.« Ihre Stimme versagt, als er unwirsch drei Finger zwischen ihre Beine schiebt und sie spreizt. Sie versucht, an etwas anderes zu denken, nicht feucht zu werden, ihm nicht zu zeigen, dass sie sich doch danach sehnt, nach seiner Berührung, nach seinem Schwanz.

Sie will sein Spiel mitmachen und zerrt mit beiden Armen an den Handfesseln, bis das Bett unter ihr aufstöhnt. Natürlich kann sie sich nicht befreien, er ist ja kein Anfänger und die Handschellen sind stabil. Die Metallkanten schneiden tief in ihre Haut ein und werden Spuren hinterlassen.

Er fickt sie kurz und schnell mit den Fingern, und sie kann nicht verhindern, dass die Lust sich in ihr sammelt.

»Du willst also heute deine Strafe entgegennehmen«, sagt er und zündet sich erneut eine Zigarette an. »Du bist bereit dazu, das zu erhalten, was du dir gewünscht hast, ja?«

Sie nickt tonlos und schluckt. Ja, sie ist bereit. So bereit. Er bleibt neben ihr sitzen und raucht.

»Genevieve«, sagt er leise. »Du bist so schön und so willig. Ich werde dich Demut lehren.«

»Du weißt, was ich will«, flüstert sie und öffnet ihre Lippen, um ihn zu einem Kuss zu überreden.

Doch er lacht nur.

»Ich werde dich heute benutzen«, erklärt er. »Benutzen wie ein Stück Vieh. Wie es mir gefällt. Und es wird mir egal sein, wenn es dich schmerzt. Ich werde dir den Hochmut austreiben, aus jeder Pore deines schönen Körpers werde ich die Arroganz herausvögeln, bis du unter mir zerfließt.«

Ihre Härchen stellen sich bei diesen Worten am ganzen Körper auf.

»Ja«, sagt sie mit brechender Stimme. »Tu es! Mach mit mir, was du willst. Du weißt, dass ich dir gehöre. Benutz mich, wie du willst. Ich werde leiden und dich ertragen, um dir zu beweisen, dass ich ebenso stark bin wie du.«

Sie zuckt zusammen, als der plötzliche Hieb der Reitgerte ihre Brüste trifft, doch ihr Aufschrei wird von dem Knebel erstickt, den er zwischen ihre Lippen schiebt.

Der Schmerz ist ungewohnt für sie. Immer wieder malträtiert er ihre Schenkel und ihre Brüste mit der Gerte, die er unnachgiebig hart auf ihrer Haut explodieren lässt. Und doch verwandelt sich der heftige, kurze Schmerz in pochende Lust, die ihren ganzen Körper einnimmt und sich zwischen ihren Beinen sammelt. Er beißt in ihre Brustwarzen, sie kann kaum Luft holen, der Knebel erstickt sie. Dann zwängt er sich zwischen ihre Pobacken, ohne sie vorzubereiten, und stößt so heftig in ihre Hinterpforte, dass Tränen in ihre Augen schießen.

Keuchend fickt er sie in die Enge, stößt seinen Stab bis zum Anschlag in sie hinein, und sie genießt jede Sekunde, jeden Schmerz, den er ihr zufügt.

»Sag, dass es dir leid tut«, verlangt er zwischen zwei Stößen, und nimmt den Knebel ab. Sie wimmert und wiederholt leise, was er erwartet.

»Du hast dich mit anderen vergnügt, wenn ich nicht dabei war«, presst er zwischen den Lippen hervor. »Du gehörst mir, Genevieve, und ich werde nicht zulassen, dass du dich von mir befreist. Du sollst die meine sein, für immer.«

»Ich liebe dich«, flüstert sie wieder, als er sich aus ihr herauszieht und seinen harten Schwanz über ihren Bauch und ihre Brüste gleiten lässt. Die feuchte Härte auf ihrem Körper erregt sie, ihre gespreizten Beine, die er am Ende des Bettes festgebunden hat, zittern.

»Du liebst mich nicht«, höhnt er, als er zwischen ihre Lippen stößt und ihren Hinterkopf umfasst, um sie heftig und rau in den Mund zu vögeln. Sie muss würgen, doch er hält ihren Kopf fest im Schraubgriff und dringt immer wieder bis zum Heft in sie ein. »Du weißt nicht, was Liebe ist. Was Hingabe bedeutet.«

Sie wehrt sich wieder, zerrt an den Handschellen, dreht den Kopf zur Seite, damit er nicht mehr in sie eindringen kann, weil sie weiß, dass ihre Gegenwehr ihn weiter anheizen wird, dass er sich genau das wünscht. Wie der Kater, der seinen Schwanz voller Widerhaken in sie hineintreiben wird, wenn sie nur noch ein zitterndes Bündel aus Lust und Schmerz unter seinen Händen ist.

Er weicht von ihr ab und bleibt neben ihr sitzen, sie kann seine Nähe spüren, obwohl sie ihn nicht sieht.

»Bitte«, sagt sie, ihr Kiefer schmerzt von seiner Fülle. »Baise-moi!« Sie wird für ihn Französisch lernen, wenn das alles vorbei ist.

Er lacht heiser, aber offenbar hat ihre gespielte Gegenwehr den gewünschten Effekt, und er schiebt sich wieder zwischen ihre Beine, fühlt in ihrer Spalte nach ihrer Feuchtigkeit, und dringt wieder in die enge Öffnung ein, ohne sie sonst zu berühren.

Ihre Klit pocht und zuckt so heftig, dass er es doch sehen muss. Sie wimmert und schreit, als er bis zum Anschlag in sie eindringt und die Enge durchstößt, und dann spürt sie das Zucken seines Schwanzes tief in sich, fühlt, wie er seinen Saft in sie hineinpumpt, ohne einen Ton von sich zu geben, und sie möchte ihn jetzt so gern sehen, das Grübchen in seinem Kinn betrachten, das so herrlich zittert, wenn er kommt und für eine Sekunde die Kontrolle verliert. Ergeben schließt sie die Augen unter der Binde und lässt zu, dass ihr Körper wie von selbst auf seine Kontraktionen reagiert und in einem verzweifelten Höhepunkt erzittert.

KAPITEL 24

Die Untersuchung ist unangenehm und peinlich. Sie beißt die Zähne zusammen und kneift einfach die Augen zu. Der Arzt ist noch jung, aber nett, behutsam und freundlich, erkundigt sich zwischendurch immer wieder nach ihrem Befinden, macht unangenehme Fotos und nimmt Abstriche.

Zu Hause badet sie lange, bevor sie ins Bett geht. Sie hat zu viel Rotwein getrunken, eine ganze Flasche. Wenn sie die Augen schließt, wird ihr schwindelig, sie mag das Gefühl, sie ist schwerelos, sie kann fliegen, und er wird sie auffangen. Irgendwann. Sie kann warten. Das hat sie in den letzten Monaten gelernt.

Die Ungeduld ist vorbei. Sie ist nicht mehr unruhig, sie fühlt sich sicher und stark. Das ewige Warten auf ihn hat ihr Leben bereichert, es hat sie Demut gelehrt. Nicht vor ihm, aber vor sich selbst. Vor dem Leben.

Irgendwann schläft sie ein, seinen Duft noch in der Nase, seinen Schwanz noch in sich spürend, seine Hände, seine Lippen auf ihrer Haut, überall.

***

Der Kater am nächsten Morgen ist schrecklich. Hastig spült sie zwei Kopfschmerztabletten mit etwas Wasser herunter und stellt sich unter die Dusche. Sie lässt das eiskalte Wasser auf ihr Gesicht prasseln und schließt die Augen, bevor sie sich anzieht und auf den Weg ins Büro macht. Ihre zweite Heimat.

***

Dr. Johnson runzelt die Stirn und betrachtet sie besorgt. »Geht es Ihnen gut, Rebecca?«

Sie nickt und versucht zu lächeln. Die Spuren an ihren Handgelenken sind deutlich, tief haben sich die Metallränder in ihr Fleisch geschnitten bei ihren angeblichen Versuchen, sich zu befreien. Aber er weiß ja, dass sie sich gar nicht wirklich befreien wollte, dass sie nur die zappelnde Maus gespielt hat, an der er sich ergötzen konnte.

»Es geht schon, vielen Dank«, antwortet sie leise.

Ihr Chef räuspert sich, offenbar ist ihm das Gespräch unangenehm. »Nun, das alles wirft natürlich ein ganz anderes Licht auf die letzten Begebenheiten. Ich werde im Vorstand heute erklären, dass sich die Geschichte aufgeklärt hat, ohne die Details zu erzählen. Ich denke, es ist nicht gut, wenn die anderen alles so genau erfahren.«

Sie nickt dankbar.

»Gehen Sie nach Hause und ruhen Sie sich aus«, sagt er und steht auf. Väterlich legt er eine Hand auf ihren Arm, trotzdem zuckt sie zusammen bei der Berührung. Ihr ganzer Körper brennt noch immer, in ihrem Magen tobt ein wilder Kampf, der nicht nur durch die gähnende Leere zu erklären ist, die darin herrscht.

Sie kann nichts essen, sie ist aufgeregt, nervös und ängstlich. Vielleicht ist sie zu weit gegangen, aber sie musste ihm zeigen, wer sie ist, musste ihm zeigen, dass sie sich nicht überschätzt hatte als sie ihm sagte, dass sie ihm ebenbürtig sei.

»Melden Sie sich einfach, wenn es Ihnen besser geht«, sagt

Dr. Johnson fürsorglich und öffnet die Tür seines spektakulären Büros. »Wir werden für die Zwischenzeit eine Lösung finden. Machen Sie sich keine Sorgen.«

Vor der Tür bleibt sie kurz stehen, schließt die Augen und atmet tief aus. Sie hat es geschafft. Sie hat ihm gezeigt, wo ihre Grenze ist, klar und deutlich. Nun ist es an ihm zu entscheiden, ob er diese Grenze akzeptieren kann.

***

Stacy kann nicht fassen, was ihre Freundin ihr da erzählt, verzieht aber die Mundwinkel zu einem breiten Grinsen. »Ehrlich, Rebecca, das hätte ich dir niemals zugetraut. Oh, ich bin stolz auf dich!« Sie umarmt und drückt die Freundin fest und wirkt glücklich. »Ich habe mir solche Sorgen um dich gemacht, aber du bist härter, als ich dachte. Das wird ihm eine Lehre sein!«

Rebecca lächelt gequält. »Ich bin noch nicht sicher, ob ich das überleben werde«, sagt sie beinahe tonlos. »Aber ich hatte keine andere Wahl.«

Sie ist auch stolz auf sich. Sie hat ihre Einzelteile, in die er sie zerschmettert hatte, aufgesammelt und wieder zusammengefügt, Stück für Stück. Sie hat sich nicht unterkriegen lassen von ihm, der es gewohnt war, zu dominieren und zu bestimmen. Der Verführer, der sich seine Frauen zu eigen machte, bis sie ihm langweilig wurden. Nur sie hatte es immer wieder geschafft, sich aufzurappeln, hatte ihm gezeigt, dass sie sich nicht so einfach unterkriegen lassen würde. Eine Katze hat neun Leben, aber sie war bereit zu kämpfen, wollte die lebendige Lust, die er in ihr geweckt hatte, nicht wieder aufgeben. Und sie würde ihn aufgeben müssen, wenn sie ihn jetzt gewinnen ließe, das war sicher.

KAPITEL 25

Er sieht blass und müde aus. Graue Ränder unter seinen Augen zeugen von wenig Schlaf, das dunkle Haar ist nicht frisiert und strähnig. Sie sitzt ihm gegenüber an einem Plastiktisch, auf einem harten Metallstuhl mit Holzsitz, unter den wachsamen Augen eines Polizisten, der mit vor der Brust verschränkten Armen vor der Tür steht und sie misstrauisch beobachtet.

»Wie geht es dir?«, fragt sie so besorgt wie möglich und greift nach seiner Hand. Er hebt den Kopf und sieht sie an, die dunklen Augen blitzen. Wut, Trauer, Anerkennung. Sie kann durch die schwarzen Augen hindurchsehen, in seine Seele, und kann sehen, dass sie ihn verletzt hat und er fassungslos ist.

Er trägt ein graues T-Shirt und eine schwarze Hose, zerknittert und ungebügelt. Er ist unrasiert, und der feine schwarze Schatten auf seinem Kinn lässt sein Gesicht düster wirken.

»Pourquoi?«, flüstert er nur und fixiert ihren Blick, ohne zu zwinkern.

Sie lächelt milde. »Du weißt, warum«, erwidert sie, streicht noch einmal über seinen Handrücken und zieht die Hand wieder zurück. »Du weißt es doch längst.«

Er schweigt.

Sie löst ihren Blick nicht von seinem, beobachtet ihn, saugt jede Reaktion in sich auf und wartet auf seine Antwort.

Schließlich nickt er, und sie atmet erleichtert auf. »Ich habe dir gesagt, dass ich dir ebenbürtig sein kann. Und ich muss zugeben, dass es mir sehr gut gefällt, dich hier so zu sehen. Du weißt, dass ich dich in der Hand habe. Wenn ich es will, wirst du die nächsten zehn oder sogar fünfzehn Jahre deines Lebens im Gefängnis verbringen. Es ist allein deine Entscheidung.«

Sie betrachtet die perfekt geformten Lippen mit der sinnlichen Kerbe in der Oberlippe, die sie sofort küssen will. Seine plötzliche Verletzlichkeit, die sie so selten nur erspüren konnte, trifft sie ganz tief.

»Warum hast du in Paris geweint?«

Jetzt lächelt er auch, traurig. »Deinetwegen«, antwortet er und sieht ihr in die Augen. »Ich habe gespürt, dass du mir entgleitest, und ich hatte Angst um dich. Um uns.«

Sie lächelt.

Der Polizist am Empfang war verwirrt gewesen, als sie ihren Besuch anmeldete. »Sind Sie nicht diejenige, die ...?«, fragte er und blätterte in den Akten, ohne den Blick von ihr zu lösen.

Sie nickte nachsichtig. »Ich will nur nach dem Rechten sehen«, fügte sie leise hinzu und ließ sich bereitwillig von einer jungen, kaugummikauenden Polizistin abtasten.

***

Nach ihrem Besuch ruft sie ihre Mutter an und verkündet, dass sie sie für ein paar Tage besuchen wird.

Sie freut sich. »Das ist großartig, Becca, du warst so lange nicht bei mir! Hier kannst du dich prima erholen! Und Stella wird dir gefallen.«

Rebecca freut sich darauf, die neue Freundin ihrer Mutter endlich kennenzulernen. Und so legt sie den ausgeschalteten Blackberry auf den Schreibtisch und macht sich auf den Weg in ihre Heimat, um ein paar Tage Ruhe zu finden.

Kapitel 26

Er kann sie nicht anrufen, der Blackberry liegt ausgeschaltet in ihrer Wohnung. Erst nachher wird sie ihn wieder in Betrieb nehmen, nach dem Gerichtstermin, dessen Vorladung auf dem Küchentisch liegt.

»Sind Sie sicher, dass Sie das durchziehen wollen?« Der dickliche Anwalt mit der roten Nase runzelt besorgt die Stirn. »So ein Prozess kann sehr lange dauern, aber die Jury ist bei Sexualdelikten in der Regel immer auf der Seite des Opfers. Trotzdem müssen Sie damit rechnen, vor Gericht seziert zu werden, vor allem von dem gegnerischen Anwalt.«

Rebecca nickt bestimmt. »Es ist mir bewusst, aber ich glaube, dass es gar nicht so weit kommen wird.«

Calvin Smith schüttelt den Kopf. »Ich verstehe Sie nicht. Einerseits haben Sie ihn angezeigt, andererseits wirkt es manchmal so, als wollten Sie sich doch nur an ihm rächen. Wenn herauskommt, dass Sie ihn ohne Grund angezeigt haben, kann das üble Folgen für Sie haben. Mr Lavie kann Sie verklagen wegen Verleumdung, übler Nachrede, und hohe Schadensersatzforderungen stellen.«

Sie lacht. »Das wird nicht passieren«, sagt sie und steht auf. »Wir sehen uns später vor Gericht.«

Sie hat noch ein paar Stunden Zeit. Nachdem sie sich einen großen Becher Caramel Macchiato bei Starbucks geholt hat, spaziert sie durch die Stadt. Es ist kühl geworden in Seattle, der Herbst kommt. Trotzdem ist ihr warm.

So ruhig, wie sie sich Mr Smith gegenüber gegeben hatte, ist sie nicht. In ihr brodelt und kocht es. In wenigen Stunden wird sie wissen, wie es weitergeht. Ob es weitergeht.

Wie von selbst schlagen ihre Beine eine bestimmte Richtung ein, und dann betritt sie die kleine, dunkle Straße mit den alten Häusern und geht zielstrebig auf das eine Haus zu.

Die blonde Frau öffnet erstaunt die Tür. »Rebecca!«, ruft sie und umarmt sie. »Was tust du hier?« Sie sieht nervös die Straße hinunter.

»Keine Angst«, sagt Rebecca und schließt die Tür der alten

Wohnung mit den hohen Decken hinter sich, bevor sie ihren Mund auf den der jungen Frau presst und ihrer Lust freien Lauf lässt.

Sie lieben sich auf dem Boden, tief ineinander versunken, und wieder sieht sie sein Gesicht vor sich, sein Lächeln, seine schwarzen Augen, wenn sie von unten zum Stuhl am Tischende aufblickt.

Als sie sich keuchend voneinander gelöst haben, blinzelt Angelique irritiert. »Was ist los? Darfst du ...?«

Rebecca lacht und zieht ihre Unterwäsche wieder an, die auf dem Boden des Wohnzimmers verstreut liegt. »Mach dir keine Sorgen. Offenbar hast du nichts von Marc gehört?«

Angelique zieht die Knie zu sich heran und legt das Kinn darauf, dann schüttelt sie den Kopf. »Nein, schon seit fast zwei Wochen nicht. Warum, was ist los?«

Sie lächelt und steht auf. »Alles in Ordnung. Mach dir keine Gedanken.«

Sie verabschiedet sich mit einem langen Kuss, der ihrer beider Saft in ihrem Mund vermischt, süß wie Honig, bitter wie Mandeln.

Sie ist bereit. Sogar für einen Abschied, wenn es so sein soll. Aber der Gedanke daran treibt ihren Puls in ungeahnte Höhen und lässt ihre Finger zu Eis gefrieren ...

Kapitel 27

»Danke.« Das ist das erste Wort, das er mit ihr spricht seit der Verhandlung. Wortlos bringt sie ihn nach Hause, lässt ein heißes Bad ein und stellt Cognac und eine dicke Zigarre, die sie gekauft hat, neben die Wanne. Er schließt die Tür hinter sich ab.

***

Der Richter hatte die Vorwürfe aus dem Protokoll emotionslos und deutlich verlesen. Mitleidige Blicke trafen sie von den weiblichen Jurymitgliedern, die auf hohen Bänken an der Seite saßen. Sein Anwalt hatte gepoltert und getobt, es sei doch alles mit ihrem Einverständnis geschehen, die typische Rache einer verletzten Frau, und Marc hatte geschwiegen, während sie ihm mutig in die Augen sah.

Dann hatte der Richter sie in den Zeugenstand gerufen, und sie war stolz und mit erhobenem Haupt durch den Saal geschritten, hatte ihn keine Sekunde lang aus den Augen gelassen.

»Ms Moon«, sagte der Richter laut, »ich habe soeben verlesen, was Mr Lavie Ihnen angetan hat. Mr Lavie bestreitet die Vorwürfe und behauptet, es habe sich um einvernehmlichen Sex gehandelt. Die Spuren der Untersuchungen sprechen allerdings, das muss man sagen, eine andere Sprache. Trotzdem wird dieser Prozess darauf hinauslaufen, dass Ihr Leben, Ihre Beziehung zu Mr Lavie seziert werden. Von Gutachtern, Psychologen und Medizinern. Das betrifft Sie beide, Sie genauso wie ihn. Ist Ihnen das bewusst?«

Sie nickte vehement und sah, wie seine Schultern unmerklich zuckten.

»Ist Ihnen bewusst, dass Sie Mr Lavie für mehrere Jahre ins Gefängnis bringen können mit Ihrer Aussage?«

»Das ist seine Entscheidung«, hatte sie gesagt, und der Richter räusperte sich irritiert.

»Wie meinen Sie das?«

Sie sah ihm in die Augen, die dunkel und leer waren, und doch entdeckte sie in ihnen endlich die Anerkennung, die sie sich so sehr gewünscht hatte. »Das weiß Mr Lavie ziemlich gut«, antwortete sie.

Sie erinnerte sich an Paris, an das Erlebnis in den Katakomben, an seine Lust, wenn er sie mit anderen beobachtete. Oh, er wusste immer, wie er sie kitzeln konnte, wie er noch heftigere Emotionen aus ihr herauslocken konnte. Er kannte sie so gut, und sie war sich sicher, dass er bei keiner anderen Frau mit solcher Hingabe an seinen Einfällen feilte.

Er war zu weit gegangen, und das musste er nun spüren. Sie hatte Verständnis für das, was Dr. Sterling verächtlich eine pathologische Perversion genannt hatte. Sicherlich gab es noch andere Frauen, die davon überzeugt waren, ihn heilen zu können von seinen emotionalen Narben, die ihn zu dem gemacht hatten, was er war. So wie es eben viele Frauen gab, die sich immer und immer wieder selbst davon überzeugten, einen homosexuellen Mann bekehren zu können.

Aber nur sie war ihm ebenbürtig, und das hatte sie ihm diesmal bewiesen. Sie war stark geworden durch ihn. Stärker, als er befürchtet hatte.

Ja, sie wollte ihr Leben mit ihm teilen, sie wollte seine Lust teilen und ihm zusehen, wenn er sich mit anderen vereinte. Sie wollte bei ihm sein, wenn ihr danach war, und nicht mehr von ihm allein gelassen werden. Aber sie würde nicht sterben müssen, wenn er aus ihrem Leben verschwand. Sie würde leiden, lange, aber sie würde es überleben. Sie würde ihn überleben, und diese Einsicht gab ihr enorme Kraft.

Sein Anwalt hatte auf einen Vergleich gehofft und war erstaunt, als sie ihm anstelle einer Summe einen Brief überreichte.

»Hier ist mein Vergleich«, hatte sie gesagt und gelächelt. »Mr Lavie weiß, wie er gemeint ist.«

Nun war es an ihm, eine Entscheidung zu fällen, vor den Augen der Jury, die gespannt darauf wartete, dass sie ihre seltsame Aussage aufklärte.

»Je t'aime«, sagte er leise an sie gerichtet, und das Zucken des Grübchens in seinem Kinn bei diesen Worten ließ ihr Herz in der Brust rasen.

***

Er kehrt frisch rasiert und duftend aus dem Bad zurück, die Haare noch nass und ungekämmt, in seinem seidenen Morgenmantel. Wortlos setzt er sich an den Flügel, schließt die Augen und beginnt zu spielen. Sie lehnt sich auf der Chaiselongue zurück, spürt den warmen Cognac, der ihre Kehle hinabrinnt und sich in ihrem Bauch sammelt. Er wärmt und beruhigt.

Leise singt sie zu der Melodie, die sie so gut kennt. »C'est payé, balayé, oublié, je me fous du passé ... Non, rien de rien ... non, je ne regrette rien ...«

Dann kriecht sie unter den Flügel zwischen seine Beine, streicht mit den Händen sacht die Oberschenkel entlang, bis hoch in seinen Schritt, lässt die Fingerspitzen im Takt auf seinem Schaft tanzen, bis er sich vor ihren Augen aufrichtet. Dann erst legt sie die Lippen über seine Eichel, während er weiterspielt, fühlt, wie sein Schwanz groß und hart wird in ihrem Mund, leckt und saugt langsam und zärtlich an ihm und liebkost ihn, bis ein kleiner Tropfen sich auf der nun geröteten Spitze zeigt, den sie abküsst.

Er unterbricht sein Spiel, zieht sie zu sich hoch, spreizt ihre Beine und setzt sie auf seinen Schoß, vergräbt den Kopf in ihrem Haar, drückt ihren Oberkörper zurück, bis sie mit dem Rücken auf dem Flügel liegt und seine Stöße eine unangenehme Kakophonie auf der Tastatur erzeugen. Er fickt sie heftig und schnell, ihr Rücken schmerzt auf der Tastatur, aber es ist egal. Alles ist egal.

Er fickt sie lange, zu der grausamen Melodie des Flügels unter ihr, bis sie sich auf ihm zusammenzieht und keuchend gemeinsam mit ihm kommt.

»Chéri«, flüstert er später heiser in ihr Ohr. »Ich habe eine Überraschung für dich.« Er geht in den Flur hinaus und lässt sie zurück auf dem Klavier. Ihr ist kalt, ihr ganzer Körper bebt vor Aufregung.

Mit noch immer zitternden Fingern öffnet sie das kleine Päckchen, das er ihr überreicht. Die schwarze Schmuckschachtel aus Samt schimmert im trüben Licht, und als sie den Deckel anhebt, hält sie die Luft an. Blinkend und blitzend liegt er da, schöner als jeder Diamant und jeder Ring, der hier in der Schachtel auf sie warten könnte.

Mit Tränen in den Augen nimmt sie den Schlüssel zu seiner Wohnung an sich und lässt sich von ihm küssen, leidenschaftlich und tief, wissend, dass sie von nun an einen Platz in seinem Leben hat, nicht mehr auf ihn warten muss.

LESEPROBE:

»BEFREIE MICH, VERSKLAVE MICH«

EROTISCHER SM-ROMAN VON JOANNA GREY

... Laura gehorchte und beobachte fasziniert, wie Mario das Seil um ihre Handgelenke wickelte. Zuerst schlang er es ein paar Mal außen rundherum, dann fixierte er es mit einem Knoten und zog es zwischen ihren beiden Händen durch, sodass es das quer dazu laufende Seil umschloss. Mit einem weiteren Knoten brachte er sein Werk zum Abschluss. Laura versuchte ihre Hände ein wenig zu bewegen, um festzustellen, wie viel Bewegungsfreiheit sie noch hatte. Es war nicht besonders viel. Sie konnte die Hände zur Faust schließen, aber damit waren ihre Möglichkeiten auch schon ziemlich erschöpft. Und vor allem, so erkannte sie, würde es ihr absolut unmöglich sein, sich allein von diesen Fesseln zu befreien. Sie konnte die Hände nicht einmal drehen, ganz zu schweigen davon, dass sie den Knoten mit ihren Fingern erreichen könnte. Ein Gefühl der Erregung stieg in ihr hoch, und das Pochen zwischen ihren Beinen kehrte heftig zurück. In gespannter Erwartung, was als Nächstes passieren würde, blickte sie zu Mario auf. Sie hatte geglaubt, er wäre fertig damit, sie zu verschnüren. Offenbar ein Irrtum. Er hatte ihr nur kurz Gelegenheit gegeben, sich davon zu überzeugen, wie wirkungsvoll die Fesseln waren.

Nun hob er ihre Hände an dem immer noch relativ langen Seilende hoch und zog sie ihr hinter den Kopf. Dadurch, dass sie ihre Unterarme nur wenig auseinandernehmen konnte, wurde sie gezwungen, den Kopf zu senken. Ein netter Nebeneffekt, sicher ganz nach Marios Geschmack. Demutshaltung inklusive, sozusagen. Mario zog das Seil indessen zwischen ihren Schulterblättern nach unten und schlang es unter der Brust einmal um ihren Oberkörper. Schließlich verknotete er es straff auf ihrem Rücken mit dem von ihren Händen nach unten laufenden Seilstück. Laura testete abermals ihre Beweglichkeit aus. Hatte sie vorhin schon das Gefühl gehabt ihm ausgeliefert zu sein, fühlte sie sich nun komplett wehrlos.

Mario erfreute sich daran, Laura zu beobachten, wie sie erfolglos an den Fesseln zerrte. Leider würde er sich noch ein wenig damit gedulden müssen, ihre Hilflosigkeit entsprechend auszunutzen, indem er ihr zeigte, wie sehr sie ihm tatsächlich ausgeliefert war. Aber das waren keine geeigneten Phantasien für ihr erstes Mal. Er wollte ihr nicht gleich zu viel auf einmal zumuten. Sie würde schon noch früh genug erfahren, was es wirklich bedeutete, von seiner Gnade abhängig zu sein.

»Geh zum Bett und knie dich darauf.«

Folgsam ging sie zum Bett, wo sie allerdings feststellte, dass das ohne Hilfe der Arme bei einem so hohen Bett nicht ganz trivial war. Es sah gewiss ziemlich unbeholfen aus, aber wenigstens fiel sie dabei nicht auf die Nase. Mario hatte sich auf der gegenüberliegenden Seite des Bettes aufgestellt und warf ihr einen strengen Blick zu. »Hast du nicht etwas vergessen?«

Laura sah ihn zwar schuldbewusst an, schien aber keine Ahnung zu haben, was sie sich zu Schulden hatte kommen lassen. Also klärte Mario sie auf. »Ich habe dir vorhin verboten, deine Beine zu schließen. Hast du das etwa so schnell schon wieder vergessen? Oder widersetzt du dich mir vorsätzlich?«

»Nein! Ich ... ich hab nur nicht daran gedacht«, antwortete Laura hastig, während sie schon dabei war, ihre Beine auseinanderzuschieben. Ihr Herzschlag beschleunigte sich, als Mario um das Bett herumschritt und sich hinter ihr aufstellte, wo sie ihn nicht sehen konnte. Sie spürte seine Hand auf ihren Armen, dann wurde sie vornüber auf das Bett gedrückt, sodass sie auf der Stirn lag. Die andere Hand legte er auf ihren Hintern, den sie ihm so obszön präsentierte. Sie war sich noch nie so nackt und so hilflos vorgekommen. Bei dem Gedanken daran, dass sie ihm gerade einen ausgezeichneten Blick auf ihre intimsten Stellen bot, begann sie sich unter seinem Griff zu winden, doch er hielt sie eisern fest. Da sie schon nicht loskam, setzte sie sich auf ihre Unterschenkel, um sich zumindest nicht so offen zu präsentieren. Unerwartet zuckte ein brennender Schmerz durch ihren Hintern, begleitet von einem lauten Klatschen, als seine Hand auf sie niedersauste.

»Halt still.«

Er hatte die Stimme nicht erhoben, im Gegenteil, er hatte relativ leise gesprochen. Aber es lag so viel Autorität in seinen Worten, dass Laura sofort jeglichen Widerstand aufgab und ihren Hintern wieder brav in die Höhe streckte. Die Überraschung darüber, dass er sie tatsächlich geschlagen hatte, tat ihr Übriges. Als er wieder die Hand auf ihren Po legte, zuckte sie leicht, doch sie ließ es geschehen. Seine Hand strich über ihre Pobacke und fand den Weg zu der Furche, die ihren wohlgerundeten Hintern teilte. Wieder zuckte sie zusammen, als er sie dort berührte, aber sie widerstand dem Impuls, sich wegzuducken. Seine Finger glitten ihre Spalte hinunter. Als er ihr Geschlecht erreichte, entrang sich ein erstickter Laut ihrer Kehle. Mit zwei Fingern teilte er ihre Schamlippen und begann zärtlich um ihre Klitoris herumzustreicheln. Lauras Anspannung ließ nach, und sie konzentrierte sich ganz auf die Empfindungen, die seine Finger bei ihr auslösten. Doch gerade als sie begann, es so richtig zu genießen, zog er abrupt seine Hand weg.

»Sieh mal einer an. Meine Sklavin ist feucht geworden. Ist es das, was du vor mir verstecken wolltest?«

Laura spürte die Hitze in ihre Wangen schießen und war dankbar dafür, dass Mario in ihrer momentanen Position nicht sehen konnte, wie sie schon wieder knallrot anlief. Verzweifelt rang sie nach Worten, doch er unterbrach sie, bevor sie etwas Sinnvolles hervorbringen konnte.

»Schon gut. Ich habe das Gefühl, dass deine Antwort dich bloß weiter in Schwierigkeiten bringen wird. Du brauchst ausnahmsweise nicht zu antworten. Ich werde die Strafe anhand der offensichtlichen Fakten bemessen. Da es dein erstes Vergehen war, werde ich milde mit dir sein. Du bekommst vier Schläge mit der Hand.«

Gerade noch konnte Laura einen entsetzten Protest zurückhalten. Vermutlich würde die Strafe härter ausfallen, wenn sie sich darüber beschwerte, da Mario dies wohl als weiteren Ungehorsam einstufen würde. Und selbst wenn nicht, würde er wohl kaum mit sich handeln lassen. Soviel hatte sie mittlerweile schon begriffen. Zumal er der Ansicht war, ohnehin schon eine milde Strafe verhängt zu haben. Sie schloss die Augen und versuchte sich für das zu wappnen, was gleich auf sie zukommen würde. Dann traf sie der erste Schlag. Er war nicht so fest wie der von vorhin, aber es tat trotzdem ein wenig weh. Der zweite Schlag landete auf derselben Stelle, und das Brennen wurde intensiver. Auch der dritte und vierte Schlag trafen dort auf und entlockten ihr schließlich einen leisen Unmutslaut. Der unmittelbare Schmerz ließ jedoch sofort nach, und zurück blieb das Gefühl von prickelnder Hitze auf ihrer Haut. Die zarte Berührung von Marios Hand ließ sie unwillkürlich zusammenzucken, da sie mit weiteren Schmerzen rechnete. Doch stattdessen begann er ganz sanft ihr leicht gerötetes Fleisch zu liebkosen. Es war ein unglaublich intensives Gefühl, seine zarten Küsse auf ihrer nun so sensiblen Haut zu spüren. Noch während er sie weiter mit Küssen bedeckte, wanderte seine Hand wieder zwischen ihre Beine. Als er ihre Spalte entlangfuhr, stellte Laura erstaunt fest, dass sie anscheinend noch feuchter geworden war. Sie hätte es nie für möglich gehalten, dass es ihr gefallen könnte, den Hintern versohlt zu bekommen. Seine Finger begannen gekonnt ihre Perle zu umspielen und heizten ihre Lust weiter an. Stöhnend reckte sie sich ihm entgegen. Es dauerte nicht lange, bis ein Zucken ihren Körper durchlief und ein Orgasmus sie erschütterte. Die Anspannung fiel von ihr ab, und sie sank in sich zusammen. Mario löste den Knoten auf ihrem Rücken und entfernte das Seil um ihre Brust. Behutsam hob er ihre immer noch gefesselten Hände über ihren Kopf. Erleichtert, sich wieder relativ frei bewegen zu können, ließ Laura sich zur Seite rollen und streckte sich auf dem Bett aus. Mario legte sich hinter sie, schlang seinen Arm um ihren Bauch und zog sie an sich. Dankbar für diese liebevolle Zuwendung schmiegte sie sich an ihn.

Während Mario mit seiner Hand die Kurven ihres nackten Körpers streichelte, überlegte er, was er nun mit ihr machen sollte. Er hätte gern noch ein wenig mit ihr gespielt, aber vielleicht war es besser, es für heute einmal dabei zu belassen. Für seine Begriffe mochte nicht besonders viel passiert sein, aber für Laura gab es sicher einiges zu verarbeiten. Vor allem in Anbetracht dessen, dass sie in sexuellen Dingen generell über die Maßen schüchtern zu sein schien. Natürlich war ihm klar, dass er von ihr nicht erwarten konnte, sich bereits beim ersten Mal so selbstverständlich vor ihm zu präsentieren, wie eine erfahrene Sklavin es tun würde. Aber dennoch war es etwas überraschend für ihn gewesen, dass sie sich gar so vor ihm geniert hatte. Vielleicht sollte er mit ihr darüber reden, um ein besseres Gefühl dafür zu bekommen, was er sich erlauben konnte und was sie schockieren würde. Er musste mit ihr sowieso noch das Gespräch über Sicherheit und Grenzen nachholen. Normalerweise führte er das immer gleich zu Beginn, aber in diesem Fall hatte er es für vertretbar gehalten es aufzuschieben, bis Laura sich auch wirklich über die Bedeutung dessen, was sie zu besprechen hatten, im Klaren war.

Er zog den Schlüssel zu dem Halsband aus seiner Tasche, öffnete den Verschluss und entfernte es von Lauras Hals. Verwunderung lag in ihrem Gesicht, als sie sich zu ihm drehte.

»Fürs Erste bin ich zufrieden mit dir. Ich werde dich jetzt aus meinen Diensten entlassen.«

Er legte seine Hand auf ihre Wange und gab ihr einen sinnlichen Kuss, den sie ohne Zögern erwiderte. Dann machte er sich daran, ihre Hände zu befreien. Das Seil hatte leichte Abdrücke unterhalb ihrer Handgelenke hinterlassen. Ein Hauch von Faszination lag in Lauras Blick, als sie mit den Fingerkuppen über das Muster auf ihrer Haut strich.

»Wenn man zum Fesseln ein Seil verwendet, bleiben meistens Abdrücke auf der Haut zurück. Das muss dich nicht beunruhigen. Es ist nicht anders, als wenn deine Sportsocken ein Rippenmuster auf den Beinen hinterlassen. Falls du allerdings einmal das Gefühl haben solltest, das Seil sitzt zu fest und behindert die Durchblutung, musst du es mir sofort sagen.

Wenn wir schon dabei sind, sollten wir uns sowieso noch ein wenig über die Themen Sicherheit und Einvernehmlichkeit unterhalten.«

Laura setzte sich auf und betrachtete Mario skeptisch. »Was bedeutet das?«

»Nun, ich habe dir doch erzählt, dass die Bandbreite bei BDSM ziemlich groß ist. Jeder hat unterschiedliche Vorlieben und Grenzen. Normalerweise frage ich meine Partnerin zu Beginn, was sie besonders erregt und was für sie auf keinen Fall in Frage kommt. Ich gehe allerdings davon aus, dass du dazu noch nicht allzu viel sagen kannst. Oder gibt es etwas, das du grundsätzlich ablehnen würdest?«

Nachdenklich fuhr Laura mit den Zähnen über ihre Unterlippe, ehe sie verlegen fragte: »Wirst du ... wirst du mich wieder schlagen?«

»Ja.« ...

Weitere erotische Geschichten:

Susan Jones
Der Assistent

Susan Jones entführt, fesselt und berauscht!

Die Chefin liebt ihren Job
und ihren Assistenten.
Sie kann nicht ohne ihn,
doch er kann ohne sie ...

Eine große Firma
Eine hörige Chefin
Ein perfekter Assistent

Amy Morrison
vom Mädchen zum Luder

Begleiten Sie Amy auf ihrem Weg
vom Mädchen zum Luder!

Amys Bedürfnis nach Sex wird von ihrem Freund nicht befriedigt.

So geht sie ins Internet auf ein erotisches Portal, wo sie einen Mann nach dem anderen anlockt und es mit ihnen an vielen verschiedenen Orten treibt.

Ihr Hunger ist geweckt und kennt keine Grenzen ...

Amy Morrison
vom Luder zum MistStück

Begleiten Sie Amy auf ihrem Weg
vom Luder zum MistStück!

Amys neue Liebe entfacht
ungeahnte Leidenschaften in ihr.

Aber Amys sexuelles Verlangen nach mehr Abwechslung ist übermächtig!

Reicht Amy nun, was der Mann
ihrer Träume ihr bietet?

Weitere erotische Geschichten:

Kim Shatner
VögelBar

Stellen Sie sich vor, Sie gehen in eine Bar und könnten frei wählen, mit wem Sie vögeln möchten ...

Die Vorstellung gefällt Ihnen?

Dann begleiten Sie Marc auf dem Weg zu seiner eigenen »VögelBar«, und lesen Sie von den sexuellen und frivolen Unwägbarkeiten eines solchen Vorhabens!

Gina Summers
Der Tauchlehrer

Ein Urlaub
zwei Tauchlehrer
eine Liebe
und viel Sex ...

Sina erlebt in Thailand nicht nur ihren schönsten Urlaub, sondern auch erotische Massagen, aufregende Tauchgänge, romantische Nächte und hemmungslosen Sex mitzwei Tauchlehrern.

Doch wer ist der Richtige für sie?

Maria Bertani
Aurelia - Nymphe der Lust

Das unschuldige Mädchen Aurelia darf bei dem Meistermaler Romero in die Lehre der Farben gehen.

Doch zunächst muss sie sich
die Gunst des Meisters verdienen und als Nackt-Modell posieren.

Dabei eröffnet sich ihr
eine Welt voller Gelüste und
erotischer Abenteuer.

Weitere erotische Geschichten:

Trinity Taylor

Ich will dich ganz & gar

Lassen Sie sich von der Wollust mitreißen und fühlen Sie das Verlangen der neuen erotischen Geschichten:

Gefesselt auf dem Rücksitz,
auf der Party im Hinterzimmer,
»ferngesteuert« vom neuen Kollegen
oder in der Kunstausstellung ...

»Scharfe Literatur! - Bei Trinity Taylor geht es immer sofort zur Sache, und das in den unterschiedlichsten Situationen und Varianten.« BZ, die Zeitung in Berlin

Trinity Taylor

Ich will dich jetzt

Trinity Taylor erzählt auch in diesem fünften Buch von ihren intimsten Erotik-Träumen ...

Mit dem besten Freund für das Date
mit einem Fremden Sex üben,

den Unbekannten im Tempel der Lust
unter einem Wasserfall verwöhnen,

oder sich von einem Klavierschüler
verführen lassen ...

Liebe, Verlangen und Leidenschaft fügen sich in sechs perfekt sexy erotische Geschichten.

Henry Nolan

KillerHure

Eine Hure aus Passion, ein smarter Agent
und ein tödlicher Auftrag ...

Sie verführt ihre Opfer mit Sex, Schönheit und Raffinesse.

Tauchen Sie ein in eine Welt voller Intrigen, Adrenalin, Erotik, Liebe und unerwarteter Wendungen.

»Man genießt, leidet und fiebert mit der Hauptfigur! Großartig!« Trinity Taylor

Weitere erotische Geschichten:

Helen Carter
AnwaltsHure 4

Eine Hure aus Leidenschaft,
ein charismatischer Anwalt und
ein egozentrischer Sohn ...

Der vierte Teil und das spannende Ende mit
Emma, George & Derek inmitten von
Reichtum, Sex, Zuneigung,
Wollust, Eifersucht und Liebe ...

Eines können wir Ihnen versprechen:
Das Finale wird Sie überraschen!

Denise Harris
SexLust

Kennen Sie diese Situation:
Ihr Partner ist perfekt,
aber Sie begehren einen anderen?

Sie betrügt ihn
und er betrügt sie -
trotzdem ist sie
extrem eifersüchtig ...

Es entbrennt ein
Wirbel an Konflikten!

Lisa Rome
Der NachBar

Eine Ehe ohne Lust,
Orgasmus & Leidenschaft!

Und dann kommt er ...

Er gibt ihr das, was ihr fehlt:
Er macht sie hemmungslos,
er macht sie willenlos &
er macht sie geil!

Weitere erotische Geschichten:

Lucy Palmer

Mach mich scharf!

Begeben Sie sich auf eine sinnliche Reise voller erotischer Begegnungen, sexuellem Verlangen und ungeahnter Sehnsüchte ...

Ob mit dem Chef im SM-Studio,
heimlich mit einem Vampir,
mit zwei Studenten auf der Dachterrasse oder
unbewusst mit einem Dämon ...

»Lucy Palmer schreibt einfach super erotische, romantische und lustvolle Geschichten, die sehr viel Lust auf mehr machen.« Trinity Taylor

Lucy Palmer

Mach mich wild!

Romantik, Lust und Verlangen werden Sie auf dem Weg durch die erotisch-wilden Geschichten begleiten ...

Ob mit dem unerfahrenen Commander im Raumschiff, dem mächtigen Gebieter als Lustsklavin unterworfen oder mit Herzklopfen in den Fängen eines Vampirs ...

Es erwartet Sie eine sinnliche und abwechslungsreiche Sammlung von lustvollen Erzählungen.

Lucy Palmer

Mach mich gierig!

Es wird wieder heiß: Lucy Palmer entführt Sie ein drittes Mal an sündhafte Schauplätze ...

Seien Sie gespannt auf ...
eine Vampirjägerin mit ihrem Bodyguard,
auf Gestaltwandler, Dunkelelfen,
Piratenladys und kesse Zimmermädchen.

Erleben Sie die wilde Gier und ungezügelte Leidenschaft, brennende Liebe und pures Verlangen!